文春文庫

銀齢探偵社

静おばあちゃんと要介護探偵2

中山七里

文藝春秋

目次

銀齢探偵社

静おばあちゃんと要介護探偵2

第一話　もの言えぬ証人

1

所長室に入るなり、静は満面の笑みで迎えられた。

「いや、まさか高遠寺判事のご快諾を得られるとは思いませんでした」

初対面にも拘わらず、益子所長は無遠慮にこちらの手を握ってくる。こちらを婆あだと見下しての馴れ馴れしさなら見下げた対応だが、いちいち指摘して自意識過剰と思われても嫌なので黙っている。辞めてから相当の歳月が経っているから今更判事と呼ばれるのも気恥ずかしいが、これも説明するのが面倒だった。

「こんな婆あの繰り言が司法の役に立つのなら、願ってもない恩返しになりますから」

「いえいえ、勿体ない。高遠寺判事は法曹界のレジェンドですからね。来年度から修習期間が一年六カ月から一年四カ月に短縮され、カリキュラムの内容をより濃密にする必要があります。高遠寺判事が教鞭を執ってくださるのなら、これに勝る授業はありません。何ならわたしが受講したいくらいですよ」

露骨なほどのお追従だが、ずっと年上の先輩が相手なら仕方のないことだろうとこれも大目にみることにした。何しろ静は益子よりふた回りは上なのだ。

静が和光市にある司法研修所の教官に招聘されたのは今年の二月だった。今まで法科大学から講演や客員教授への就任を請われたことはあるが、正直物足りない部分があったのは否めない。聴講生の半分以上は法曹界の住人ではないからだ。しかし相手が司法修習生なら気がねなく、存分に己の知見を開陳できる。本来であれば司法研修所の教官は現役の検察官や弁護士に白羽の矢が立つのだが、自分のような退官者に声が掛かるのも素直に喜んだ方がいいのだろう。

更に別の理由がある。今年の一月まで法科大学に招かれた縁で名古屋に滞在していたのだが、その際に知遇を得た地元の有名人にとんでもない野蛮人がいた。決して善人ではなくカネと権力に塗れた俗物なのだが妙に人望があるものだから、我が物顔で振る舞っている。井の中の蛙も甚だしく、自制と謙虚を信条としている静には一番苦手なタイプだった。司法研修所に招かれたのは、名古屋を離れるまたとない口実にもなったのだ。

「引き受けたからにはわたしも遠慮はしませんよ。全員が司法試験を勝ち抜いた人材です。手加減なしで指導にあたるつもりですが、よろしいですか」

「もちろんですよ。是非、修習生たちを扱いてやってください」

今時分、生徒を扱くというのはいかにも古めかしい考え方だ。おそらく益子の意識が前時代的なのだろう。

法曹界の認識が世間一般と乖離しているのは、こうした意識と変わらぬ体制ゆえであるのは容易に想像できる。古い革袋に新しい酒を入れる喩えではないが、古い教育体制だからこそ自分のような老輩が清新な授業をしなくてはならない。

ふつふつと使命感が湧き起こった時、益子から予想外の質問が飛んできた。

「ところで高遠寺判事。最近、健康診断は受けられましたか」

「いいえ」

問われて記憶を巡らせる。そう言えば健康診断に限らず、ここ数年病院を訪れたことがなかった。いくぶん視力は落ちたものの、八十の齢を数えて尚、日常生活に支障を来たす身体でないのが密かな自慢だった。

「お手数ですが、速やかに受診してください。こちらからお願いして何ですが、研修所の教官には受診していただく義務がありますので」

受診は研修所の費用で賄われ、入所式まではまだ日がある。気楽な独り身で差し当たって用事もないので、来週にでも受診することに決めた。

だがこの時、静はすっかり失念していた。

自分は運がひどく悪いのだ。

四日後、静は研修所に指定された病院に向かった。都内の〈練馬中央病院〉は最寄り駅から徒歩五分と、老齢の静にも行きやすい距離にある。

住宅街の外れに建つ病院は周囲の閑静さと相俟って落ち着いた佇まいを見せ、静の目には好ましく映る。一階受付に向かう途中でもその印象は減じない。薄いアイボリーを基調とした壁、小ぶりの観葉植物と目に優しいダウンライト。待合室のソファはいかにも座り心地がよさそうだった。しかしよく考えてみれば、病院での居心地をよくするのは通院を長引かせる遠因になるのではないか。

「十時ご予約の高遠寺さんですね。お待ちしていました」

事務的でもなければ過度な愛想笑いもない。受付女性の応対も申し分なかった。

「短期人間ドックのコースなので終了予定は午後二時頃になります。終了後はご昼食券をお渡ししますので、指定のレストランでお食事を摂ってください。胃の検査でバリウムを飲んでいただきますけど」

説明がまだ終わらぬうちだった。

「おお、静さんやないかあっ」

突然、静謐な待合室に怒号が響き渡った。声の主は怒っていないかもしれないが、やたらに大きな胴間声なので怒鳴っているようにしか聞こえない。現に順番を待っていた患者たちは例外なく度肝を抜かれ、何事が起きたのかと振り返る。

聞き覚えのある、不吉な声だった。恐る恐る声のした方向に振り向くと、そこに静が名古屋を離れる原因となった野蛮人がいた。こちらから歩み寄る必要もない。相手の方が車椅子を自走させて近づいてきた。

「いやはや、こんなところで再会するとはな。やっぱりわしと静さんにはよくよく縁があるとみえる。うわはははは」

車椅子に座った香月玄太郎は静を見上げて高らかに笑う。どうやら、ここが病院の待合室だということをすっかり忘れているらしい。

いや、憶えていても同じかもしれない。何しろ玄太郎というのは傍若無人が服を着ているような男だからだ。

車椅子の身である玄太郎が単身東京くんだりまでやってきたとは考え難い。待合室の端を眺めると、果たして介護士綴喜みち子の姿があった。みち子は静と目が合うなり、子どもの悪戯を詫びる母親のような顔になった。

「縁があるんじゃなくて、ただの偶然だと思いますけど」

「そんなこたぁない。この広い東京で同じ病院に居合わせるなんざ、偶然にしてもどえりゃあ小っさい確率さ。ところで静さんはどこが調子悪いんかね」

いきなり他人の機微情報に首を突っ込んでくるのは、いかにも玄太郎らしい。よく言えば純朴、悪く言えば粗野。いずれにしても七十過ぎの老人の立ち居振る舞いとは言い難い。

「ただの健康診断です。どうぞご心配なく」

「うんうん、そりゃあよかった。わしらのような高齢者は、どっか一カ所でも身体に変調を来たすとあっという間に全身がわやになる。当たり前さ。あちこちが等分にくたびれとるはずなのに、その一カ所だけが病むはずがない」

「玄太郎さんとの健康談義は興味がなくもないですけど、ここをどこだと思ってるんですか」

「失礼やね、静さん。いくら何でもここが病院の待合室ちゅうのが分からんほど耄碌はしとらんよ」

「それなら少し声を抑えたらどうですか」

「いや、狭い部屋に病人ばっかり揃っておっては辛気臭いから、せめて一人くらいは元気な声をやらね」

　そろそろこめかみの辺りが痛くなり始めた頃、みち子が目の前に立った。

「いつぞやはウチの玄太郎さんが大変ご迷惑をおかけしたそうで」

「おい、みち子さん。そこは大変お世話になったと言うところやろ」

「黙っとりゃあ。玄太郎さんは高遠寺さんと一緒にいた時は楽しかったと言っとったでしょう」

「ああ、楽しかった」

「あんたが楽しんどる時は、大抵周りの者が迷惑しとるんです」

　さすがに一日中介護をしているだけあり、みち子は玄太郎の人間性を正確に把握している。思わず静は頷きそうになる。

「まあ、多少は他人に迷惑をかけた方が長生きできる」

「偉そうなことを言いながら、検査入院しよる人はいったいどこの誰ですかっ」

「なあ、みち子さんよ」

「何ですか」

「ちっとは静かにしやあ。ここをどこだと思っとる。病院の中やぞ」

瞬時にみち子は般若（はんにゃ）のような表情となる。反射的に静は二人の間に割って入る。

「玄太郎さんこそ、どうしてここにいるんですか。今しがた独自の長寿法があると言ったばかりですよね」

途端に玄太郎は唇を尖らせた。

「こう見えても一端（いっぱし）の経営者でな。何十人もの従業員とその家族を養（やしな）っとる」

「ええ、知ってますよ」

「わし一人の身体ではないからと社員たちに責められ、毎年無理やり健康診断を受けさせられとる」

「いい社員さんたちですね」

「がんの疑いがある」

静が視線を移すと、みち子は神妙な顔をしているのでどうやら冗談ではないらしい。

「便に潜血反応があったくらいで大騒ぎしよってからに。経理の谷口（たにぐち）はこの世の終わりみたいな顔をするし、孫娘たちは泣き出すし、しかもあいつら自分たちで調べて、がん治療の第一人者がいるとかで勝手にこの病院を予約しよった。名古屋界隈（かいわい）の医者で済ましときゃええものを、わざわざこおんなところまで」

玄太郎はさも迷惑そうに愚痴をこぼしているが、静の耳には周囲から大切にされて満更ではないようにも聞こえる。もっとも口に出したら本人は真っ赤になって否定するだろうが。

「潜血反応ということは大腸がんの疑いがあるんですね」

「年がら年中座りっ放しやったらケツから血も出るさ。それを大袈裟な」

「内視鏡検査だったら名古屋の病院でもできそうなものでしょう」

「いやそれがな。内視鏡検査にしても診る者によっちゃあ結果も違ってくる。どうせカメラを突っ込んでもらうなら、やっぱり第一人者に診てもらえと、こうや」

司法研修所から指定されただけなので静には知る由もなかったのだが、この病院には名医がいるらしい。誰が言ったか医者と弁護士は口コミが一番正確だ。遠く名古屋まで名を馳せるくらいだから相当な名医なのだろう。

「検査した結果、万が一がんが見つかってもすぐに処置してくれるから、いい選択だと思いますよ」

「いい選択だとはちいとも思えんな。医者の良し悪しはともかく、何でもかんでも東京ちゅうのが気に食わん」

「玄太郎さん、お医者さんより東京が嫌いなんですか」

「おうさ。東京にいきゃあ世界中のものが全部手に入ると言いよる。服も食い物も何もかもとな」

何が気に食わないのか、東京について語ると玄太郎は子どものような物言いになる。都内で生まれ育った静には東京が便利なのは当然にしか思えないのだが、名古屋出身の玄太郎には何かしらの劣等感があるのだろう。

「一応、首都なんですからね。商業の中心だったり物流の拠点であったりするのは仕方ないことでしょう」

「いやさ静さんよ、国の中心にヒト・モノ・カネが集まるのは理の当然で、わしはそれに文句がある訳じゃない」

「じゃあ、何が気に食わないんですか」

「住んどるヤツらが気に食わん」

またこの爺さまは何を言い出すのか。

いつの間にか三人のやり取りを傍観していた患者たちが玄太郎に非難の目を向けていた。当たり前だ。目の前で自分たちの悪口を言われて穏やかでいられる者は少ない。

みち子は介護士というよりも身内に近いのだろう。すぐに玄太郎の肩越しに首を伸ばした。

「本っ当に憎まれ口を叩かせたら天下一品やね。ええかね、玄太郎さん。ここはあんたの名前もやんちゃも通用せんお江戸なんやからちぃとおとなしゅうしとりゃあ」

「気に食わんもんを気に食わんと言って何が悪い。どうせ長居するつもりもない。がんが見つからなんだら車椅子にジェットエンジン付けてでも名古屋にトンボ返り、見つかっても己の家で大往生してやる」

とても何十人もの従業員とその家族の生活を預かっている経営者の言葉とは思えない。

「しかしな、この玄太郎がわざわざ東京まで不自由な身体を運んできたんや。これで手術しました駄目でしたでは済まさんよ」

「検査を受ける前から喧嘩腰ですか」

静は呆れて言う。

「お医者に喧嘩を吹っ掛けても碌なことになりませんよ。大体あなたは色んなものに突っかかり過ぎです。少しは歳相応に落ち着くとか枯れるとかしたらどうですか」

「悪いが両方ともわしの流儀ではないなあ」

「いくら流儀でなくとも患者はお医者に従うものですよ」

「まだ患者になると決まっとりゃせんわ」

「誰でも最期には何かの病気になるか寝たきりになります」

「そうなる前に死んでやるさ。どうせ畳の上で死ねるとは思っとらん」

相変わらずの放言だが、玄太郎が口にすると不思議に頷ける。確かに床に臥せっている玄太郎というのは想像し難い。

「静さんの歳やったら空襲の一つや二つは経験しとるやろ」

「生まれも育ちも東京ですから」

東京大空襲の夜は未だ記憶に鮮明だった。空からはB29が爆撃の雨を降らせ、ちろちろと尾を燃やしながら落下する焼夷弾がとても綺麗だと思った。翌日、隣近所はほとんど焼け落ちており、自分の家だけが奇跡的に難を逃れたのが、後ろめたかったのは今でも忘れられない。

「わしもそうさ。名古屋でもどえらい空襲があったし、それから後も地元のヤクザと何度も立ち回りを演じたし、脳梗塞を患ってこのざまや。今更、どこでどう死のうが構わん」

すっと腑に落ちた。

玄太郎が傍若無人であったり唯我独尊であったりするのは性格のせいばかりではない。一度ならず死に直面したお蔭で覚悟ができているのだ。なるほど死ぬのを恐れていなければ、どんな無茶もできる。大抵の人間が冒険や決断に二の足を踏むのは命が惜しいからだ。

だが玄太郎の人となりを誰よりも承知しているはずのみち子は容赦ない。

「ええ、玄太郎さんがどこでどうくたばろうと勝手です。そやけど身の回りを世話する者が迷惑しますから、できるだけベッドの上で死んでください」

「なあ、みち子さん」

「何ですかっ」

「声が大きい。ここをどこやと思っとる」

再びみち子が般若の顔になりかけた時、折よくその前を看護師が駆け抜けていった。

「失礼します」

急患か、それとも何かの突発事か。いずれにしても邪魔が入って事なきを得た。

「ところで玄太郎さん。あなたの社員さんたちが熱心に勧めたのは何という先生なのですか」

「ほお、静さんも自分の腸が気になるかね」

矛先を変えるために水を向けたのだが、名医に興味が湧いたのも事実だ。

「わたしも、いつ大腸がんに見舞われるか分かりませんから」

「確か楠本（くすもと）とかいう外科医やったが」

玄太郎と話している間も他の看護師が入れ代わり立ち代わり行き来する。

「ごめんなさい」

「失礼します」

「ちょっと空けてください」

急患にしては雰囲気が物々し過ぎる。玄太郎も異変に気付いた様子で辺りを見回し始めた。

「静さん。何やらキナ臭くなってきよったぞ」

果たして病院には不似合いな者たちが受付カウンターの前を横切り出した。一人や二人ではない。静が数えただけでも四人の男が待合室を抜けて診察室のある方向へ駆けていった。

「捕物やな」

ぽつりと洩らしたひと言には静も同感だった。男たちからは一様に警察官特有の臭いが発散されている。不穏さと獰猛さを併せ持った臭気、狩猟犬が放つ臭いと言ってもいい。

判事を辞めてからずいぶん経つというのに、事件の臭いを嗅ぐと脊髄反射よろしく神経が研ぎ澄まされるのは一種の職業病だろう。我ながら忌々しい悪癖だと思うものの、身についたものは如何とも し難い。

気になるからといって率先して揉め事に介入するつもりはない。だが玄太郎の方は、早速ハンドリムを回して慌ただしく走り回る看護師の一人を捕まえた。

「ちょいと訊くが、いったい何の騒ぎやね。人相の悪い連中が行き来しておるが」

「あの、それは、わたしもよく分からなくて」

「分からんはずはあるまい。今あんたも忙しのう走っとったやないか。はっきりした理由もなしに看護婦がばたばたするんか」

「いえ、あの」

「ええか。待合室というのは診察結果が気になって気になってしょうがない患者が屯しとる。そんな中で騒ぎ立てられたら神経の細い者は聴診器を当てられる前に卒倒するかもしれん。そうなった時、あんたたちは責任を取れるんか」

女性相手のせいかいくぶん柔和になっているが、玄太郎の詰問はやはり一味違う。好々爺に見せかけて有無を言わせない口調だった。

「あの、ウチの先生に医療過誤の疑いがあるからって練馬警察の人が」

「ほほお、医療過誤とは穏やかやないな」

「も、もちろん当病院に限ってそんな事故は有り得ません。きっと何かの間違いです」

病院関係者としてはそう言わざるを得ないだろう。しかし警察が何の根拠もなしに大挙して押し掛けるはずもない。看護師には気の毒だが、件の医師には疑惑を持たれるだけの要因があるに違いない。

「受診する身としては不安で不安で仕方がない。この気持ちはあんたにも分かるやろ。まさか看護婦が患者の気持ちを知らんとは言わさん」

「も、もちろんです」

「あんたの知っている範囲で説明してくれんか」

「楠本先生が担当している患者さんの容態が急変して」

何と玄太郎の検査をする予定の医師ではないか。こちらを向いた玄太郎は憮然としていた。

看護師から聞けるだけ聞くと、玄太郎は面前を通り過ぎようとした警察官らしき男を捕まえた。いきなり腕を摑まれた男は面食らっていた。

「わしは香月玄太郎や」

玄太郎にしてみれば葵の紋の印籠を掲げたつもりだろうが、中部政財界に縁のなさそうな男は不審げな顔をするだけだった。

「はい、香月玄太郎さんですね。それで何の御用でしょうか」

次に玄太郎の見せた顔こそ傑作だった。

「わしを知らんのか」

「はい。初対面ですね」

「あんたは刑事さんかね」

「練馬署刑事課の者です」

「いったい何が起きた」

「ごめんなさいね、お爺さん。捜査に関わることなので首を突っ込まないでね」

「楠本先生がどうとか聞こえたが」

「いや、だから一般人は引っ込んでいて」

そろそろ癇癪が爆ぜる頃合いだと身構えていたが意外にも玄太郎は激することもなく、ころりと好々爺の仮面を被った。

「楠本先生はわしの担当でな。見ての通り不自由な身体で、がんを治してもらうためにはるばる名古屋からやってきたんや」

「それは大変でしたねえ。気の毒だけど楠本先生は当分診察できないと思う。他の先生にお願いした方がいいだろうね」

「医療過誤ということやが、名医の誉れ高い楠本先生がミスをしたのでは他の先生にお願いしても心許ない。詳しい話を聞かせてくれんかの」

「いや、まだ捜査に着手したばかりで」

「わしの命がかかっとるんじゃあ」

　静はみち子と顔を見合わせる。猿芝居もここまで徹底すれば大したものだと思うが、みち子は渋っ面を隠そうともしない。

　初対面では正体を見抜けないのか、刑事はひどく同情した様子で玄太郎と視線を合わせる。

「お爺さん、これは災難だと思ってよ。警察だって根も葉もない噂で動くなんてことはないんだ。楠本先生がすぐに解放されることはないよ、多分」

　すると傍に立っていた看護師がずいと刑事の前に立ちはだかった。

「きっと何かの間違いです。楠本先生は決してミスなんてしません」

「看護師さんの気持ちも分かりますけどねえ。お医者さんだって人間なんだから一度や二度のミスはするでしょ。そもそもミスではないかもしれないし」

「何てことを言うんですか、刑事さんっ」

　今度は看護師と刑事の口論が始まった。折角揉め事が移動したのだから傍観者を決め込めばいいものを、自分が中心にならないと気が済まないのかまたも玄太郎が割り込む。

「なあ看護婦さんよ。わしは大腸がんの疑いがあるんだが、楠本先生より腕の立つ先生を知らんかね」

「大腸がんに関して楠本先生以上のオーソリティーはいないと思います」

看護師はまるで我がことのように傲然（ごうぜん）と言い放つ。刑事に向けて反論したい気持ちがそうさせるのだろう。

「関係者一同に事情を訊くことになっています。ちょうどいい。看護師さんにもお話を伺いたいですね」

「いいですよ。楠本先生について知っていることは全部お話しします。先生がどれだけ優秀で正確なのか、たっぷり説明させていただきます」

もはや喧嘩腰になった看護師は刑事に連れられて診察室の方向へ消えていった。二人の姿を目で追っていた玄太郎は、唇をへの字に曲げる。

「わしを診る予定の医者がお縄になっちまったな、みち子さん」

「刑事さんが言った通り災難でしたなあ」

「でしたなあで済むかい。こうなると見極める必要があるな。楠本先生が医療過誤をやらかすようなヤブ医者なら、とっとと違う医者を探さんといかん。逆に警察の誤認逮捕なら、一刻も早く疑いを晴らしてわしの大腸を診てもらわんといかん」

「……玄太郎さん、ひょっとしてまあた面倒なことを考えとりませんか」

「面倒でも手順を踏まんとな。元裁判官の前やから、それはもうちゃあんとせんと大目玉を食らう」

玄太郎はこちらに意味ありげな視線を寄越す。

「何か言いたそうですね」

「わしはこれから警察に話をして楠本先生が濡れ衣を着せられとるんなら晴らしてやろうと思う」

「警察はそうそう誤認逮捕なんてしませんよ」

「ということは皆無ではないちゅうこっちゃね。さっきの看護婦の様子を見たかね。看護婦というのは案外に人の値踏みが正確でな。その看護婦にあれだけ慕われとるなら信じてみる価値はある。どうやね、静さん。あんたも興味があるやろ」

「どうしてわたしがそんな出しゃばった真似をしなきゃならないんですか」

「縁は異なもの味なものと言うやろ。ここでわしと再会したのは、あんたも捜査に加われという天の思し召しや」

「よくもまあ、それだけ自分に都合のいい解釈ができるものです」

「じゃあ名医と謳われる男がみすみす冤罪になるのを、特等席から見物でもするかね」

子どもでも引っ掛からないような見え透いた挑発だ。あまりに分かりやすいので、背後に立つみち子など恥ずかしそうに俯いている。

問題は静の正義感もまた子どもじみていることだ。

大体、正義感という言葉ほど胡散臭いものはない。実りのない議論に使われ、政争に使われ、殺し合いに使われる。静の知り得る限り大量破壊兵器よりもたちが悪い。

だが、幼く単純な正義感だけは信用してもいいと考えている。困っている者に手を差し伸べること。飢えた者に自分のパンを分け与えること。

静が拒んでも、胸の裡の幼い正義感がゆらりと頭を擡げてきた。

「あなたのことだからどうせ警察署に乗り込んで、他人の迷惑も顧みず無理無体を言うのでしょうね」

「無理を通すと道理が引っ込むから、大抵思い通りになる」

大量破壊兵器はここにあったか。

背後のみち子は申し訳なさそうに頭を垂れている。玄太郎が言い出したら聞かないことを百も承知しているからだ。

同性から助けを求められたら応じない訳にはいかない。またぞろ白髪の悪童のお目付け役かと密かに嘆息し、静は玄太郎に歩み寄る。

「その安い挑発に乗ってあげます」

2

練馬署の捜査員はいきなり楠本医師を逮捕する訳ではなく、いったん病院内で事情聴取をするらしい。静には願ったり叶ったりだ。それなら玄太郎も多少は行儀よくしてくれるだろう。

　事情聴取は病院の応接室で行われる。元判事という肩書は存外に消費期限が長いらしく、静が身分を名乗ると訝しげだった練馬署の捜査員は態度を豹変させた。

「練馬署刑事課の久留米といいます。以前警視庁で判事の講演を拝聴しました」

　久留米は今にも敬礼しそうな顔で静を迎える。後進のためにと各地で開いてきた講演がこんな風に役立つとは思ってもみなかった。ただし役得感などは毛ほどもなく、ただ面映ゆさを感じるだけだ。

「ごめんなさいね。ちょうど健康診断に来ていて、捜査の現場に出くわしたんです」

「いえ、わたしたちにしてみれば僥倖ですよ。捜査手順に遺漏がないかどうか、判事にお見せできるまたとない機会ですから」

　おや、と思った。

　久留米の言葉に些細な棘を聞き取った。思い返してみれば、警視庁で行った講演では警察の見込み捜査による冤罪について一席ぶった記憶がある。誤認逮捕に端を発した冤罪事件が発覚したタイミングでもあり注意喚起のつもりで喋ったのだが、中には久留米のように反感を覚えた者もいたらしい。

　反感を抱かれることにさして痛痒は感じない。自分のように規律や遵法を煩く言う者は少なからず疎まれる。だが煩わしいと記憶に留めてくれるのなら本望で、無視されるよりはよほどましだ。

「そう言われると背筋の伸びる思いです。喜んで練馬署の手際を拝見したいと思います」

「ご覧になるだけでなく、何かお気づきになった点はどんどん指摘してください」

慇懃な口調だが、指摘される気など更々ないのが聞き取れた。

「ところで判事。同行されている車椅子のご老人はどなたですか」

今まで沈黙していた玄太郎がゆっくりと顔を上げる。みち子は同席していない。この上彼女まで巻き込んでしまえば収拾がつかなくなる惧れがあり、みち子自身が参加を辞退したからだ。

「静さんから紹介してくれんか」

「香月玄太郎さん。名古屋商工会議所の会頭をされています」

身分を告げた途端、久留米の顔に緊張が走る。やれやれ、この男も肩書に弱いタイプと見える。

「今日、楠本先生に診察してもらう予定だったらしいのですがこんなことになってしまい、大変に焦れておいでです」

「事情は分かりますが、民間人の方の前で捜査情報を打ち明けるのはちょっと」

「あら。わたしだって今は民間人ですよ」

久留米は痛いところを突かれて眉間に皺を寄せる。

「それに捜査本部が誰をどんな根拠で疑っているとかは教えていただく必要はありません。わたしの興味はどんな風に捜査が進められているか、その一点だけです。そして香月さんの心配は楠本先生が長期に亘(わた)って拘束されるかどうかです」

「そうや、新聞やテレビが報じる範囲内で教えてもらえばそんで我慢する」

東京では名古屋商工会議所会頭の威光も通じない。それが分かった上で尚も虚勢を張るか。案の定、久留米は眉を顰(ひそ)めたまま、渋々といった体(てい)で話し始める。

異変が起きたのは一昨日、つまり三月五日午前七時半ごろのことだった。先月末より入院していた古見正蔵(ふるみしょうぞう)の容態が急変し、医師たちの懸命の蘇生処置も空しく彼は死亡してしまったのだ。

古見は大腸がんを患っており、一週間前に病巣の摘出手術を終えたばかりだった。摘出後は集中治療室に移されたのだが、術後に行われたのが栄養剤の投与だった。

異変が生じたのはその最中だ。血圧低下、意識混濁を繰り返した挙句に古見は息を引き取った。

「問題なのは点滴バッグの中身です。本来であれば栄養剤でなければならないのに、入っていたのはプロポフォールという麻酔薬だったんです」

静注(じょうちゅう)されていたのが麻酔薬と分かると、即座に古見の遺体は病理解剖に回された。その結果、死因は麻酔薬の投与によって引き起こされた低酸素虚血後脳症である疑いが濃厚になる。

低酸素虚血後脳症は脳の灌流(かんりゅう)低下や低酸素血症によって起きる脳全体の障害状態だ。当然、脳機能障害は極端な低血圧と心停止を招き、やがて窒息死に至ることも多い。

「この脳症に罹(かか)ると患者の半数近くは二十四時間以内に死亡するそうですから、結構な確率ですね」

久留米は暗に謀殺(ぼうさつ)を示唆(しさ)する。警察官の見方としては間違っていない。死亡率が半々なら一か八か実行する価値はある。

「もちろん単純な医療過誤という可能性もあります。何しろ〈練馬中央病院〉には前科がありますから」

久留米の言う前科とは、昨年の暮れに公になった訴訟案件だ。やはりここに入院していたB型肝炎ウィルスキャリアの女性が乳がんの摘出手術を受けた後、ステロイド剤を併用した化学療法の最中に劇症肝炎を発症して死亡した事件だった。遺族は医療過誤を疑い訴訟まで提起したが、公判が始まってから間もなく和解に落ち着いたという経緯がある。

「その和解にしたところで、病院側が雇った弁護士というのが滅法腕の立つ男でしてね。カネさえ払えばどんなに敗色の濃い裁判でも依頼人に有利なかたちに進めてしまう。和解に応じたといっても遺族側は泣きの涙だったでしょうね」

和解によって裁判が終結したために病院の医療過誤はうやむやになってしまう。特筆すべきはその関係者に楠本も名を連ねていた事実だった。

「化学療法を施行したのは別の医師なんですが、乳がんの摘出手術は楠本医師が執刀したんです。つまり彼が関与した医療過誤はこれが二件目という訳なんです」

事件発生のわずか二日後に練馬署が動いたのは以上の事情によるものだった。短期間での同一医師による医療過誤となれば、そこに何らかの疑念を抱くのは警察官として当然だろう。

「どんな名医だってミスの一つや二つくらいはするでしょう。しかしこれだけ短期間に発生したとなれば、ミス以外に意図的なものを疑わざるを得ません。仮にそうした思惑がなくとも、連続して医療過誤を起こすような医師を放置しておくのは問題ですしね」

ようやく事件の全体像が見えたところで、静は質問を試みる。

「亡くなった古見さんはどういう人だったんですか」

「鉄工所の経営者でした。三年前に工場は畳んで今は楽隠居の身分だったんです。家族は長男の鷹也（たかや）と嫁の涼美（すずみ）、孫の絢子（じゅんこ）。四人は一つ屋根の下に同居していました」

「病院関係者だけに疑いが掛かっているのなら任意同行で引っ張るのが常套（じょうとう）だと思うのだけれど、現状勤務先での事情聴取に終始しているのは他の可能性も模索しているからではありませんか」

「さすがですね、判事。仰（おっしゃ）る通りです」

久留米は目の辺りに口惜しさを滲（にじ）ませて言う。

「実は亡くなった古見氏は、あまり家族との折り合いがよくなかったようです。工場を畳んだのも経営不振が原因だったし、運転資金のために借りたカネも未だに返済しきれていない。家族の住む家には連日取り立てが訪れるし、昔気質（むかしかたぎ）で長男夫婦にも結構きつく当たっていたらしいですね」

「医療関係者以外の人間が点滴バッグをすり替えることは可能なんですか」

「まだ捜査は緒に就いたばかりです。これからですよ。集中治療室には各種医療機器のモニターに加えて監視カメラも二十四時間体制で稼働しています。現在ブツを押収していますが、異状があれば一目瞭然です。点滴バッグをすり替える現場が映っていたら、それで一件落着ですよ」

言葉の端々から、この事件を安易に捉えているのが分かる。久留米の指摘通り、重篤患者は四六時中モニターに繋がれ心拍や呼吸、血圧までを病院の管理下に置かれている。異変が生じるか、もしくは集中治療室に闖入した者が不審な行動を取れば確実に証拠が残る。

「今から楠本医師の事情聴取を始めます。正式な取り調べではないので、判事も同席されますか。聴取の方法が強引でないことの証人になってほしいですよ」

この発言もまた事件が簡単に解決すると信じている証左だ。容疑者を強圧的に扱わなくても供述が取れると高を括っているに違いない。

「わしも同席する」

さも当然のように宣言する玄太郎だが、久留米は迷惑そうに首を横に振る。

「それはお断りします」

「静さんと同じ民間人やぞ」

「高遠寺判事は法曹界の人ですから」

　ぴくりと玄太郎の眉が跳ね上がる。これが癇癪の爆ぜる知らせと気づいた時には、もう遅かった。

「この、くそだわけええっ」

　静はすんでのところで耳を塞いだので被害を免れたが、哀れ久留米はソファから転げ落ちそうになった。

「何じゃあ、さっきから下手に出ておればつけ上がりよって」

　あれで下手に出ているつもりだったのか。

「己は公僕の癖して納税者に手前の仕事を見せんと言うのか。言っておくがこの香月玄太郎、国や県に納めとる税金は手前ら千人分を養える金額やぞ」

「おやめなさい、玄太郎さん。みっともない」

「病院の中でゼニカネの話をしたいとは思わんが、こやつらはカネにでも換算せんと理屈が頭に入ってこん」

　耳を聾せんばかりの怒号と理不尽な罵詈讒謗に、久留米は反論するのも忘れて呆然としている。

「大体が黙って聞いておれば一目瞭然とか一件落着とか、現物を見てもおらんうちから適当なことを言いおって。そういう自惚れが見込み捜査やら誤認逮捕の元凶ではないのか。経験に胡坐をかき、己を過信し、他人を舐めくさった姿勢が今の警察不信を招いたんやないのかあっ」

相変わらずの玄太郎節だが、内容自体は間違っていない。警察官としての勘にせよ科学捜査の分析結果にせよ、冤罪事件の元となるのは半分以上が思い込みだ。容疑者を疑う一方で己については露ほども疑わない傲慢さが真実を捻じ曲げている。静が過去に犯した誤判決もそうだった。99・9パーセントの有罪率と検察側が提出した証拠物件を妄信して咎なき者に誤った判決を下した。己が取り返しのつかない誤りを犯したと知った時、どれだけ我が身を呪い被告人に申し訳ないと思ったことか。

己を疑う心はこの時を境に一層峻厳になった気がする。人を裁く時は自身をも裁くのだと肝に銘じた。あんなに惨めで、愚かで、罪悪感に圧し潰されそうな気分を味わうのは自分で終わりにしたいと祈った。だからこそ後進には厳しく当たり、高潔と謙虚を求めてきたのだ。

悔しいが玄太郎の言説にはいちいち頷かざるを得ない。本人の意図とは別に、司法関係者の胸に突き刺さる。

だが久留米の耳には届いても、胸には刺さらなかったらしい。久留米は不機嫌を隠そうともせず、玄太郎を睨んだ。

「商工会議所の会頭か何か存じませんが、一般市民が捜査方針に口出ししないでいただきたいですね。ご高齢で、しかも車椅子の身の上だ。あまりカッカすると寿命が縮まりますよ」

不意に玄太郎が黙り込んだので静はぞっとした。

この爺さまが嘴の黄色い若造から反論されて尻尾を巻くはずがない。舌鋒鋭い者が沈黙する時は何かを画策している時だ。

果たして玄太郎の顔には底意地悪そうな薄笑いが浮かんでいた。一度ならずこの笑みを見たことがある静の頭の中で警報が鳴り響く。

「玄太郎さん、あなた身体のことが心配でここまでやってきたんですよね」

「ああ、そうや。そんで進退窮まっとるがね」

「血圧上昇で倒れられたらみち子さんに合わせる顔がありません。提案ですけど、別室で安静にしていてもらえませんか」

提案、という単語で言わんとすることを察してくれるだろうか――わずかに案じたもののの、こちらを見返した玄太郎の目が笑っていたので安堵した。

「静さんに言われたら従うしかないなあ。人生の先輩に逆らうと後が怖い。そんじゃ、わしはお暇するとしようかい」

久留米への当てつけを済ませると、玄太郎はハンドリムを回して応接室を出ていった。

「商工会議所の会頭ねえ。田舎者が何を言ってるんだか」

思わずこぼしたひと言らしく、久留米は静の存在を思い出して一礼した。

詫びる相手が違うだろうに。

しばらく待っていると、先ほど待合室で見かけた刑事が白衣の男を連れて入室した。

　この男が楠本良治外科医だった。

　楠本の第一印象はとにかく線が細く見えることだった。顔つきから既に神経質そうで、
　細い眉ときょろきょろ動く目が尚更その印象を強めている。

　口火を切ったのは久留米だった。

「お忙しそうですね、先生」

「忙しないように見えるかもしれないが、わたしはこれが常態ですよ。ところで横にいらっしゃる方はどなたですか」

「警察官ではありませんが司法関係者の高遠寺さんです」

「とにかく今日はまだ回診も終わっていないのに、名古屋から紹介状を携えてやってきた患者さんを待たせてもいる。こんな茶番は早く終わらせて通常業務に戻らせてほしい」

「では単刀直入に。一昨日古見正蔵さんが急死された件ですが、本来投与されるはずだったのは栄養剤だったんですね」

「はい」

「ところが古見氏の容態が急変し、死亡。点滴バッグを確認すると中身は麻酔薬であるプロポフォールだった。そこで改めて解剖してみるとプロポフォールが検出された。バッグを見ただけで中身が分かるのですか」

「バッグには薬剤と患者名を記載したラベルが貼付してあるんです。しかし回収したバ

ッグのラベルにはプロポフォールの薬剤名と麻酔を必要とする別の患者さんの名前が記入されていたんです」

「つまり最初から麻酔薬と分かった上で投与していたことになりますね」

「いや、そんなことは有り得ない」

「しかし実際に起こった。点滴バッグをセットしたのは誰でしたか」

「……担当看護師の浅倉さんです」

「では彼女が麻酔薬を静注したことになりますね」

「いや、セットした時はちゃんと〈古見正蔵様〉と記載したラベルが貼ってありました。それはわたしが浅倉さんに確認しました」

「点滴バッグを取り扱うのは医師であるあなたと担当看護師の浅倉さんだけ。それは間違いありませんね」

「間違いないです」

「つまり二人のうちどちらかが途中ですり替えた訳だ」

「理由がない」

　楠本は正面から久留米を見据える。

「わたしはがん治療に医師としてのキャリアを賭けています。今では海外からもわたしを頼って患者が来てくれるようになった。どうしてその信用をぶち壊すような真似をしなきゃいけないんですか。まるで理屈に合わない」

「人は時として理屈に合わないことをするものです。たとえば昨年暮れもこの病院では乳がんの摘出手術をした患者が亡くなっています。やはり薬剤絡みであなたが関係している」

「あの件は既に決着がついている」

「弁舌に長けた弁護士とカネの力で無理やり和解しただけです。真相が究明された訳じゃない」

「彼女の死亡もわたしのせいだというんですか」

「同一の病院で同一の医師による医療過誤というのは偶然で済まされないですよ」

早くも冷静さを失いかけている楠本に対して、久留米はネズミをいたぶる猫のような余裕を見せている。

「現在、集中治療室に備えてあったカメラの映像を解析中です。それを見れば誰が点滴バッグをすり替えたかが判明します。しかし、我々の手で特定されるよりも、先生の方から真相を告げてもらった方がよろしくないですか」

「真相も何も、わたしや浅倉さんが患者を殺すはずがない。言いがかりはやめてくれ」

耐えきれなくなったのか、遂に楠本は腰を浮かせた。

「残念です。ではいったん聴取を中断して解析の結果待ちとしましょう。しかし何かお話しになりたいことがあれば、いつでも聞きますよ」

二人目の相手は担当看護師の浅倉麻衣子だった。静が予想していた通り、待合室で刑事とやり合った彼女がそうだった。

「〈練馬中央病院〉が二つ目の勤務先だそうですね」

「はい、前の医院が廃業してしまったので」

「楠本先生とは長いのですか」

「ここの採用が決まってからはずっとです」

「点滴バッグの扱いについてお訊きします。実際にセットする手順はマニュアルで決まっているんですか」

「まず先生の指示を受けて担当看護師が薬局に在庫を確認します。薬局では指示通りの薬剤を用意して、看護師詰所の前に置いておきます。後は担当看護師がバッグに記載された患者名と薬剤名をカルテと照合して病室へ持っていき、意識のある患者さんなら、患者さん本人にも確認してもらってからセットするんです」

「浅倉さんに事情を訊く理由は理解されていますよね」

「点滴バッグがすり替わっていた件ですよね。わたしとしては腑に落ちない点だらけです。薬剤の取り違えがあったら大変なので、病院ではトリプルチェックが義務付けられています。今説明したように薬局でのチェック、担当看護師のチェック、そして患者さん本人によるチェック」

「でも古見氏の容態が急変して、楠本先生が駆けつけた時には麻酔薬にすり替わっていた」

「正確には古見さんの死亡が確認されてご遺族たちが集中治療室に入ってこられた時です。その際に後片付けを始めましたから。それでバッグのラベルを見たら薬剤が〈プロポフォール〉、患者名も別人になっていたんです」

「いずれにしても、いったん点滴をセットしてから古見氏の容態が急変するまでに点滴バッグがすり替えられていたことは揺るぎない事実です。この間、集中治療室に出入りできたのは誰と誰なんですか」

「基本は主治医である楠本先生とわたしだけですが、許可を得た面会者なら誰でも入室できます」

久留米は聞き流すように軽く頷く。一応は関係者の証言を聞いておくが、監視カメラの映像を確認すれば集中治療室に出入りした者は一目瞭然と考えているからだろう。

浅倉麻衣子が退出すると、久留米は静に向き直った。

「どうですか、判事。何かわたしが訊き洩らしたことはありませんか」

「特には。楠本医師と浅倉看護師に疑いをかけているようですけど、ただの医療ミスとは考えていないのですね」

「大きな病院ですから、薬剤に対する扱いには相応のマニュアルがあります。今しがた彼女が説明しましたけどね。それにも拘わらず医療ミスが連続して発生することに違和感があります。偶然ではなく意図的なものを感じます」

「さっきも同じことを言っていましたね。具体的には快楽殺人の可能性ですか」

「ええ。医療関係者だからといって全員が全員、倫理的な人間とは限りません。死が日常になっているから、感覚が麻痺することだってある。中には反社会的な性向を秘めている人間もいるでしょうし、実際に医療関係者が連続殺人を行った前例もあります。言ってみれば白衣を着た殺人鬼ですよ」

　静は内心で嘆息する。可能性を広げるのは悪くないが、久留米の場合は前例からの先入観が根を下ろしている。先入観はサングラスと同じだ。フィルターが掛かっているから本来の色彩を歪（ゆが）め、微（かす）かな煌（きら）めきをスポイルしてしまう。

「上手くいけばいいですね」

　相手が顰（しか）め面（つら）になるのを承知で言い残し、応接室を出る。驚いたことにドアの前ではみち子が待機していた。

「玄太郎さんがお待ちです」

　奥歯にものが挟まったような言い方だった。

「普通に待っている訳ではなさそうですね」

「ご遺体を引き取りに来られたご家族を確保したから、早く静さんに来てほしいそうです」

　それで警察を出し抜いたつもりなのか。

依然として申し訳なさそうなみち子に連れられて歩きながら、静はこの病院を訪れたことをひどく後悔した。

3

玄太郎が用意していた席はなんと霊安室の前だった。申し訳程度に設えられた長椅子に座っている三人は古見の長男鷹也と嫁の涼美、そして孫娘の絢子だろう。三人ともひどく疲れた顔をしているのは古見が死んだ喪失感に囚われているのか、それとも玄太郎に引っ張り回された疲労からか。

「何だってまたこんなところに」

「病院ちゅうのは存外に人の出入りが激しいが、ここなら滅多に人が来ん。それに静かでええ」

「あなたには死者に対する敬意がないのですか」

「まあ、わしも静さんも歳で言うたらこっちの人間より向こうの人間の方に近しいから、敬意というよりは親近感かね」

カエルの面に何とやらという言葉があるが、玄太郎にひと泡吹かすには硫酸をぶっ掛けるしかないかもしれない。

「警察の人間も病院関係者もおらんから、あんたたちも好きに言うたらええ」

勧められても鷹也は半信半疑の体だった。

「あの、刑事さんたちを遠ざけていただいたのは有難いんですが、どうして見も知らぬ香月さんがこの事件に関心をお持ちなんですか」

「わしのがんは末期的なものでな」

　玄太郎はしれっと口にする。思わず異議を申し立てようとしたが、末期がんではなく末期的というのなら別に嘘ではないことに気がついた。要は主観の問題なので何とでも言える。

「はるばる名古屋から来たのも、楠本先生を頼ってのこっちゃ。その先生が医療ミスをしたとあっちゃあ、よその先生に鞍替えせにゃならん。是非ともあんたらの話が聞きとうてな。あんたたちは先生や看護婦を疑っとるかね」

「いや、別に疑っている訳では……しかし点滴のすり替えなんて病院関係者でなければ無理でしょう」

　既に警察からの事情聴取を受けているからか、鷹也の口調からはうんざりした気分が聞き取れる。

「正直言って弱り目に祟り目ですよ。親父の葬儀を準備しなきゃならないのに事情聴取が重なって身動きが取れません」

「ほう、早々に荼毘に付したいか。いったい親父さんとは仲がよくなかったのかね」

　普通ですよ、と鷹也はぶっきらぼうに言う。

「厳格っていうか昭和ヒト桁生まれで前時代の遺物みたいな人間ですからね。箸の上げ下ろしから風呂に入る順番まで、まあ何から何まで煩かったですよ。わたしはもちろん、嫁や孫に対してもね」

横に座っていた涼美と絢子が無言で頷く。

「それでも現役で鉄工所を回していた時はまだよかったんですけど、工場を畳んでからは癇癪に拍車がかかって、ただ依怙地なだけのジジイになっちまいました。ひどいもんです。ちょっとでも気に入らないことがあれば怒鳴るわ物を投げるわで、まるっきり暴君ですよ。たった一つの趣味といえば近隣の寺社巡りくらいでしたけど、それだっていつも一人旅でした。家族同伴なんて一度もなかった」

鷹也の話を聞いている玄太郎の顔こそ見ものだった。昭和ヒト桁世代で癇癪持ちの暴君といえばここにもいる。まるで自分の家族に糾弾されているように思うのだろうか。

「工場を回していた時にはそれほどひどくなかったのかい」

「仕事で頭が一杯の時には、そんな暇もなかったんでしょうね。ただ工場を畳むにしてもずいぶん借金が残ってたんで、余計に落ち着かない部分はありましたね」

「わしも経営者の端くれやが運転資金を工面する時には大抵自宅も担保に入れとる。ひょっとしてあんたの親父さんもそうか」

鷹也が言いにくそうにしていると、隣の涼美が後を継いだ。

「それで迷惑しているんです。まだ立ち退けとかは言われてませんけど三番抵当まで設定された家に住んでるから落ち着かなくって」

「そんな家、さっさと出ていきゃええやないか」

「でも、あの……」

今度は涼美の口が湿りがちになる。静は何げなく夫婦の服装を観察して事情を察する。鷹也は暗色のセーターにジーンズ、涼美も部屋着に近いような量販店のセーターを着ている。鷹也の方はともかく、主婦の外出着を考えれば経済的に余裕があるとは思えない。

「あんたは親父さんの跡を継がなかったんか」

「親父からは経営者の器じゃないと、早々に見切りをつけられましたからね。家業は継げない。それでも手前の給料で家族を養うことができないから同居していたって訳です。結局、経済的に自立できたのは娘の絢子だけで」

「ほう、お嬢ちゃんはもう勤め人かい」

「高校を出てからすぐ就職しました。早く独立したかったし」

絢子はどこか不貞腐(ふてくさ)れたように話す。死んだ祖父に頼らなければ生活できなかった両親が歯がゆいのか、それとも別の感情を隠そうとしているのかは定かでない。

「名古屋辺りではまだまだ高卒者の就職は厳しくてなあ。ウチも宅建の資格取得が最低条件なんで、なかなか有望な人材が確保できんで困っとる」

「あたしの会社、印刷会社だから資格とか経験不問で済んだんです。あの、首都圏て業種さえ特定しなかったら、結構求人ありますよ。今は景気が上向きだし」

「地方の経営者には羨(うらや)ましい話や」

「お爺さんもこっちに支店を作ればいいのに」

絢子と話す時の玄太郎はそれまでと打って変わって好々爺然とした顔で、つい絢子も警戒心を解いてしまったようだった。

「好景気やからといって、無暗に手を広げるのは勇気が要るんさ。何しろ従業員とその家族の生活を預かっとるからね。ところであんたはお祖父ちゃんをどう思っておった」

「何かとパパやママに厳しいお祖父ちゃんでした。だから、その、あたしはあんまり」

絢子も言いにくそうに言葉を濁す。彼らの弁によれば、故人は家族全員から疎まれていたことになる。

「聞きましたか、玄太郎さん」

この機を逃さず、みち子が茶々を入れる。

「普段から家族にも社員さんにも怒鳴っておると、こういう目に遭いんさるんよ」

「放っとけ。どうせあいつらに看取られるような死に方ができるとは思うとらん」

玄太郎は興味深そうに絢子を見る。静はその手に携帯電話が握られているのを知る。今日びは片時も携帯端末を手放せない若者が増えたという。絢子もそのうちの一人だろう。携帯電話の端にぶら下がった親指ほどのマスコットが可愛かった。

「ほお、トラの根付か。若い身空でなかなか渋い趣味をしとるな」

「何ですか根付って。これ、ストラップっていうんですよ」

絢子は少し笑ってみせる。根付というのは江戸時代に誕生した装身具で、煙草入れや印籠を紐で帯から吊るす際、落下防止に結わえた留め具の一種だ。二十歳そこそこの女性に根付と言っても通じないのは仕方がない。

「それにしてもお爺さん、自分はどんな死に方をすると思うんですか」

「まあ怨みに思うヤツから刺されるか、車椅子ごと線路に放り投げられるか、はたまた家に火を点けられるか」

　折に触れ、玄太郎は自分が真っ当な死に方などできないと吹聴する。まるでガキ大将が虚勢を張っているようだが、静には分からなくもない。いつぞや玄太郎本人が話していたが事業拡大の陰で〈香月地所〉に煮え湯を飲まされた同業者は少なくない。中部財界で相応の地歩を獲得するにはお人好しではいられなかったのだろう。

　静にしても事情は似たようなものだ。日本で二十番目の女性判事などと持て囃されはしたが、持て囃すものがいれば当然のように貶す者もいる。熟考に熟考を重ねた判決でも怨みに思う被告人がほとんどだろう。自らの信念に従い法に則ったとしても結局は自己満足に過ぎないのも理解している。こういう人間が真っ当な死に際を望むのは欲深と言われても仕方がない。静は思わず苦笑する。生きてきた環境も信条も違う二人だが、死に際についての覚悟は同じなのだ。

「警察はわたしたちも疑っているようです。親父が死ねば借金が棒引きになると思い込んでる。冗談じゃない。抵当権てのは人じゃなくて物につくんだ。親父が死んだからといって返済が免除される訳じゃない。どうしてそんな基本的なことをあいつらは知らないんだ」

「保険金で補塡するという手段もあるが」

「医療保険には加入していましたけど、がん特約とかはついていないんです。親父のヤツ、自分が死ぬとしたら作業中の事故くらいだろうって大見得切っていましたから」

　鷹也は投げやり気味に言う。突然父親が死んだのだからあまり調べる時間などはなかったはずだ。以前から抵当権や保険についてはひと通り齧っていたことが窺える。

「そんなら、やっぱり主治医の医療ミスだと思うかね」

「香月さんには悪いけど、現状はそう考えるしかないでしょう。楠本先生は名医だという噂でしたけど、何とかも筆の誤りですよ」

　父親が死んで二日後、しかも霊安室の前でこの言い草だ。他人事ながら静は虚しい気分になる。もちろん家族以外の者に向ける言説なので差し引いて考える必要はあるが、ここは嘘でも故人に対する悼みの言葉が欲しかった。

　しばらくの沈黙の後、鷹也は力のない視線を玄太郎に向けてきた。

「香月さんの会社は羽振りがよさそうですね」

「お蔭様でな」

「羨ましいですね。わざわざ名古屋からいらっしゃったのなら、ご自分の治療にも充分なおカネが掛けられるんでしょう。あなたにはぴんとこないかもしれませんけど、カネがないのは首がないのと一緒なんです」

「そんなこたあ、とうの昔に知っとるさ」

玄太郎は自分の首筋に手を当てて言う。

「わしだけやのうて経営者と名のつく者なら全員がな。あんたの父親もそうやったと思うぞ」

鷹也が何かを言いかけた時、廊下の向こう側から久留米が駆けて来た。

「判事、こちらにおいででしたか」

次いで玄太郎とみち子の存在を認めて顔を顰めるのは条件反射のようなものだった。

「香月さんたちはここで何をしているんですか」

「なに、煩い家族が死んだ時の心得を話しておったところさ。それともこっちの警察は何か。遺族が肩を落としておるのを慰めることさえ許さんというのか」

「いや、決してそんな」

関わり合いになるのは危険とでも察知したのか、久留米は半ば玄太郎を無視してこちらを見る。

「監視カメラの映像の用意が整いました。もしよろしければご覧になりますか」

静が答える前に玄太郎の口が開いた。

「静さん、行ってこやあ。それまで三人の相手はわしがしとく。遺族の声に耳を傾けるのは罪にならんらしいからなあ」

久留米の先導で向かった先は看護師詰所だった。なるほど詰所の前には点滴バッグが整然と並べられている。透明なバッグには白地のラベルに薬剤名と患者名、加えて病室番号まで明記されており、確かに間違えようがない。

詰所の中では警察官の間を縫うようにして看護師たちが立ち働いている。医療ミスであろうが殺人事件であろうが、彼女たちが手を止めていい理由にはならない。逆に言えば警察官たちこそ、医療の現場では邪魔者以外の何者でもなかった。

部屋の奥に行くと一面にモニターが並んでいた。静がざっと数えただけで三十二台もあり、それぞれが数十秒毎に画面を切り替えている。

「集中治療室を含めてベッドは全部で三百床。この三十二台のモニターが順繰りに映し出しているんです。患者の容態が急変すると、医療機器の信号を自動的に読み取りモニターが固定、詰所内に警告が知らされるシステムという説明です」

部屋の隅では鑑識課の一人がパソコンの画面を睨んでいた。14インチほどだろうか、カメラはベッドを中心に部屋のほぼ全体を捉えている。

「古見氏の入っていた集中治療室の映像だけを抽出しました。今、倍速で再生しているところです。で……どうですか」

問い掛けられた男は画面から目を離さずに応える。

「念のために点滴をセットするずっと以前から再生していますが、特に異状は認められませんね。定期的に担当看護師が様子を見に訪れるだけです」

静も彼の背後に回ってパソコンを覗いてみる。画面の右下に×32と表示されているのは三十二倍速という意味だろう。病室の中は古見を含めて動きがないので、出入りする者があればすぐに分かる。三十二倍速というのは、そうした変化を確認するのに適した速さなのだろうと推測する。

　左上には時刻表示がされている。パソコンのモニターは当日の朝六時の場面を映し出している。

「この時刻、やってきた担当看護師はチューブの接続具合とモニターチェックに専念しています。この時点では点滴をセットしていませんし、何か仕込むという素振りも見せていません」

　7：00。ようやく浅倉看護師が点滴バッグをぶら下げてやってくる。セットする動作は自然で澱みがない。

　ここで久留米がモニター画面に顔を近づけた。

「点滴バッグのラベル部分を拡大できますか」

　久留米の指示に従ってカーソルが点滴バッグに移動し、段階的に拡大される。惜しいかな「古見正蔵様」の「正」は見えるものの薬剤名はカメラの死角に入っている。拡大しても見えているのはラベルの裏でしかない。

「裏からラベルを読めませんかね」

「解析に多少時間が必要ですが、できると思います」

「今はそんなことができるのですか」

静は思わず声に出していた。少なくとも自分が現役の裁判官だった時にはお目にかからなかった技術だ。鑑識の男はさも当然のように応える。

「性能のいい画像解析ソフトが開発されていますからね。この世界は日進月歩なんですよ。昨日できなかったことが今日、とまではいかなくとも来月くらいにはできるようになるんです」

それを聞いた途端、静は複雑な気持ちになる。科学捜査が進歩すれば検挙率も上がり、ブツの証拠能力も飛躍的に高まるだろう。だが慶事と凶事はいつも背中合わせだ。それぞれの証拠能力が高まると同時に、証拠への依存が強くなる。人はいったん正しいと信じたものを疑いにくい。万が一のミスで間違った証拠物件が採用された場合、たちまち冤罪が生まれる。

鑑識の男が自信満々で口にした日進月歩という言葉にも胡散臭さを覚える。日進月歩ということは現在の常識が未来では時代遅れになっている可能性を内包する。現に今、巷(ちまた)で称賛されているDNA鑑定とやらも、証拠として採用され始めた頃は精度が低かったはずだ。ならばその時分にDNA鑑定が決定的な証拠になって有罪になった案件は全て眉唾ものだったという結論になる。

考え過ぎだと言う者もいるだろうが、わずかでも冤罪が生まれる可能性を考えると静は過敏に反応してしまう。何しろ静が定年を待たずして退官を決意したのも、冤罪が直接の原因だったからだ。あの事件でも静は自分の直感より、提出された物的証拠の信憑性を重視した。結局、提出されたのは捏造された証拠であり、静は冤罪の片棒を担がされたかたちとなった。悔やんでも悔やみきれない過去だ。以来、静は確実な物的証拠と思われても十全の信頼が置けなくなってしまった。

証拠物件の確度が上がれば上がるほど、観察者の目は盲いていくのではないか。静の漠然とした不安をよそに、画面の時刻は倍速で過ぎていく。

7：10。浅倉看護師が画面から消える。

7：30。浅倉を先頭に数人の看護師たちが慌ただしく画面に入ってくる。少し遅れて登場した楠本が古見に覆い被さり、何事か確認している。点滴バッグを吊り下げていたスタンドは画面の外に追いやられ、看護師たちが古見の周りを取り囲む。

そこから先は一連の蘇生処置を通常の速さで再生した。医療機器の数値を読む者、楠本の補佐をする者、新しい機器と薬剤を持ち込む者。素人の静にも、彼らが懸命に蘇生施術に注力しているのが分かる。

だが楠本たちの必死な処置もやがて徒労に終わる。肩を落とした楠本と、急によそよそしい素振りを見せる看護師たち。

8：20。急を知らされた鷹也たち三人が入ってくる。遺体に取り縋るような真似はしないものの、三人とも呆然といった体で立ち尽くしている。看護師たちは医療機器の撤収に着手し始めた。

「惜しいな」

久留米は独り言のように呟く。

「画面の外だから映っていないが、この時点で点滴の中身は麻酔薬だった。つまり7：00から7：30までの三十分間にすり替えられた事実が特定できたのに」

「でもその間、病室に入ってきた人影はなかったようでしたけど」

「犯人がカメラでは捉えきれない動きをしたか、あるいは撮影範囲の外から何か細工をしたのかもしれません。いずれにしてもこの三十分間の映像をコマ送りで確認する必要があります」

三十分間の映像をコマ送りで見たらいったいどれだけの時間を要するのか。想像するだけで静は億劫になる。

詰所を出ると、ちょうど廊下で玄太郎が楠本と話し込んでいる最中だった。

「おお、静さんよ。そっちの用事は済んだか」

「済んだかじゃありませんよ。廊下で何してるんですか」

「いや、大腸がんについて先生といんほおむど・こんせんとをしとったところさ」

玄太郎はさして気にする風もなく楠本への言葉を続ける。

「大腸がんの切除は喫緊の問題。それは分かった。大腸がんは肝臓にも転移しやすいから術後は抗がん剤を投与する、それも理解した。では抗がん剤を投与し続けた場合、わしの身体はどうなるか。七十過ぎの老体にどんな結末が待っておるのか」

「抗がん剤にも当然副作用があります。副作用の症状には個人差がありますが、顕著な例としては脱毛と倦怠感でしょう」

「毛が抜けるのはええとして倦怠感ちゅうのは難やな。意思決定にも支障が出るくらいかね」

「精緻な判断を必要とする場面は避けた方が得策でしょう」

「抗がん剤投与はいつまで続けられるんかね」

「定期的な検査でがんの転移がないのを確認できるまで、ですね」

「率直にゼニカネの話をするが、七十過ぎの老いぼれに抗がん剤治療はえらい負担になるんやないか」

「香月さんは会社経営者と聞きましたが」

「おうさ。経営者やからゼニカネの話には煩い。高齢者の医療給付費は抑制されるちゅう話やが」

「お詳しいですね。その通りです」

楠本は困惑顔を隠そうともしなかった。

「医療給付費が抑制されるちゅうことは病院にとって老いぼれの患者はただのカネ食い虫ちゅうことや。病院とすれば早々に追い出すしかない。患者は高額な有料老人ホームで治療を続けるしかない」

「当病院はそうした事態をなるべく回避したいと考えています」

「いくら先生が力説しても、それを決めるのは病院長であり自治体の長やないのか」

今度こそ、この爺さまの頭をかち割って中身を見たくなった。およそ己の主治医となる相手に言っていい言葉ではない。

だが他方、玄太郎がどんな意図で質問したかも理解できるので、敢えて口を挟まなかった。

「警察関係者が入って混乱していますが、香月さんの精密検査は予定通り行います。まずは内視鏡検査から」

見る間に玄太郎は渋面となる。

「やっぱりやらんとあかんか」

「大丈夫ですよ。あまり痛みは感じませんから」

「この歳になってケツの穴に異物を入れるのは、どうも好かん」

いつの歳ならいいと言うのだ。

尚も玄太郎が文句を続けようとした時、詰所から出てきた久留米が楠本の姿を認めた。

「ああ、楠本先生。監視カメラの件でお訊きしたいことがあります。どうぞこちらへ」

玄太郎から解放された安堵と久留米から呼びつけられた不快さで、楠本は何とも形容しがたい表情だった。

「玄太郎さん。それよりみち子さんはどこに行ってるんですか」

「ちょっとお使いに行ってもらったところさ。何せわしはこれから難儀な検査をせにゃならんし、第一この足や」

玄太郎は己の膝を何故か嬉しそうに叩いてみせる。

「気のせいかもしれませんけど、玄太郎さんは下半身の不随を楽しんでいませんか」

「楽しむっちゅうより交渉道具に使うことはあるな」

「他の障害者さんたちに失礼だとは思わないのですか」

「何が失礼なものかね、静さん。健常者は手前の足を移動やら威嚇やら暴力に行使しとる。わしもやり方はちょっと違うが同じ目的で使っとる。大体、下半身不随ごときが障害とも考えておらんさ」

こんな性悪爺さんがどうして健康診断などに引っ掛かるのか不思議でならなかった。

「お使いって何ですか」

「法務局や」

やはりそうかと静は合点する。

「法務局には清算した会社の商業登記簿も残っとるからな。その登記から管財人を見つける」

「管財人を見つけて、どうするつもり」

「清算会社の帳簿資料は清算結了登記から十年の保管義務が……おっとっと。元判事のあんたには釈迦に説法やったな」

「この短時間で、ずいぶん色んな情報を入手したみたいですね」

「そりゃあ静さんも一緒やないか」

玄太郎は共犯者に向けるような笑みを投げて寄越した。

静が調査結果を知らされたのはその日の夕刻を過ぎた頃だった。

「何であんでわたしが刑事や探偵の真似をせにゃあかんのですか」

みち子というのは遠慮なく不平を言う割には玄太郎の命令を着実にこなす女で、こうなるともはや介護士というよりワンマン社長の毒舌が伝染した秘書のような趣きさえある。

「ままま、みち子さんや。短気は損気、怒ると寿命が短こうなるぞ。文句なんぞ言う前に頼んであったものを早よ見せい」

玄太郎が手を差し出すと、みち子は憤懣遣る方ないといった体で書類の束を乱暴に渡す。

「これ。だだくさにするやない」

「玄太郎さん、管財人からいったい何の書類を調達してきたんですか」

「〈古見鐵工所〉の決算報告書さ」

言いながら玄太郎は書類に視線を落とす。かつて裁判官だった頃、静も事件絡みで何度か決算報告書を読む羽目になったが、羅列された数字にひどく苦労させられた記憶がある。今目にしても全てを理解するのは困難だろう。

ところがさすがに現役の経営者である玄太郎は慣れたもので、まるで新聞を読むように目を移動させている。

「絵に描いたような清算会社やな」

あっという間に書類を読み終えた直後の第一声がそれだった。

「直近三年分の当期利益も繰越利益剰余金もマイナス。工場と自宅以外に目ぼしい資産はなし。売り上げが年々落ちとるのは、中国から安い資材がどっと入った時期と重なる。外部要因と歩留まりの低下で累積赤字になったとみえる」

話を聞いていたみち子が不審そうな顔をした。

「つまり、古見さんが工場経営に失敗したことの確認なんですか」

「ああ、そうや。計画倒産の場合には決算報告書に不自然な動きが出る。ところが古見鐵工所の場合は、額に入れて飾っときたいほど真っ当な倒産や。隠し共済の類も見当たらん」

「隠し共済って何ですの」

「倒産防止共済ちゅうてな、月々最大二十万円を積み立てて節税やら一時貸付の原資にする制度がある。中小企業の経営者の中には、これをこおっそりやって資産隠しに利用する手合いもおるが、古見はそれすらしなんだようや」

「そんなことを確認するためにわざわざわたしを使ったんですか。わたしはてっきり重要な手掛かりが隠されてると思って」

「何を言うかね、みち子さん。少なくとも古見は正真正銘のスッカラカンというのが立証された。つまり古見が殺されたにしても、動機は資産狙いでないと断定できたんや」

「それがどうしたんですか。わたしは契約書にはない介護以外の仕事に三時間も四時間も取られて」

「しょうがないやろ。その時分、わしと静さんは情けなくも過酷な検査で身体中を弄られてやな」

「あら、わたしは至極快適な検査でしたよ。胃検診のバリウムも飲みやすかったし」

「わしときたらな、若こうて綺麗な看護婦どころか屈強な男が二人がかりでわしの身体を羽交い絞めにして」

「検査についての愚痴なら聞きとうないです。そんで結局、犯人は分かったんですか」

するとと玄太郎は不意に難しい顔つきになった。

静にはその気持ちが痛いほど理解できた。

4

「問題の点滴バッグに付着していた指紋、全て判明しました」

二日後、古見の葬儀に向かうパトカーの中で久留米はそう報告した。

「最も多く付着していたのはやはり浅倉看護師のもの、次いで薬局の担当者、そして点滴バッグを詰所前まで運んだ看護師の指紋。楠本医師のものは残念ながら一つも検出されませんでした」

「そうでしょうね」

「でしょうねって……判事は予想されていたんですか」

「医薬分業といいましてね。治療と調剤を独立して行うというのは結構以前から根付いていた慣習なのです。練馬中央病院のような大きな病院では院内処方といって原則から外れるのですが、それでも多くの病院では医師が調剤に関与するのを回避する傾向にあります。仮に楠本医師が患者の殺害を企てているのなら、余計に点滴バッグには触れようとしないでしょうし」

「では判事のお考えでは、最有力の容疑者は浅倉看護師ですか」

「点滴バッグのすり替えという手段はともかく、彼女に関しては動機とチャンスの点で疑問が残ります。まず担当の患者さんを殺して浅倉さんにどんな利益がありますか」

　問われた久留米は返事に窮している様子だ。

「まさか彼女が快楽殺人者だとでも言うつもりですか。去年の暮れに起きた乳がんの患者さんの件では、彼女は担当ですらありません。従って浅倉看護師がまるで覚醒したかのように殺人の味を覚えたという説は荒唐無稽の誹(そし)りを免れません。更にチャンスの点に言及すれば、問題の7：10から7：30の間、監視カメラの映像に彼女の入室した形跡はありましたか」

「いえ、それが……捜査員数人で目を皿のようにして見直したのですが、あの二十分間に入室した者は一人もいませんでした」

「つまりその点も楠本医師の犯行が不可能であることの裏付けになりますね」

「じゃあ、犯人はどうやって点滴バッグをすり替えたというんですか」

切なく訊いてくるが、これぱかりは静も推測でしかない。久留米を納得させるには犯人から供述を引き出すのが一番だろう。

古見の葬儀は区営の斎場で執り行われる予定だった。一昨日に病理解剖した遺体は昨日のうちに搬送され、親族だけで通夜が営まれたと聞いている。

練馬署の面々が斎場に出向くのは、やはり犯人が顔を出すのではないかという淡い期待によるものだ。静はそれに便乗したかたちとなっている。

斎場では既に記帳の準備が整っていた。生前は故人を慕う者が多かったらしく、記帳台の前は結構な列ができている。

静のように老い先が短くなってくると、見知らぬ者の葬儀も他人事ではなくなる。斎場の規模、予想される参列者、どこの僧侶に経を読んでもらうか、香典返しは何が相応しいのかなど、想像しているうちに時間が経ってしまう。

ただし湿っぽい感傷とは無縁でもある。葬儀は長い人生で主役になれる最後の機会だ。できれば他人に任せず、自分でプロデュースしたいではないか。見送る者には春の日のように穏やかに、そして祭日のように愉しんでほしい。それが静の理想とする葬儀だった。

では今この時、棺の中で眠る古見は自分の葬儀をどんな目で見ているのだろう。悔いが残る人生だったのか、それとも笑って死ねる人生だったのか。工場を畳み、借金が残ったからといって本人が後悔するとは限らない。人の満足とは人の数だけ存在するのだから。

久留米とともに記帳台と受付の前を通り過ぎ、式場の中に入る。式場内は大中小と三つのホールに分かれ、古見家の葬儀は大ホールで執り行われる。静たちは大ホールを横切り、奥の控室へと急ぐ。

「よお静さん。さすが時間ぴったりやな」

ドアを開けて最初に目に入ったのはお馴染み玄太郎とみち子のコンビだった。目に入ったのも当然、玄太郎が駆るのはいつもと同じイタリアン・レッドに塗装された自走式の車椅子だ。およそこれほど葬儀の席に似つかわしくない代物もないだろう。

「……せめて今日くらいは黒塗りにするとかの配慮はないんですか」

「TPOとか考え出したら結婚式用の白や桃の節句用のピンクを用意せにゃならん」

いちいち皮肉を言うのも馬鹿らしくなってきた。みち子は慣れているのか眉一つ動かそうとしない。

「お悔みは有難いんですけど」

礼服に身を包んだ鷹也夫婦と絢子は、居心地悪そうにしている。本来は身内のみが集う部屋であるにも拘わらず、その半分が第三者なのだからこの反応は当然と言っていい。

「いや、わしらが招かれざる客ちゅうのは重々承知の上で話しておきたいことがある」

「刑事さん同席で、ですか」

「刑事やから同席してもらった。あんたたちだって痛くもない腹を探られながら葬儀を執り行うのはけったくそ悪いやろう。それに故人の声を聞いてみたいとは思わんか」

「親父の声。そんなものをどうやって聞くんですか」

「聞こえるだけが声じゃない。特にあんたの親父さんは依怙地で癇癪持ちやったんやろ。そういう面倒な年寄りの声は、尚更耳で聞くものやない」

「仰る意味がよく分かりません」

鷹也は不審げに唇を曲げる。涼美も同様に部外者四人への不信感を露にしている。

「実のところ、あんたたちは父親を誤解しとる」

「誤解も何も……わたしたちは一つ屋根の下で暮らしていたんですよ。そのわたしたちが誤解して、香月さんが会ってもいない親父を知っているなんて変ですよ」

「親父さんが工場を畳む時、世話になった管財人を憶えとるかね。管財人は弁護士なんだが、彼によると工場閉鎖後も親父さんは足繁く事務所に通っていたそうや」

「何でまた」

「自宅に設定された抵当権を実行させとうない。何とか息子夫婦の住まいを確保してやりたい。職業倫理に反するんで管財人はえろう困ったようやが、会社清算時は財産隠しの方法さえ相談されたらしい。言っとくが累積赤字に喘ぐ鉄工所を存続させるつもりは毛ほどもなく、とにもかくにもあんたたちに最低限の生活を保障してやりたかったらしい。そやけど他に見るべき資産もなく、工場を回していた時分は馬鹿正直な経理処理をしていたのが裏目に出た。逆さに振っても鼻血も出ん。思い詰めた親父さんは次に何をしたと思う」

「さあ……」

「大小の保険会社を訪ね歩いたのさ。今からでも加入できる保険はないかとな。己がくたばった時、少しでも借金返済に充てであんたたちがこの家に住み続けられるよう東奔西走しとった訳さ。工場を畳んでからの三年間はほぼそんな毎日やったらしい」

「嘘だ」

鷹也は言下に否定した。

「あの親父がそんな真似をするもんか。第一わたしにはひと言も」

「そういう話を気軽にできる雰囲気ではなかったやろ。親父さんにしても息子夫婦に弱みを見せまいと意地を張っておったはずや」

そんな、と今度は涼美が上擦った声を上げた。

「家族のことなら相談してくれるのが当然じゃありませんか。それなのにどうして片意地張るような真似をしなきゃいけないんですか」

「父親の業、とでも言うのかな。昭和ヒト桁には多いんさ。憎まれてもいいが馬鹿にはされたくないっちゅう理想を持つ父親がな。そやから家族の前では殊更に片意地を張ってみせる」

古見と同世代の玄太郎はどこか面映ゆそうだった。ひょっとしたら香月家の家族と鷹也たちを重ね合わせているのかもしれない。

「しかしな、高齢でしかも工場を潰した親父さんに商品を勧めるような保険屋は一軒もなかった。今から新しい借金をこしらえて新規に事業を興す気力も体力もない。万事休す。親父さんに大腸がんが見つかったのは、ちょうどそんな時やったのさ」

「それ、香月さんの想像じゃないんですか。わたしには俄に信じられなくて」

「保険屋回りをしとったのは管財人が教えてくれた。何しろ数多の保険屋を紹介したのが当の管財人や。商売柄、保険屋の顔も実績も知悉しとるからな。ついでに言っとくが、親父さんがあんたに家業を継がせまいとしたんは息子を信用しなかったからやない。会社の財務内容が壊滅的で、そんな会社を息子の負担にさせたくなかったからやとわしは思う。そういう訳やから、あんまり親父さんを恨むな。送り出してやる時くらいは多少なりとも労ってやれ」

しん、と場が静まり返る。

沈黙を破ったのは久留米だった。

「それで香月さん。点滴バッグをすり替えた犯人はいったい誰なんですか」

「ん」

「ん、じゃなくて。わたしを同席させたのは、この場で犯人を指摘する目的じゃなかったんですか」

「己は何を言うとる、このたわけ者。手前の使命である犯人捜しを一般市民に押しつけるつもりか」

玄太郎は話にならないという調子で久留米を見下す。

「どうしてわしが警察なんぞのために知恵を貸さなあかん。そんなもの手前で考えんかあっ。能無しの、タダ飯食らいが」

真正面から痛罵(つうば)され、久留米は顔を真っ赤にしていた。


十分後、葬儀は時間通りに始まった。僧侶を迎えてしめやかに読経が流れ、参列者が次々に焼香していく。

厳粛な雰囲気の中、やはり玄太郎の真っ赤な車椅子は相当な違和感を醸(かも)している。傍若無人が常態の玄太郎はともかく、後ろでハンドルを握っているみち子は果たして平気なのかと改めて彼女を不憫(ふびん)に思った。

焼香が参列者の半分ほど進んだ頃だった。

「絢子さんよ、ちょっと顔を貸してくれんかね」

普段からは考えられないような小声で、玄太郎が囁(ささや)きかける。絢子は束の間躊躇(ちゅうちょ)を見せるがすぐ玄太郎とみち子に従い、静もこれに同行する。

控室に戻ると、玄太郎は喪服の絢子を見上げた。

「さてと。わしは勿体つけるのが苦手で嫌いだから単刀直入に言わせてもらう。点滴バッグに細工をしたのはあんたや」

一瞬、絢子の表情が凝固した。

「いきなり何を言い出すんですか。刑事さんにも話しましたけど、担当の看護師さんが点滴バッグをセットしてからお祖父ちゃんの容態が急変するまで、わたしは集中治療室に入ってません。点滴バッグに手も触れず、どうやってすり替えたっていうんですか」

「すり替えたのがバッグやないからさ」

玄太郎は事もなげに言う。

「昨日、あんたは会社を休んだそうやね」

「お通夜もあるし、忌引きだし」

「実は昨日、あんたの会社を訪問した。見学ちゅう触れ込みだったが、まあ親切に説明してくれた。最近の印刷屋というのはプリント全般を手掛けるんやな」

「ええ。紙印刷だけではとてもやっていけないので」

「何とラベル作成も手掛けておると聞いた。しかもロットが一からでもできる。好きな色のラベルに好きな意匠を描くことができる。入社二年目の社員ならパソコンの画面上でデザインしてラベルを出力するなぞ、お手のものらしい。試しに見本を渡したら、ものの五分ほどで作ってくれた」

玄太郎が取り出してみせたのは白地に薬剤名と患者名の記入欄が入ったラベルだった。

非常に薄く、ひらひらと頼りなく揺れている。

「あんたの細工は至極簡単や。予め本物と見分けのつかないラベルを作り、栄養剤の名称とお祖父さんの名前を書いておく。見舞いに来た日、看護師詰所の前にならんだ点滴バッグの中から麻酔剤の入ったのを選んで、自作のラベルを上から貼った。本物の点滴バッグはラベル面を裏返しにしてラベルが見えんようにしとけばええ。後は看護師が間違えて持っていくのを陰で見守る。ラベルのひな形はお見舞いの時予め写メで撮っておきゃいいし、麻酔剤の名前も見舞いの度に観察していりゃ嫌でも覚える。三百床も備えた病院なら、麻酔剤を必要とする患者は一定数いよう。後はタイミングの到来を待つだけや」

　絢子は無言のまま立ち尽くす。

「お祖父さんの容態が急変し、あんたたちが病室に入る。医者と看護師たちは患者の急死で半ば放心状態。あんたは隅においやられた点滴バッグのラベルをそっと剥がすだけでよかった。点滴バッグにあんたの指紋が残っていなかったのも道理でな。実際にシールとかを剥がしてみると分かるが、シールには指紋が残っても、バッグ本体には爪の先端が触れるだけで何も残らん。回収した偽のラベルは丸めてポケットに入れりゃあ誰にも気づかれんしな」

「証拠はあるんですか」

　ようやく絢子は反撃に転じた。しかし玄太郎の前では虚勢にしかならない。

「何かをすりゃあ何かの跡が残る。病院になくとも、会社のパソコンを解析すりゃ自作したラベルのデータが見つかるやろうさ」

「……どうしてわたしがお祖父ちゃんを殺さなきゃいけないんですか」

「動機か。うん、それについては二つの考えがあってな。一つはカネの問題や。お祖父さんが工場を畳んでからというもの、借金に追われて一家の生活は困窮していく。そこへ持ってきて本人の大腸がんや。入院費に抗がん剤、高齢者医療は何かと高くつく。このままじゃあ息子夫婦はますます食っていけん。それでカネ食い虫であるお祖父さんを殺すしかなかった」

絢子は疲れたように笑ってみせた。明確に否定しないので、こちらも納得してしまいそうになる。

「だが、こいつは根っから性悪にできとるわしの考えであってな。性善説を信じとる静さんには、もう一つ別の考えがあるらしい。悪いがあんたのケータイを見せてくれ」

言われた通り絢子が携帯電話を取り出すと、玄太郎はストラップを指差した。

「絢子さんはストラップやと言うたが、わしの目にはどうしたって根付にしか見えん。若い娘の趣味はよう分からんが、少なくともあんたが買った物やない。大方、お祖父さんの土産じゃないのかい」

しばらく黙っていた後、絢子はわずかに頷いてみせた。

「お祖父さんの唯一の趣味は寺社見物やったな。根付はその時の土産か」

「はい」

「あんた、最初の時にはお祖父さんを嫌っていたように言っとったが、あれは嘘やな。そんな古臭い根付、嫌いな爺いからもらったら後生大事にする訳がない。人にやるか、さっさと捨てとるさ。本当はお祖父さんが好きで好きでならんのだろう」

　絢子はまた黙りこくる。ここからは自分の出番だろうと、静が口を開いた。

「それ、常総市（じょうそうし）にある安樂寺（あんらくじ）のお土産でしょう」

　彼女は、はっとした表情でこちらを見た。

「そのお寺、干支（えと）の根付が揃っていてね。わたし元々神社仏閣に興味があって、退官後は方々を回るから薄ぼんやりと憶えてたの。トラはあなたの干支よね」

「はい」

「彼のお土産を肌身離さず持っているあなたが、まるで口減らしが目的のようにお祖父さんを殺すとは思えない。高齢者の古見さんに抗がん剤治療は長くて辛い。それにがんが他に転移していたら、もっと辛くなる。絢子さん、お祖父さんを早く苦痛から解放してあげたかったんじゃないの。付け加えるなら、それはあなた一人の考えじゃなく、古見さんの希望でもあった。そう考えると、あなたの犯行がとても腑に落ちる」

　静は絢子に近寄り、トラの根付に触れてみた。

「この根付はいつもらったの。正直に答えてください」

「……お祖父ちゃんが入院した直後」

「でしょうね。この根付は形見。そして同時に、古見さんからの最後のメッセージ。早く自分と家族を楽にしてくれというね。証言では、家族にもなかなか本音を言わない人みたいだったから、これは一種の判じ物ね。これを売っていたのは安樂寺。そう、すぐ〈安楽死〉という言葉を連想させる」

それが限界だったようだ。絢子は急に俯き、瘧のように震え始めた。

「……一度だけ確かめたんです」

虚勢も体裁も全てが剝がれ落ちた、生の声だと思った。

「トラのお腹には〈安樂寺〉と印刷されていて……まさかと思って、ベッドの上のお祖父ちゃんにトラを見せたら無言で頷いたから……」

二人の間に会話は不必要だったということか。

やがて絢子は力なく肩を落とす。

「警察に突き出すなら突き出して」

「何をたわけたことを」

玄太郎は心外そうに言う。

「わしらは一般市民やぞ。静さんだって元裁判官とゆうだけや。わしらの出る幕やあらせん。勝手にするさ」

「勝手にって」

「安楽死が故人の意思なら、部外者のわしらがどうのこうの言う問題でもない。ただなあ、お嬢さんよ。人に言えない秘密は、内側から本人を蝕んでいく。それが耐えられんと思うんなら、いつでも打ち明けるがええさ」

やがて顔を覆った絢子から嗚咽が洩れ始めた。


翌日、静は楠本に呼ばれて病院へと赴いた。指定された診察室には、果たして玄太郎とみち子の二人が待機していた。

「お三方とも、ありがとうございました」

楠本は三人に対して深々と頭を下げる。

「鷹也さんからお聞きしました。わたしと浅倉さんの疑惑を晴らしてくださったとのことで……お礼の言葉もありません」

そう言われたが静は素直に頷けない。古見の自殺を幇助した絢子は、葬儀が終わると同時に警察へ出頭し全てを告白した。犯行動機は納得できるものではあったが、さりとて誇らしい気持ちにもなれない。誰が悪い訳でもないのに社会的弱者が死なねばならないというのは、やはり何かが間違っている。

「礼など要らん。わしはあの高慢ちきな刑事が見苦しく狼狽えるさまを見たかっただけでな」

玄太郎は相変わらずの憎まれ口を叩く。耳障りだが、この物言いが玄太郎の元気のバロメーターなら致し方ない部分もある。

するとが楠本は気を取り直したように背筋を伸ばした。

「では、ここからは担当医からの説明になります。まず高遠寺さん。失礼ながらご年齢に比して、身体は健康そのものです。視力・聴力が低下気味と自覚されているようですが、お歳を考えれば平均以上。血液年齢は却ってお若く、現状では生活習慣病の徴候もありません」

「まあ嬉しい」

「さて、問題はあなたです。香月さん」

玄太郎は挑むように楠本を睨む。

「問題があるんやったら、この場で言うてくれい。みち子さんは専属の介護士、静さんも身内みたいなもんやから、聞かれても一向に構わん」

束の間の逡巡の後、楠本は口を開く。

「では遠慮なく。香月さん、あなたの大腸がんはステージⅢです。早急の入院と手術をお勧めします」

第二話　像は忘れない

1

「ふふふ。知っとるかね、静さんよ。大腸がんのステージⅢbというのは五年生存率が60パーセントらしい」

　何が嬉しいのか、ベッドに横たわった玄太郎は己（おのれ）の病状を自慢げに話す。生存率60パーセントというのは希望を見出すには微妙な数値だが、玄太郎をそこいらの気弱な老人と同じに扱ってはいけない。

「10パーセントとか5パーセントとか、もうちいと際どい数字でないと全然ときめかんな」

「あんたは自分の身体で賭け事でもするつもりですか」

　玄太郎に付き添っていたみち子は、さすがに声を荒らげた。

「生存率60パーセントちゅうことは死亡率が40パーセントちゅうことなんですよ」

「何や、みち子さんはそんな数値で心配しとるんか。わしの介護士らしゅうもない」

「介護士やから心配しとるんでしょうが」

「みち子さんがどんだけ心配してくれても、がん細胞は減ってくれんぞ」

夫婦漫才のようなやり取りを眺めていた静は呆れるしかない。およそステージⅢのがん告知を受けて嬉々としている要介護の老人とそれを戒める介護士のコンビなど玄太郎たちくらいではないのか。

主治医となった楠本からステージⅢを告知された際も、玄太郎はさして驚いた様子ではなかった。ほほうと感心したような声を上げ、次に詳しい説明を求めたのだ。

『大腸がんのステージⅢにはａとｂがあり、三個以下のリンパ節に転移している状態はａ、四個以上のリンパ節に転移している状態をｂと規定しています。ａであれば五年生存率は77・7パーセントなのですが、残念ながら香月さんの場合は転移しているリンパ節が七個もあって』

楠本が気遣わしげに話している最中も、玄太郎は他人事のような顔で聞き入っていた。

『七個。うむ、縁起がええな。ラッキーセブンやないか』

真剣だった楠本もこれには呆れたらしく、次は威圧する口調に変わった。

『おそらく摘出手術は長時間に及ぶと思われます。術式の進行以前に、香月さんの身体に手術に耐えられるだけの体力があるかどうか』

『構わんよ、先生。がんの摘出が最適ならそうしてくれい。こんななりやが、多少切られたり腹の中を探られたりする程度じゃびくともせん』

楠本はひと通り説明し終えると、後ろも見ずに診察室から出ていった。おそらく匙を投げたのだろうと静は想像している。

「とにかくね、玄太郎さん。先生が早急に手術してくださるんやから、家の人を呼ばんといかんでしょ。女の子二人は学校やけど、徹也さん夫婦も研三さんも来れそうやし」

「要らん。連絡なんぞするな」

「何でですの」

みち子は半ば抗議口調で問い質すが、玄太郎の方は事もなげに答える。

「新幹線に飛び乗って二時間弱、手術が何時に終わるか知らんが、麻酔をかけられるやろうから目を覚ますまでに数時間。合わせりゃ一日近くは時間を取られる。そんな長いことあいつらを拘束させられるか」

「拘束ってねえ、子どもが親の容態気にするのは当たり前じゃないですか。第一、手術するのをお伝えせんかったら、わたしがご家族から叱られます」

「あのな、みち子さんよ。容態気にするって、そりゃわしが死ぬことを前提にしとるよな」

みち子は虚を突かれたように口を噤む。

「言っとくがな、さっき先生に言ったこたあ冗談でも強がりでもねえでよ。わしはがんなんかじゃ死にゃあせん」

「何ぞ根拠でもあるんかね」

「日本人の死亡原因の三割近くはがんらしいな」

「ええ、わたしもそう聞いとります」

「そんなありきたりな原因で誰が死んだるかい」

器用にも、玄太郎はベッドの上でふんぞり返ってみせた。

「病死なんぞ、わしには似合わん。香月玄太郎にはもっと派手な往生が相応しい」

「そんなたわけたこと、言わんでください」

「生まれる時にゃ誰の腹から出るかも選べん。死ぬ時くらい自分で場所と格好を選ばせろ」

「ああああっ、本っ当に面倒臭くって手のかかる年寄りやねえっ」

みち子は悪態を吐くが、相変わらず玄太郎は平然としている。

「とにかく、徹也さんたちには知らせておきます。それでわたしをクビにしたけりゃ好きにしてちょうでゃあせ」

言い捨てるなり、みち子も病室を出ていった。どこか携帯電話が使用できるエリアか公衆電話へ向かったのだろう。

みち子の背中を見送っていた玄太郎は大袈裟に慨嘆してみせる。

「黙っとりゃいいもんを。どうも、わしを全面的に信用しとらん」

「信用していても、玄太郎さんの介護士としては最低限の義務を果たさなければならないでしょ。みち子さんの行動はとても常識的ですよ」

「常識なあ」

「玄太郎さんはお嫌いでしょうけど、世の中は常識で動いているのですよ。格好つけたい気持ちも分からなくはありませんが、死というのは案外公平なんです」

「あのな、静さんよ。検査前は畳の上で死ねるとは思っとらんと言った」

「ええ。確かにそう聞きました」

「あれも方便でな」

玄太郎は少しも悪びれる風がない。

「わしがありきたりな死に方をせんというのはもちろん希望でもあるが、本音を言えばそれ以前にありきたりな死に方なんぞ許されんと思うとるからや」

「どうして許されないなんて考えるんですか」

「長いこと商売をしとるとな、本人の知らんところ見えん場所で商売敵を泣かしちまうことがある。商売ちゅうのはシェアを奪い合うものやから誰かが笑えば他の誰かが泣くようにできとる。この歳まで社長の椅子にふんぞり返っておるのはさ、その分他の誰かを苦しめたっちゅうことさ。ただ、わしがそいつらの顔を知らんというだけでな」

ゆっくりと玄太郎の言説が胸に刺さっていく。

信条も倫理観も異なるが、玄太郎の吐いた言葉は予てより静が抱いている葛藤と重なる。裁判官として下した判決は呻吟に呻吟を重ねたものだ。しかし判決を恨む受刑者や家族は一定数存在する。いや、被害者側にも判決を不服に思う者はいるだろう。

仕事を真摯に続ければ続けるほど敵ができていく。だからといって右顧左眄して全方位に配慮できる職務ではなく、易きに流れれば憎まれる代わりに職業倫理が潰えてしまう。

「そういう具合で散々人の恨みを買った者が畳の上で大往生ちゅうのもおこがましい話とは思わんか」

「多少は理解できるかもしれません」

あやふやな答えだったが、相手には真意が伝わったのだろう。玄太郎は合点したように頷く。

「がんでは死なんが、代わりに真っ当にも死ねん。そうでなけりゃ釣り合いが取れんような気がするしな」

「立派な覚悟ですこと」

「いやあ、覚悟なんて立派なもんやない」

「じゃあ懺悔みたいなものかしら」

懺悔と聞くなり、玄太郎はぶるりと怖気を震った。

「それこそ、わしには似合わんよ。閻魔様の前に引き出されてもアカンベーしてやろうと企んどるんやぞ」

長時間の手術に耐えられる肉体と判断が下され、玄太郎は手術室へと運ばれていった。

以後の経緯について静に語れることは多くない。長男夫婦と次男は玄太郎の手術中に到着したものの、『手術後にまだ病院内をうろうろしていたらタダじゃおかん』との伝言に怯え、手術が成功裏に終わったのを確認すると逃げるように帰っていってしまった(尚、二人の孫娘も同行を切望したらしいが、こちらは授業中だった事情も手伝って叶わなかった)。

「いや、しかし驚きですな。七十の齢にしてあの体力とは」

不本意ながら関係者と思い込まれている静は、楠本から玄太郎の術後経過を知らされる羽目になっていた。

「腸の切除ならびにリンパ節の郭清。患者の体力を酷使する術式でしたが、見事に耐え抜きました。普通、車椅子の生活をされている高齢者の方は運動不足になりがちで体力が低下しているものですが……あれほど上半身が頑健な高齢者も珍しい。何かスポーツでもされていたんですか」

楠本の疑問に答えたのは静の横に控えていたみち子だった。

「まあ、あれをスポーツと言うのかどうかは知りませんけど、日頃から欠かさず運動はしてました」

「どんな運動ですか。後学のために是非」

「横紙破りですわ」

「は」

「自分の無理を通して道理を引っ込めさせるんです。相手は商売敵に愛知県警のお歴々、教育委員会に国民党愛知県連。向こうの言い分が気に食わんと小一時間は怒鳴りっぱなし、責任者が飛んできても情け容赦なし。向こうが一つ言い訳をする度に十も二十も言い返す。傍で見ていても確かにカロリーを大量消費する運動です」

不貞腐れた口ぶりがみち子の気苦労を物語っていた。楠本も察したらしく、気まずそうに納得してみせる。

「どんなかたちにせよ、それで患者の体力・気力が充実するのであれば主治医としては歓迎です。しかし術後は絶対安静です。しばらくは入院していただきます」

「あの、患者はひどく東京を嫌っておるんですけど」

「新幹線だろうが介護カーだろうが移動は禁止します」

静は心中で少し意地の悪いことを考える。病状いかんに拘わらず籠の鳥は玄太郎が最も嫌う扱いだ。これに懲りて少しは自重というものを覚えてほしい。

「それから綴喜さんでしたか。長く香月さんの介護士をされているとのことですが、入院中のお世話は当病院のスタッフにお任せください」

「あの、それはどういう」

「術後経過には薬剤の投与、定期診察などが含まれます。介護サービスとは色々アンマッチな部分も生じる」

かくして玄太郎は〈練馬中央病院〉の虜囚となった。抜糸まではもちろん、術後転移の惧れがあるため引き続き経過観察が必要らしい。軽い病気ならともかく手術までした大病では、ころころ主治医を替える訳にもいかない。玄太郎の入院が長期になるのは避けられない状況だった。

「それで大変言いにくいのですけど」

静と二人きりになった時、みち子は申し訳なさそうに切り出した。

「一応わたしは介護サービスの会社に雇われている身でして、玄太郎さんが入院している間ずっと付き添う訳にもいかないんです」

「そうでしょうね」

「楠本先生は、あの通り入院中の介護は看護師に任せてほしいと半分命令みたいに言うし」

病院には病院の方針なりマニュアルなりがあるのだから、楠本の申し出ももっともと思える。元より介護サービス会社のいち社員であるみち子が抗える術もない。

「だから静さんにお願いがあるんです」

切り出された時、途轍もなく嫌な予感がした。

「わたしが不在の時は玄太郎さんの様子を見てもらえませんか。静さんがお手すきの時で結構ですから」

およそこの世にある厄介事で、これは最悪の頼み事と言えた。願い出たみち子も承知しているらしく、静が承諾しないなら土下座も厭わない気配だ。

「あのごんたくれ爺さんも、静さんの言うことやったらおとなしく聞くと思うんです」

玄太郎の介護というのは、詰まるところ信管の露出した核弾頭を運搬するに等しい。運び手には細心の注意と、爆発した時の覚悟および後始末がワンセットでついてくる。そんな面倒を引き受けるとしたら、よほどの怖いもの知らずか物好きに相違ない。

大体、玄太郎と行動をともにして心安らぐ時が一瞬でもあっただろうか。

いや、ない。

玄太郎の周囲には絶えずキナ臭い空気が漂い、車椅子の進む方向は決まって地雷原だった。八十過ぎの静には荷が重く、そもそもウマも合わない他人ではないか。

だから心に決めて口にした。

「短期間だったら……」

言葉にしてから動顚した。まさか。まるで他人の口が動いたようだ。

返事を聞いたみち子は感極まったように何度も頭を下げる。その様を見ていると、もう引っ込みがつかなくなった。

信管露出の核弾頭に麻酔が効いていたのはわずか一日足らずだった。手術の翌朝にはきっちり目を覚まし、「みち子さんはどこやあっ」と大声を発したらしい。

楠本が感嘆したように玄太郎の体力は人並み外れていた。無論、七十代にしてはという条件つきだが、目を覚ますなり空腹を訴えて二日後から出された病院食をあっという間に平らげ、あまつさえ「塩と味噌はないのか」と配膳係の職員を問い詰めたそうだ。

「特に味噌汁や。うっすい江戸の甘味噌なんぞ啜れるかい。血ィの色が変わるくらいの八丁味噌を持ってこんかあっ」

幸か不幸か司法研修所の入所日は四月なので、まだ間がある。みち子と約束した手前、静は渋々ながら玄太郎の付き添いをするしかなかった。

「ほう、みち子さんは時限的にお役御免か」

「病院のスタッフが二十四時間体制で看護に当たっていれば、自ずと介護士さんの出る幕は少なくなります」

珍しく玄太郎は気落ちした様子だったが、みち子のいない間は静が付き添うことを知ると、途端に恐縮し出した。

「そいつはいくら何でも迷惑やなかったかね」

「ちっとも迷惑ではありませんよ。玄太郎さんが借りてきた猫みたいにおとなしくしてくれるのなら」

「それにしても静さんがお目付け役っちゅうのは、どうにも」

「わたしをお目付け役にするような真似を控えればいいじゃないですか。もっとも、その身体では碌に動けもしないでしょうけど」

下半身不随とはいえ、特注の車椅子さえあれば玄太郎は健常者と行動範囲が変わらない。しかし抜糸するまではベッドに縛り付けられているので、車椅子ごと暴走する心配もない。

「何や静さんの口ぶりやと、わしはとんでもない犯罪者のように聞こえるが」

「お腹を縫う時、一緒にその口も縫い合わせてもらえばよかったですね」

前回の事件で露呈した通り、さしもの玄太郎の威光も警視庁には届かない。だが経済界はまた別だった。

玄太郎が大腸がんの手術で入院したというニュースはその日のうちに首都圏の経済界に轟いた。

静も後で知ったが、中央経済界にとっても香月玄太郎という男は有名人だったらしい。バブル経済の頃も崩壊した後も中部経済圏は押しなべて堅調で、東京や大阪ほどダメージを受けなかった。堅実な経済基盤と独自の商法が注目され、名古屋商工会議所会頭である玄太郎は所謂指南役と見られているらしい。事実、病院には経団連会長、日本商工会議所会頭、経済同友会代表幹事など錚々たるメンバーが見舞いに馳せ参じたのだ。

あんな人間兵器を指南役に仰ぐなど財界はよほどの人材不足なのかと嘆いてみたが、どうして同業者も玄太郎からは色々と学ぶところがあるようで経済三団体の代表者たちは一様に敬意を払っているように見えた。

「正直、意外でした」

見舞客がいったん途切れた頃合いに、静は素朴な気持ちをぶつけてみた。

「玄太郎さんが中央の財界人とあんなに懇意だったなんて思いもしませんでした」

「それは何かね、静さん。車椅子の身の上では度々上京できんからかね。いや、あいつらとはこうなる以前からの知り合いやったからね。今までわしが名古屋を出られんかった分、ここを先途(せんど)と押し寄せてきよる」

「まるでご意見番みたい」

「そんな大層なもんやない。名古屋の商売が自分たちの手本になると考えとるからさ」

「場所が違うと、商法もずいぶん違うのかしら」

「名古屋で成功する商い(あきな)は東京だろうと大阪だろうと、どこでも通用する。しかし逆はどうかな。東京資本の商売が名古屋に進出して成功したっちゅう例はあまり聞かんなあ」

「どこが違うのでしょう」

「色々あるが、一つは一度でも常連になった客をとことん大事にするこっちゃな。東京のやり方というのは絨毯爆撃(じゅうたんばくげき)でな。広大な場所に幾千幾万の爆弾を落としておいて、しかも焼け野原はそのまま放置しとる。短期では収益も上がるだろうが長続きはせん。長続きせんから空爆の範囲を全国へ、全国を焼き尽くしたら次は海の向こうへ拡大するしかない」

　商売には無縁の静にも腑(ふ)に落ちる説明だった。

「中部商圏ちゅうのは割に閉鎖的でな。全体のパイが予め(あらかじ)決まっとるから、どうしたって既存の客とどれだけ長く付き合うかを考える。言うたら必要だったからそういう商法になっただけの話さ」

次の日に訪れた見舞客もまた、中央経済界の一翼を担う人物だった。日建連（日本建設業連合会）会長、汀和克洋。静も経済新聞で何度か顔を拝んだことのある人物だ。

「いよお汀和さん、八十日目（名古屋弁で久しぶりの意）やな」

「香月さん、もう具合はいいのかね。あんたが大腸がんで入院したと聞いて飛んできたが」

「手術も終わって、後は抜糸を待つだけや。わし自身ががんみたいなもんやからな。大腸がんごときに食われやせんよ」

玄太郎自身ががんというのは言い得て妙だと思った。

それから汀和は共通の友人について、あまり趣味のよろしくない噂話を始めた。ようやく汀和が静の存在を気に留めたのは、しばらくしてからだった。

「ところで香月さん。ずいぶん年上の秘書をつけているんだね。いやご年配の方が安心感があるが」

「わたしは秘書ではありません」

感情を抑えたつもりだが、ひょっとしたら端っこくらいは顔を覗かせたかもしれない。静の怒りを察知したらしく、慌てて玄太郎が説明する。

「あのな、汀和さん。こちらは高遠寺静さんちゅうて今はわしの付き添いをしてもらっておるが」

「ああ、それは失礼」

一知半解の癖でもあるのかそれとも元々女を軽んじているのか、汀和はそれ以上静の素性を追及することなく話を続ける。

「実は折り入って香月さんに相談があってな。長らく土木建築の世界に身を置く先輩として意見を頂戴したい」

その口調で見舞いがただの口実であるのが分かった。

「長らくちゅうが、あんただっていい加減ヌシみたいなもんやろう」

「ヌシと呼ばれるにはまだまだ狡猾さが足らんと言われている」

「わしは足りとるのかい」

「否定するのかい」

「せん」

「相談事というのは他でもない、巷を賑わせている構造計算書偽造問題に関してなんだ」

傍観を決め込んでいたはずの静は俄然、興味を搔き立てられた。汀和に解説されるまでもなく、構造計算書偽造問題は今や国会でも取り上げられるほどの事件に発展していたからだ。

事の発端は昨年の十一月、国土交通省にもたらされた匿名の電話だった。

『鳴川建築設計事務所の鳴川一級建築士は構造計算書を偽造している』

構造計算書は建築物の構造計算の概要等をまとめた書式で、建築確認申請の際に提出を義務づけられるものだ。建築前にはこの構造計算書が固定荷重・積載荷重・積雪荷重・風荷重・地震荷重に対して安全を保証するかたちになる。逆に言えば構造計算書の偽造は建築物に対する信頼を根底から覆す。

直ちに国交省は、鳴川一級建築士が設計に携わった施工予定の建築物を検査。その結果、検査対象八棟のうち六棟に鉄筋量の異常が認められ、構造計算書が偽造されている事実を公表した。

建築業界に激震が走った。というのも、一級建築士鳴川秀実は日事協（日本建築士事務所協会）建築賞の受賞者であり、彼の関わった建築物は既に竣工したもので四十棟を超えていたからだ。もしその全ての構造計算書が偽造であった場合、建て替え・移転・住民補償等莫大な損害が発生する。

それぞれの施工主が自発的または強制されるかたちで検査を行ったところ、現時点では鉄筋量の異常が報告されたのがカイザ建設の施工した建物だけであることが判明している。

今年の二月になって衆議院国土交通委員会はカイザ建設代表取締役介座峯治と鳴川の両名を参考人招致する。参考人質疑の様子は静もテレビ中継を観ていたので記憶に新しい。介座が一礼した時、寂しい頭頂部を苦労して整えていたのを妙に憶えている。

だが当日鳴川は欠席、出頭したのは介座だけだった。国会の場で介座は構造計算を鳴川に発注したものの、偽造には一切関与していないと証言した。だが、それを信じる者は多くなかった。鉄筋の数を減らせばその分工事費は大幅に浮く。仕様書に記載された工事費との差額がそのままカイザ建設の利益になるからだ。

一方、参考人招致を欠席した鳴川は一部マスコミの取材にこう回答していた。

『構造計算書の偽造は介座社長に指示されて行ったことです』

介座の国会での証言を完全に否定する内容に世間はそれ見たことかと色めき立つ。どちらかが嘘を吐いている訳で、真偽によっては被害が更に拡大する。

マスコミ報道で尻に火が点いた衆議院国土交通委員会は介座と鳴川の証人喚問を議決、今月にも出頭日を決めて二人の証言を待ち構えているところだった。証人喚問となれば、もう偽証は許されない。居並ぶ議員と全国民の前で真実が明らかになる。

「証人喚問されたら何ぞ日建連に都合の悪いことでもあるかね」

「知っているのに惚けるのは悪い癖だよ。鳴川が関与したマンションはまだ全部の検査が終わった訳じゃない。もし構造計算書の偽造がカイザ建設案件に留まれば良し、しかし鳴川の話が虚偽であった場合、施工主たちは枕を高くして眠れない」

「欠陥マンションの尻拭いが怖いか」

「マンションの建て替えだけならまだいい。怖いのは住人による集団訴訟だ。施工を手掛けたのは大手ゼネコンから中堅まで多岐に亘る。もし一斉に集団訴訟されたらカネだけでなくヒトと時間が必要になる。それだけじゃない。現状、何の問題も発生していない物件まで疑いの目を向けられる。これだけ世間の注目を浴びれば住人から検査要求が出た場合は応じざるを得ない。そしてまたカネとヒトと時間が費やされる」

「まさか、わしに同情してほしいんか」

「同情してもらっても一円の得にもならん。相談に乗ってもらいたいのは訴訟対応だ。あんたは昔から、そういう交渉事に慣れているだろ。はっきり言ってしまえば、客を黙らせる手練手管に長けている。訴訟になる前に示談を進めておけば盤石だ。あんたの交渉術の一端を、是非施工主たちに伝授してほしい。無論、実弾や多少危ないことも必要だったら」

「うー、げほげほ」

汀和の言葉を遮るように、わざとらしく玄太郎が咳き込んでみせる。話に夢中だった汀和もやっと静の面前であるのを思い出した様子だ。

「あのな、汀和さんよ。この静さんは元判事で、この春からは司法研修所の教官に任命されとる」

一瞬にして汀和の顔色が変わった。

「いや、あの、実弾というのはものの喩えでして、香月さんから伝授してもらう交渉術というのは決して違法な手段を指しているのではなく」

「今のは聞かなかったことにしましょう」

見苦しい言い訳を聞いても不愉快になるだけだ。第一、とっくに判事を退官している身で何を告発できるはずもない。

「お心遣い、感謝します。しかし香月さん。どうしてあんたがこんな人と懇意なのかね」

「わしの顔の広さはあんたも知っとるやろうが」

「素性のいいのから悪いのまで幅広くな……おっと、また口が滑った」

「しかし、お前さんにしては歯切れが悪いな。いやしくも日建連の会長なら一刀両断で介座社長なり鳴川なりを断罪すりゃ、それだけでずいぶん心証が違うてくる。ただ闇雲に住人を懐柔するより、そっちが先決やないのか」

「ああ、二人のどちらかでも断罪できれば、こんなに楽なことはないさ。それができんから弱っている。まず介座社長は日建連理事の一人でわたしとも知らぬ間柄じゃない」

　つまり身内だから弾劾しづらいという訳か。建設業界の旧弊さを見せつけられるようで、少なからず静は不愉快だった。

「一方、建築士の鳴川も、個人的にはよく知っている。ウチの会社が何度か仕事を発注したし、彼に日事協建築賞のトロフィーを手渡したのもわたしだ」

「個人的な知り合いか。いったいどんな男だい」

「ひと言で言うなら宮沢賢治だな。ホメラレモセズ　クニモサレズというヤツさ。まだ若いのに目立ちたいとか褒められたいとかは考えていない男で、授賞式の時などにこりともしなかった。あの様子じゃ、折角手渡したトロフィーも当日中に捨てられたかもしれないな」

「覇気のないヤツなのか」

「何しろストイックな男で、覇気はあっても常人とは別の方向に向いているんだろう。遺漏はないし納期も守る。そういう堅実な仕事ぶりだったから、今回の構造計算書偽造問題はどうにも腑に落ちない。介座社長からの指示、鳴川の独断。いずれも承服し難い」

　汀和は憂い顔で嘆息する。他人のために悩める度量があるのなら、きっと根は善人なのだろう。

「来たるべき証人喚問で二人は直接対決する。どちらが正しくてもひと波乱起きるだろうし、どちらが偽証していても後味が悪い」

だが汀和の懊悩は意外なかたちで解決する結果となった。

　証人喚問を三日後に控えた三月二十五日、渦中の鳴川が死体となって発見されたからだ。

2

　玄太郎と静が鳴川の死を知ったのは翌日の新聞報道からだった。

『二十五日夜、港区芝公園一丁目の歩道橋下で倒れている男性が発見された。男性の身元は同区に居住する鳴川秀実さん(36)で頭部を強打しており、病院に搬送されたが、間もなく死亡が確認された。警察では鳴川さんが歩道橋の階段から転落したものとみて捜査を開始した。鳴川さんは構造計算書偽造問題の証人として二十八日の衆議院国土交通委員会の証人喚問に出頭する予定だった』

汀和からカイザ建設と鳴川の話を聞いたばかりなので、本人の死亡記事は少なからず胸に応える。

「読んだか、静さん」

ベッドの上の玄太郎が興味津々といった体で、こちらの反応を窺っている。

「噂をすれば何とやらですけど、いい気分にはなりませんね」

「いい気分になれんのは、ただの事故死には思えんからや。証人喚問直前のこのタイミングじゃ、勘繰るなっちゅう方が無理さ」

口封じ。

いささか短絡的だが、事件の背後に建設業界が絡んでいるとなると嫌でも勘繰りが働く。現時点でカイザ建設発注以外の建物で構造計算書偽造は発覚していないが、だからといって検査が全て完了した訳でもない。未だ鉄筋量の少ない物件が潜在している可能性は否めず、鳴川に真実を告げられたら困る者たちが介座以外にも存在しているのではないか。

「彼が死んだら枕を高くして寝られる人間が何人いるのでしょうね。玄太郎さんはどう思いますか」

「大手ゼネコンやろうが零細やろうが、建設業ちゅうのは人足あっての物種でな。人足を集めようとすると、どうしたってヤクザなりフロント企業の影が見え隠れする。さすがに最近は暴対法やら何やらで表には出にくうなったが、危ない仕事をヤクザに丸投げしようと考える者がおっても不思議やない」

判事時代、わずかなカネや体面のために他人を殺めた人間を大勢見てきた。今でもそういう者たちはどこかに潜んでいるに違いない。

ふと玄太郎を見ると、天井に視線を当てて唇を尖らせている。まるで悪戯が過ぎて外出を禁じられた子どものようだった。

「ひょっとして玄太郎さん、また探偵ごっこしたくなってませんか」

図星だったらしく、病床の老人はひどくきまりが悪そうな顔をした。

「ごっこというのは言い過ぎやないのか」

「正式に捜査権を持たぬ人の捜査はどこまでいっても所詮はごっこです」

「確かに正式な捜査権というのはないな。しかし究明する義務はある」

「伺いましょう」

「これはな、ただの市井の事件やない。建設業だけやのうてデベロッパー業界も巻き込む厄介事さ。今回の構造計算書偽造が鳴川一人だけの不心得に留まりゃええが、世間はそうは見てくれん。自分の住んどるマンションは本当に大丈夫なのか、あの施工会社は、あの一級建築士とやらは信用できるのか。自分が生活の中心にしておる住居は、実はとんでもない欠陥住宅やないのか。一度でもそう思い込んだら、もう疑心暗鬼さ。住宅についての不安が不安を呼んで、ちょっとしたパニックになる。耐震構造の再検査をしろだの、構造計算書どころか建築に関わる一切合切の資料を公開しろだの、果ては偽造は認められんかったが精神的苦痛を味わったので損害を賠償せえだの、風評被害で価値が下がったので家賃やローンの金額を減額しろと言い出す輩（やから）が出てくる」

「まさか。考え過ぎでしょ」

「本当にそう思うかね」

悔しいかな、断言できる自信はなかった。

「家を買うにしても住むにしても一応契約書は存在するが、根底にあるのは信頼関係や。ところがその信頼関係に罅（ひび）が入ってみい。パニックなんぞ、あっという間や。〈香月地所〉も例外やない。鳴川とカイザ建設の話の拗（こじ）れ具合によっちゃあ、全国で集団訴訟が起きるかもしれん。デベロッパーの世界の住人として究明する義務があると言ったのは、そこさ」

こちらに向き直った玄太郎は、もう悪童ではなく毅然とした経営者の顔だった。

「そういう理屈なら、わたしも納得できます。でも残念ですね。究明する動機はともかく、そんな状態では車椅子にも乗れないでしょう」

皮肉や嫌味でなく、純粋な同情から出た言葉だった。自分で承知しているからさすがに悄然とすると思ったが、そこは玄太郎。「ふん」と鼻を鳴らすと唇の端を歪めた。

「身体が使えんでも、やれることはあるよ」

いったい何を企んでいるのやら。したくもない想像に頭を巡らせていると、ドアを開けて女性看護師が顔を覗かせた。

「ご面会希望の人がいらっしゃいます。先日もお見舞いに来られた日建連の汀和さんという方なんですけど」

摘出手術を終えた直後、面会謝絶でなくなったにしても看護師からすれば親族以外の面会は控えてほしいところだろうが、そうは問屋が卸さない。矢庭に玄太郎は目を輝かせ、ベッドから跳ね起きんばかりの勢いだった。

「今すぐ通せ」

鴨が葱を背負って来るというのは、こういうことを言うのだろう。新聞報道の直後だから、汀和の訪問目的はおよそ見当がつく。いったい玄太郎の引きが強いのか、それとも事件の方から玄太郎に近づいていくのか。

病室に入ってきた汀和は目尻に苦悩を湛えていた。無理もない。自分が栄冠を手渡した相手、仕事ぶりを称賛していた男が死んでしまったのだ。

「新聞を見たか、香月さん」

「ああ、見た。歩道橋から転落したそうだな」

「警察は事故と事件の両面から捜査していると報じているが、わたしが聞いたところではきっちり他殺の線で進めている」

歩道橋の上から人を突き落とす。被害者の立った姿勢にもよるが、ぽんと軽く押してやるだけで可能な殺人だ。手間も要らず痕跡も残りにくい。逆に言えば、それだけ謀殺を疑われやすい。

「証人喚問の当事者だから、口を塞げば誰かしらの利益になると疑われても仕方がない。関係者は痛くもない腹を探られることになる」

「痛い腹を探られりゃ、もっと痛いしなあ」

がんと一緒に、その毒舌も切除してくれれば良かったのに。

「今の言葉、日建連会長としては断固抗議すべきなのだろうが、同業者の香月さんに言われてはな」

「介座社長に捜査の手が伸びでもしたか」

「カイザ建設だけじゃない。大手ゼネコンや中小、鳴川に設計なり構造計算を依頼した会社は軒並み捜査対象に挙がっているらしい」

「あんたの会社だって例外じゃあるまい。ええんかい、こんなところで油を売っておって」

「業界全体が大騒ぎしているのに油を売っている暇なんかない。今日は折り入って相談に来た」

「折角やが、わしは身動きが取れんぞ」

「相談したかったのは香月さんじゃない」

　途端に嫌な予感がしたが、静の願いも空しく汀和はこちらに顔を向けてきた。

「高遠寺さんは判事さんでしたね」

「〈元〉です」

「失礼ながら少し調べさせてもらいました。確かに退官されていますが、日本で二十番目の女性判事として法曹界では知らぬ者がいない」

「とんでもない買い被りです。ただの口うるさい老害に過ぎません」

「おいおい、横取りはようないな。わしを差し置いて老害を名乗ったらあかん」

「老醜を競って、どうしようというのですか」

　言い争うのも馬鹿馬鹿しくなってきた。

「高遠寺判事が老害などであるものですか。各大学のみならず警察機関においても多くの講義をこなしていらっしゃると聞き及んでいます。わたしたち建設業界の者と判事とでは信頼度が違う」

「つまり、わたしに捜査の進捗状況を訊いてこいという意味ですか」

「高遠寺判事なら」

　どんな時も慎みを忘れないようにと心掛けてきたが、さすがに腹に据えかねた。

「理解していただけないのなら何度でも申し上げますが、〈元〉という肩書で現場に足を踏み入れるほど面の皮は厚くありませんよ」

「あのな、汀和さん。静さんちゅうのは退官していても心に八咫鏡のバッジをつけとるような人や。建築屋の走狗にしてやろうなんて考えとったら、えらい目に遭うぞ」

「走狗だなんて滅相もない。わたしはただ建設業界未曽有の危機を何とか回避したいと」

どちらにしても見舞客としては最悪だ。患者に安寧どころか興奮をもたらしている。玄太郎が外出するなどと言い出さないうちに、お引き取り願った方がよさそうだ。

ところがその時、またしても看護師が顔を出した。

「あのう、汀和さん、でしたか」

「はい、わたしが汀和ですが」

「汀和さんにお会いしたいと警察の方がお見えですが、面会が終わるまでお待ちいただきましょうか」

さては鳴川に少なからず縁のある汀和からも事情聴取するつもりか。それにしても病院への見舞いにまで目を光らせているのは、それだけ警察が重大事件と認識している証左だった。

汀和を病室から追い出すいい口実ができたと思っていると、またぞろ玄太郎が意味ありげな視線を彼に向けてきた。

「ほ。噂をすれば何とやらだ。汀和さん、警察をここに招き入れたらどうや。わしは一向に構わんよ」

突然の申し出に汀和は目を白黒させる。

「病院に訪ねてきたのは、あんたの行動を逐一チェックしとるからや」

「油断も隙もあったもんじゃないな」

「そういうヤツらがあんたを尋問する。汀和さんもこの世界じゃ古強者やが、警察相手では心細かろ。しかし、ここには法律の専門家がいてくれる。横にいてくれるだけでも百人力や」

「何を勝手なことを言ってるんですか」

「いや、静さんに何かせえと言うんやない。静さんはそこに座っとるだけでいい。そしたら警察も迂闊な真似はするまいて」

「ああ、確かにそれは守護神のようで心強い」

勢いに任せて汀和までが乗ってきた。どうして老人というのは、こうも手前に都合のいいように話を進めるのだろうか。三人の中では最長老の静は、自戒を込めてそう思う。

「看護婦さん、そのお巡りさんを病室に呼んでくれい」

「え、でも」

「あやつらは目的の人間に会えん限り、ずっと待合室で粘りよるぞ。他の患者に迷惑がかからねばいいが」

玄太郎の脅しは効果覿面で、看護師はこくこくと頷くなりすぐに警察官を連れてきた。

「愛宕署強行犯係の砺波です」

三十代と思しき刑事は、病室の老人たちを眺めてわずかに気後れしたようだった。

「日建連会長の汀和さんとお話がしたかったのですが……場所を変えた方がよさそうで

すね」

「いや、ここでよろしい」

砺波が言い終わらぬうちに、汀和がこちらを指し示す。

「このご婦人をご存じですか。日本で二十番目の女性判事、高遠寺静さんです」

「存じ上げていますよ。警視庁で行われた講演には、わたしも参加していましたので。

しかし、何故ここに判事がいらっしゃるんですか」

「まあ、友人繋がりやな」

汀和から玄太郎を紹介された砺波は、不審げな素振りを隠せない。

「どうせ鳴川が殺された事件で事情聴取に来たんやろ。わしらに気兼ねは要らんから、

さっさと始めい」

「気兼ねは要らないって……こっちが困りますよ」

困ると言いながら、砺波は静にちらちらと救難信号を送っている。彼にとって目障り

なのは玄太郎だけらしい。

「そうですね。大手術を終えたばかりの患者の前で刺激的な話は禁物ですから、別室を

お借りするというのはどうでしょう」

「それはいいですね」

砺波はあからさまに安堵の表情を浮かべ、汀和に席を立つよう促した。

三人が席を立ったが、不思議に玄太郎は抗議の声を上げようとしない。謀を愉しむような視線で静は合点した。自分を事情聴取に同席させて、後で詳細を訊こうという肚なのだ。してみれば砺波を快く病室に迎え入れて話を促したのも、全て計算ずくということになる。

忌々しいったらありゃしない。

別室といっても防音設備が完璧な部屋があるはずもなく、静たちは楠本の計らいで控室の一つを借りることとなった。

控室に入る直前、砺波が小声で囁きかけてきた。

「警視庁での講演、わたしも感ずるところ大でした。科学捜査に偏重するあまり冤罪が増え、これからはますます捜査員一人一人の技量が問われるようになる。胸に沁みました」

聴き手が感動すればするほど講師は逆に冷めていく。よくあることだが、今回は自分が巻き込まれている自覚があるので尚更だ。

「今から汀和会長の事情聴取を始めますが、至らないところがあれば是非ご指摘ください」

高名も高齢になれば時に悪徳となりうる。玄太郎の企みが功を奏し、静は望まないまま事件の渦中に巻き込まれていく。

だが静にも自戒すべき点がある。本当に巻き込まれるのが嫌なら途中下車をすればいいだけの話だが、静の好奇心は既に捜査に向けられている。誰がどんな罪を犯し、そしてどのような罰を受けるべきか。それを定めようとする裁判官の血がふつふつと滾っているのだ。

「さて、汀和さん。構造計算書偽造問題で証人喚問が予定されていた鳴川一級建築士が亡くなった件はご存じですね」

「ええ、新聞報道で」

「形式的な質問ですが、昨日の午後九時から十時までの間、汀和さんはどこにいらっしゃいましたか」

言わずと知れたアリバイ確認だが、同時に鳴川の死亡推定時刻の開陳でもある。午後九時から十時にかけてとなると、大抵の勤め人は帰宅している時間帯のはずだ。

「その時間なら家にいました。家内が証言してくれるはずです」

「因みに今お召しのジャケットは昨日も着ていらっしゃいましたか」

妙な質問をすると思ったが、汀和は何の抵抗もなく否定する。

「いえ。ジャケットは毎日替えますから」

「鳴川氏は多くのクライアントを抱えており、従って構造計算書の偽造は各クライアントに及んでいる可能性があります。それは汀和会長、あなたの会社も例外ではありません。しかもあなたは建築賞のプレゼンターであり、受賞後の鳴川氏に色々と目をかけていたようですね」

「日事協建築賞の受賞者は、過去の実績もさることながら今後の活躍を期待できる人材です。プレゼンターであるわたしが気にするのは当然でしょう」

「業界内、あるいはそれ以外で彼を恨みに思ったり危険視したりする人物に心当たりはありませんか」

　汀和はわずかに顔を顰めた。

「構造計算書偽造問題で身に覚えのある業者は軒並み容疑者でしょうな。もっとも、わたしには見分けがつかないが」

「日建連会長でもですか」

「基本的に、会員は全員が真っ当な商売をしていると信じているのでね」

「渦中の介座社長はどうですか。あまりいい噂を聞かないようですけれど」

　既に関係者の何人かを聴取して情報を得ているのか、砺波の質問には確信が聞き取れる。汀和はこの質問にもいい顔をしない。

「無責任な噂ならカイザ建設以外にも、いくらでも存在する。会長の立場にある者が噂に振り回される訳にはいかないでしょう。警察は噂を本気にしているんですか」

「火のない所に煙は立たぬと言いますからね。仮に火がなかったとしても、噂を広めている人間が火種を持っていることになります」

「どうあっても我々の業界が泥に塗れていると考えたいようですね」

「わたし個人ではなく世間の心証ですよ。国交省が構造計算書偽造の事実を公表して以来、世間は建設業界全体を胡散臭いと思っていますよ」

　汀和は完全に気を悪くした様子で、唇をへの字に曲げている。だが、これは砺波の術中に嵌りつつあると言えなくもない。わざと尋問相手を怒らせて本音を引き出すのは、手慣れた刑事の常套手段だ。

　見上げたことに、汀和は怒りを顔に出しても口には出さなかった。自制心を発揮して見事な反論を展開してみせた。

「そうですか。では一度その世間とやらを、わたしの目の前に連れてきてくれませんか」

「え」

「連れても来られない人間の妄言を鵜呑みにしろと？　それこそ胡散臭い話の筆頭だ。結局あなたは自分の言説に何の権威も説得力もないのを知っているから、世間という胡乱なものを拠り処にしようとしているだけだ。もっとはっきり、あなた個人の心証だと、建設業界の人間は誰一人として信用ならないと表明すればいいのに」

　理屈を肯定するかどうかはさておき、世評に対する抗弁としては充分だろう。現に言葉を返された砺波は、予想もしなかった反論に追撃できないでいる。

「今回、たまたま建設業界が槍玉に挙げられているが、大阪府警のネコババ事件やら道警の裏ガネ作りやら、不祥事の数や根深さで警察に勝てるものじゃない。他の業界を悪し様に言う前に、ご自分の足元を見られたらいかがですか」

砺波は二の句を継げずにいた。

事情聴取は汀和に軍配が上がり、彼が控室を出ていった後、砺波は静をまともに見ることもできなかった。

「面目ありません、判事。色々とお見苦しいところを」

「向こうは年嵩で経験値を積んだ相手です。自分の思い通りに操縦できなかったくらいで落ち込まない。今回失敗したと反省しているのなら、次回に挽回すればいいんです」

砺波の稚拙さは場数を踏んでいけば解消できる類のものだ。相手を煽るような尋問はあまり感心しないが、今からなら他の手法を自家薬籠中の物にするのも不可能ではあるまい。

「至らぬところをご指摘くださいとお願いしましたが、至らぬところだらけで突っ込む余裕もなかったでしょう」

「そういう卑下の仕方は我が身を滅ぼすからおやめなさい」

「はあ……」

「傍目で拝見していると、ずいぶん焦点のぼやけた質問に思えました。関係者全員に同じ訊き方をしているのなら、まだ容疑者を絞り込む条件を確定できていないのでは」

仰る通りです、と砺波は言う。

「司法解剖の結果は頭蓋骨骨折による脳挫傷で、傷口は階段の縁の形状と一致しています。また体内からアルコールは検出されず、被害者に貧血や立ち眩み等の持病がなかった事実も報告されています。歩道橋の階段は四十五段、上から見下ろせばかなりの高さであり、鳴川が不注意で転落したとは考え難い。上から何者かに突き落とされたと考えるのが妥当です」

「目撃者とか防犯カメラの映像はないのですか」

「時間が時間でして、訊き込みの最中ですがまだ目撃者は発見できていません。歩道橋付近には防犯カメラは設置されていません」

「被害者以外の残留物は」

「不明毛髪と下足痕の山です。おまけに昨夜は風が強く、犯人の残したものは飛ばされた惧れがあります」

ないない尽くしではないか。それなら先刻の的を射ない尋問も宜なるかなと思えてくる。

「さっき、妙な質問をしていましたね。汀和さんが昨日も同じジャケットを着ていたかどうかとか。あれはどういう意図があるんですか」

「唯一の手掛かりらしい手掛かりなんです。被害者の事務所は現場の近くにあり、どうやら作業途中か終了直後に事務所を出たらしく、右の手の平にはべったりと製図用インクが付着していたんです」

砺波の説明によれば製図用インクというのは、色材として顔料(がんりょう)が使用されニカワ等の固着液が混ぜ合わされている。そのため耐水性や定着性に優れており、保存を目的とした図面の作成にはもってこいなのだという。

「製図用インクはメーカーや用途によってそれぞれ成分が違います。従って犯人の着衣に同じ成分のインクが付着していた場合、揺るぎない物的証拠となります」

ここで静はロカールの交換原理を思い出す。異なる物質が接触する時、一方から他方へ接触事実を示す痕跡が残されるという法則だ。

「定着性に優れているのなら、被害者の手に付着してすぐに固まるのではありませんか」

「強く握り締めればわずかにインクはうつるそうです」

「着衣にうつったのなら、被害者の手の平にも着衣の繊維が残るのではありませんか」

「残念ながら、被害者の手の平から繊維その他の残留物は検出できませんでした」

「それじゃあ、容疑者と思しき関係者が昨日着ていた服全てを鑑識に回さなければなりませんね」

考えるだに効率の悪い捜査手法だと思ったが、状況を聞く限りでは致し方ない。

「ええ。しかし判事からのアドバイスをいただければ、容疑者の絞り込みも早くなる気がします」

砺波は期待を込めた目で静を見る。やめてくれ、と思う。そんな目をされては断りにくいではないか。

「今のわたしはただの民間人です」

「司法研修所の教官に任命されるような方がただの民間人であるはずがないでしょう。高遠寺判事なら、事情聴取や取り調べに同席されても上司は文句を言わないに決まっています。いえ、同席されることで捜査が適正に行われたことの証明にもなります。もう少しわたしとご同行いただけませんか」

「でも」

「お願いします」

深々と頭を下げられると、もう断る材料が尽きた。

当初は巻き込まれたかたちだったが、いつしか静は自分から捜査に首を突っ込んでいた。

3

病院を出た砺波は、次に介座社長から事情聴取する予定だと言う。

「でもその前に、判事には現場と鳴川の事務所を見ていただけたらと思います」

鳴川の死体が発見された場所は既に規制線が解除されていたが、ガードレール脇に供花されているのが事件現場の名残だった。

「残留物の採取は終わっているので、現場への立ち入りができます」

つまり鳴川の立っていた地点を見てくれという要請だ。静はゆっくりと歩道橋の階段を上る。八十過ぎでもまだ足腰は丈夫なので、ローファー履きなら危なげなく上っていける。

四十五段を上がりきって歩道橋の上に立つと、目の前に東京タワーが聳える。ここ芝公園の地下二十メートルには頑丈な東京礫層が広がっており、高層建築物にはお誂え向きの地域だ。建築家の死に場所としてこれ以上相応しいところはないのではないか。

次に真下を見下ろして今の感想をすぐさま取り消した。

いくら眺望が良くても、ここから転落するのは御免こうむる。踊り場もない四十五段は見ているだけで足にきそうだ。手摺りに摑まらなければ静は下りられない。

真横にいた砺波が気遣って一段下に立ってくれた。

「建築関係者に言わせると、踊り場というのは構造上意味のないものだそうですが、安心感という点ではずいぶん差がありますね」

「同感です」

通い慣れた者でも下りる際には注意を必要とするだろう。

「確かに、突き飛ばされない限り転落しそうにありませんね」

砺波は東京タワーと逆の方角を指し示す。

「鳴川の事務所はあの辺りです。ここまで徒歩数分の距離ですよ」

指し示された方向にはオフィスビルが立ち並んでいる。昼間は賑やかなのに、深夜になれば途端に人通りが途切れるオフィス街の典型だった。こうして見渡しても、歩道橋付近に防犯カメラは見当たらない。

「死亡推定時刻は午後九時から十時の間でしたね。そんな時刻に被害者は何の用事で事務所を出たのでしょう。自宅が他にあるんですか」

「いえ、事務所は自宅兼用です。我々は鳴川が何者かに呼び出されたのではないかと考えています。死体から本人のケータイが見つかりませんでしたからね」

歩道橋付近で落ち合うために連絡したと仮定すると、鳴川の携帯電話には着信履歴が残っているはずだ。犯人には都合の悪い代物であり、死体から奪っていった理由も納得できる。

「第一発見者は十時過ぎに現場を通りかかったサラリーマンでした。残業帰りのところを、死体に出くわしたそうです」

「身元は」

「本人の申告通り、この界隈のオフィスに勤める印刷会社の社員です。現状、建築業界との関連は見出せません」

「死体から奪われたのは携帯電話だけだったのですか」

「事務所を家宅捜索しても、唯一それだけが見当たらないのですよ。大体、ちょっと外出する時でもケータイだけは持っていくものでしょう」

静自身は一線を退いた事情もあり、電話でやり取りする相手はめっきり減ってしまった。だから携帯電話といいながら部屋に置き忘れても平気なのだが、砺波や彼より若い世代には肌身離せないものなのだろう。

　鳴川の事務所はマンションの一階にあった。窓から遠い場所に製図テーブルやパソコンが置かれ、手の届く範囲に道具が整然と並んでいる。見栄えよりは機能性を重視した配置だが、乱雑になっていないので整然として見える。壁には過去に手掛けた建築物の写真が並び、鳴川の仕事が多岐に亘っていたことを証明していた。高層ビルはもちろん一般住宅に店舗、更には図書館の設計も請け負ったらしい。

　しばらく事務所内を見回す。事務所だからといえばそれまでだが、建物や設計に関するもの以外は何も見当たらない。小物から書籍、インテリアに至るまで全てが建築絡みだ。汀和が話していた鳴川のストイックさとはこれを含めての心証なのだろう。

「それにしても広い事務所ですね。いったい鳴川さんは何人雇っていたのですか」

「それが……事務員は一人もいなかったみたいです」

「事務員ゼロ。コンペや受注、打ち合わせやスケジューリングも全部一人でこなしていたのですか」

「以前は事務員が一人いたようですが、最近ではずっと事務員なしでした」

「退職の理由、どうせ調べているんでしょう」

「事務員といっても実の妹でしてね。ところが、その妹が一昨年の暮れに自殺しているんです」

「自殺の原因は」

「不明です」

砺波は小さく頭を振る。

「妹さん、鳴川千佳は借りていたアパートの浴室で手首を切り、出血性ショックで死亡しました。遺書はありませんが、玄関には内側からチェーンと鍵が掛かっている状態であったため自殺として処理されました」

「関係者にも自殺の動機は分からなかったのですね」

「ええ。鳴川や彼女の友人から事情を訊いたのですが、誰一人として動機は思い当たらなかったんです」

実の妹亡き後、代わりの事務員を雇い入れるのに抵抗があったのだろうか。鳴川本人が死んでしまった今、確かめる術はないが、静はそうかもしれないと考える。

不意に静の視線が棚の上に止まった。土台に人物像を載せたトロフィーで、近づいてみるとプレートには〈日本建築士事務所協会　建築賞　ルイス・カーン像〉とある。ルイス・カーンなる人物が何者かは知らないが、おそらく建築界での著名人なのだろう。ルイス・カーン像が唯一の褒賞らしい褒賞だった。

改めて部屋を見回したが他に賞状やトロフィーの類は見当たらない。

「鳴川さんの受賞歴はお調べになったんですか」

「自治体や企業主催の小さな賞はいくつか獲っていますが業界でメジャーな賞というのは日事協建築賞が初だったようです。鳴川にとってはジャンピングボードだったというのが、関係者の一致した見方でしたね」

才能がものを言う世界では冠を得ることが飛躍の条件になることが多い。才能は部外者の目には見えないので、斯界のお墨付きが必要になるからだ。

「この事務所も自宅部分も、既に鑑識が入って残留物の採取を終えています。しかし現状、容疑者を特定できるものは検出できていません」

やはり犯人は歩道橋で鳴川と落ち合い凶行に至ったとみるのが妥当だろう。

鳴川の事務所を後にすると、介座社長から事情聴取をするために砺波は静を伴って捜査本部に戻った。

「判事は隣の部屋から取り調べの様子を見ていてください」

取調室の窓はマジックミラーになっており、対象者とのやり取りを具に観察できる。事情聴取する側にすれば都合のいいことこの上ないのだろうが、傍聴人を交えた法廷で審理を見てきた静には違和感が拭えない。

「何か盗み見のような感じで、わたしは嫌です。ただの事情聴取なら他の部屋で同席してはいけませんか」

「取調室の方が尋問しやすいのは、判事もご承知でしょう」

「何度も言いますけど、今のわたしはただの民間人なのですよ」

砺波の顔が苦渋に歪む。やがて彼の提示した妥協案は密室以外での事情聴取だった。一階フロアの隅、パーテーションで仕切られたコーナーで介座社長から話を聞くことになったのだ。

静はあくまでも部外者という立場を崩さず、砺波の後ろに控えていたが、やがて指定した時間に現れた介座を見て驚いた。

何と介座は頭を丸めていたのだ。

「どうしたんですか、その頭」

挨拶も忘れて砺波が尋ねると、介座はきまり悪そうに禿頭を撫(な)でてみせた。

「証人喚問に備えて床屋にいってきました」

「それはその、謝罪とか禊(みそぎ)とかいう意味なんですか」

勢い込んで、砺波は言葉を重ねる。

「構造計算書について鳴川一級建築士に偽造を指示したと認めるんですか」

「わたしはそんな指示や依頼など一切していません。こうして頭を丸めたのは、あくまで弊社施工のマンション住民の方々ならびに国民に不安を与えたお詫びのつもりです」

「……本当にそれだけですか」

砺波の勘繰りは静にも理解できる。国会での証人喚問は、構造計算書偽造問題に憤慨している国民の多くがテレビ視聴するだろう。その全国中継で丸めた頭を見せれば、介座社長とカイザ建設に対する悪印象は多少なりとも緩和するだろうという読みだ。

「社長一人が坊主頭になるだけで御社への批判が和らぐのなら安いものでしょうからね」

「何と言われようと、代表取締役として社会に対する責任は果たさなければなりません。まずはかたちからですよ」

取り澄ました顔には慇懃無礼と厚顔が同居している。玄太郎ならともかく、自分には真似ができそうにない。企業のトップというのは鉄面皮の資質が必要不可欠なのだろうか。

「形式的な質問ですが、昨日の午後九時から十時までの間、どちらにいましたか」

「その時間なら家で寛いでいたはずです」

「証明できる人はいますか」

「三年前に妻を亡くして、今は男やもめです。一人暮らしなので証言してくれる者はおりません」

「それは困りましたね。改めて説明するまでもなく、鳴川氏はあなたに構造計算書を偽造するよう指示されたとインタビューに答えている。現時点では鳴川氏があなたに罪を被せているという見方も可能だが、証人喚問で同じ証言をすればいよいよあなたに退路はなくなる。つまり鳴川氏が死んで一番得をするのはあなたということになります。そのあなたがアリバイを立証できないのでは容疑が深まるばかりです」

「客観的にみれば確かにその通りです。ところで、刑事さんの後ろにいらっしゃるご婦人はどなたですか。どうも警察関係者には見えませんが」

遅ればせながら砺波が静を紹介すると、介座は安堵したように頰を緩めた。

「傍聴人は元裁判官ということですか。では検察官のように警察べったりという立場ではない訳ですね」

「元、ですから立場も何もありませんわ」

「しかし〈疑わしきは罰せず〉という大原則を誰よりも理解されているでしょう。アリバイを立証できなければ容疑は深まる。しかしわたしが鳴川くんを殺害したことも立証できないでしょう。それならいくら容疑が深まっても同じではないですか」

介座は勝ち誇るように言う。不遜な態度だが間違ったことは言っていない。実際、他殺であるという見立ても状況からの推測に過ぎず、警察は手探りの状態だ。このまま何の物的証拠も発見できなければ立件すら困難だろう。

砺波は能面を決め込もうとしているようだが、面の皮の厚さで介座に及ばない。固く結んだ唇が口惜しさを隠しきれていない。

「安心してください、介座さん。我々だって証拠もなしに犯人を逮捕することはありません」

「しかし警察には証拠を捏造した過去があるでしょう。あなたの言葉を百パーセント信じるには勇気が必要ですね」

砺波は再び唇を嚙み締める。相手を怒らせることで尋問の優位に立てるのなら、このラウンドは介座の優勢勝ちだ。

　しかし砺波は怯(ひる)まなかった。

「現在、構造計算書偽造はカイザ建設施工の物件に限られています」

「あくまでも現時点ででしょう。調査が進めば同業他社の施工した建築物からも鉄筋量の異常が見つかるかもしれない」

「調査開始から発覚したのが洩れなくカイザ建設施工だったのは、どう考えても異常です。介座さん、あなたと鳴川氏の間には何か確執(かくしつ)のようなものがあったんじゃないですか」

　とんでもない、と介座は片手で制した。

「わたしは鳴川くんの建築士としての才能を買っていた一人です。建築賞の選考の際にも彼を推(お)したくらいです。だからこそ彼に多くの仕事を発注した。彼の事務所には大いにプラスになったはずだから、感謝されこそすれ恨まれるような覚えは一切ありません」

「ほう。それでは鳴川氏の口から介座社長の指示という言葉を聞いた時は、さぞかしお怒りになったでしょう」

「怒るよりも驚きましたね。構造計算書を偽造するだけでも解(げ)せないのに、その上わたしが指示したなんていうのは二重の裏切りですからね。今まで彼にはよくしてやったつもりだったが……恩を仇で返されるとはまさにこのことだ」

「恩を仇で返されて、尚も恨んではいないと言うんですね」

「繰り返しのようですが、わたしには鳴川くんがどうしてあんなことをしたのか理解できないのですよ」

「しかし現実にカイザ建設施工の六棟について鉄筋量の異常が見つかっています。この六棟だけでも住民補償や建て替えを考えれば莫大な損害になる。仮にあなたの指示であると証明されたら刑事罰も科せられかねない。それでもあなたには動機がないんですかね」

「百歩譲って動機があったとしても」

介座はどこまでも余裕を崩さない。

「鳴川くんの死が他殺で、わたしが犯人である証拠がなければどうしようもないでしょう」

余裕綽々の介座に対して、手の内が尽きた砺波。傍で見ていても雌雄は明らかだった。だが、静もこのまま終わらせるつもりは毛頭ない。砺波の耳元に口を寄せて提案してみた。

「……その通りです、介座さん。まだ捜査本部は何の証拠も持ち合わせていません。つまりあなたからは何の気兼ねもなく捜査協力をいただける訳です」

「今更ですね。今もこうして事情聴取に応じているじゃないですか」

「聴取だけではなく採取にもご協力をお願いします。介座さんの指紋と唾液を取らせてください」

「容疑者でもないのに、ですか」

「関係者の方には皆さんにお願いしています。鳴川氏の事務所から書類や備品を押収しているのですが、検出した指紋やＤＮＡを選別する必要があります」

介座は乗り気に見えなかったが、それでも砺波が説得を続けると渋々ながら要請に応じた。


捜査本部を出た静は病院に取って返す。気は進まないが、玄太郎が静の報告を待っているはずだ。別に約束をした訳ではないが、あの老いぼれのことだ。報告を聞かない限り執拗に質問を浴びせ続けるに違いない。面倒なことはとっとと自主的に済ませてしまおう。

玄太郎の病室の前まで来ると、中から話し声が聞こえてきた。見舞い中に入り込んでも迷惑だろうから出直そうとしたが、ちょうど会話が途切れてドアが開いた。

中から出て来たのは三人の中年男だが、例外なく人相がよくない。被告席に座る者たちを見続けた静には、ひと目でスジ者と見当がつく。

男たちと入れ替わりに病室に入ると、玄太郎が破顔一笑した。

「おおう静さん。待ちかねとったぞ」

「今のは見舞いの人たちですよね」

「いや、違う。東京の同業者に頼んで借りた、わしの手足や」

「ずいぶん癖の強そうな手足ですこと」

「あんまり同業者が多いとなあ、中には色おんなヤツが混じるもんさ。そやけど使いものにならんヤツは一人もおらん。誰にも得手不得手があるしな」

「さっきの人たちは何が得手なんでしょう。もし暴力沙汰がお得意だというのなら、わたしはこの件から手を引かせていただきます」

「まままま静さん。人を見かけで決めつけたらあかん。確かにちいと愛想は良うないが、情報集めに秀でとる」

「何の情報ですか」

「鳴川を取り巻くヤツらの情報さ。さすがに同業ちゅうても東京の噂話には疎うてな。そこで地元の兵隊を借りた訳さ」

「ステージⅢの患者が手際のよろしいこと。どうやって地元の業者さんと話をつけたんですか」

訊かれた玄太郎は得々と携帯電話を取り出してみせた。

「話すだけなら、これ一台で事足りる。折角の文明の利器や。こういう時にこそ使わんとな」

「病室内は、通話禁止のはずですけど」

どうやら携帯電話の使用に関しては自分よりも玄太郎の方が手慣れているようで、少し自尊心が傷ついた。

「あの人たち、暴力は行使していないんですね」

「静さんがそういうのを嫌うとんのは知っとるしな。穏便な方法で探ってくるように言った」

しれっと言ってのけるが、どこまで本当なのか分かったものではない。玄太郎のことだから、雰囲気だけで人を動かすのも容易に違いない。

「何や、わしの言うことを疑っとる顔やな」

「一年近く玄太郎さんのやり口をこの目で見てきましたからね。あなたは法律よりも自分の流儀を優先させる人です」

「世のため人のためになるんやったら、法律なんざ守らんでええ。大体、法律は悪行を戒めるもので、善行を促すもんやない」

法律が完璧なものでないのは静自身も身に沁みて知っているが、それを玄太郎に指摘されるのは何とも業腹だった。

「自分の行いは全て善行だとでもいうんですか」

「いやあ、わしの場合は悪行が九、善行が一の割合やろうなあ。しかし静さんよ、今回は間違いなく一の方や」

「是非、その自信の根拠を教えてほしいものですね」

「まずな、鳴川ちゅう男は堅実な仕事をするんで評価されとった。これは汀和会長の証言通りで、そういう堅実さもあって仕事が増えた。そやから構造計算書偽造問題が発覚した際、鳴川を知っておる関係者は全員が意外に思ったらしい。まさかあいつに限って、ちゅうこっちゃな。ただし、中には鳴川の変心が分からんでもないという証言もあった。ある事件をきっかけに、ただでさえ少なかった口数が更に少のうなったらしい」

「妹さんの自殺ですね」

「おうさ。ずいぶん仲のええ兄妹やったそうな。両親を早くに亡くして、鳴川は男手一つで妹を大学にまでやった。妹は妹で兄貴の仕事を手伝うために建築科に進んだ」

初耳だった。

「まだ警察も初動段階やから同業者ほどには情報を把握しとらんだろ」

「では時間の問題ですね」

「いや、その時間が問題なんだわ。初動の際に重要な情報を知ると知らんとでは、その後の展開が大きく変わってきよる。たとえばまだ警察が摑んどらん話でこんなのがある」

次いで玄太郎が口にしたのは鳴川千佳を巡る黒い噂だった。噂ではあるが目撃証言もあり、事実であればスキャンダル間違いなしの話だ。

腹の底からふつふつと怒りが込み上げてくる。よくも元判事の前であれだけ白々しい話ができたものだと思う。

今度は静が情報を開示する番だった。

「実はね、玄太郎さん。鳴川さんの事務所でこんなものを見たんです」

静は事務所で見聞きしたものを細大漏らさず伝える。全てを聞き終えた玄太郎は、呆れたように口を開く。

「何じゃ、それは。まるで辻褄が合わんやないか」

「だからわたしも変に思ったんです。でも、今の話を聞いたら納得できました」

「ああ、わしも納得した」

玄太郎と静は顔を見合わせてほぼ同時に頷く。静の持ち帰った情報と玄太郎の掻き集めたそれがパズルのように嚙み合い、一枚の絵に収まった瞬間だった。

4

二十八日、衆議院国土交通委員会は予定通り証人喚問を行った。呼び出した証人の一人鳴川秀実が死亡したために、委員会には当初から不穏な空気が漂っていたが、もう一方の証人である介座峯治が坊主頭で現れるや毒気を抜かれたように変わった。良く言えば殊勝、悪く言えばあざとい演出に見えたが、一定の理解を得られたのは間違いない。

証人宣誓した後の介座は参考人招致の際に述べた内容をそのまま反復した。違っていたのは証言の端々に謝罪とカイザ建設が果たすべき社会的責任が盛り込まれたことだ。

『構造計算書の偽造に関して我が社から鳴川建築士への指示がなかったことは明白でありまます。しかしながら竣工した六棟のマンションにつき鉄筋量が基準未満であったのは紛れもない事実であり、住民の皆さまにおかれましては不安な日々を送られていること存じます。カイザ建設渉外部では住民補償の窓口を開設し、個別対応に備えます。もちろんそれで承諾できない方は訴訟に踏み切るでしょうが、弊社は誠意を以て和解に応じる所存であります』

委員の一人から構造計算書の精査についての質問を浴びた際にも、回答は澱みなかった。

『建築士の提出した構造計算書を鵜呑みにしたのかと問われればその通りとしか申し上げられません。民間確認検査機関の検査が杜撰であったという批判も、ごもっともです』

介座が自社ならびに業界の非を全面的に認めたのは一つの驚きだった。というのも前回の参考人招致では、「建築確認の段階で偽装が見抜けなかったのは自治体の責任でもある」と持論を展開していたからだ。

『今後は弊社が中心となり、検査機関の拡充および人材を育成していくことが社会的使命と存じます』

カイザ建設の関与を明らかにした鳴川が不在であるため欠席裁判の様相を呈していたが、介座の真摯な態度は存外好印象に映った。これだけでも介座が証人喚問に出頭した甲斐があるというものだ。

　静は国会中継の模様を玄太郎の病室で観ていた。

「どう見るかね、静さん」

「介座社長はピンチをチャンスに変える才覚をお持ちのようですね。昨日まで世間がカイザ建設に抱いていた心証を１８０度とまでは言いませんけど90度くらいは覆したんじゃありませんか」

「あの喋り方に騙されるヤツは多かろうな。能弁ではなく、そうかといって訥弁でもない。聴き取りやすいスピードで語尾を濁さない。頭を下げながら決して卑屈にはならず、責任の所在を自ら明らかにする。ただし具体的な金額や期限には触れない。ありゃあ謝罪会見の講師が真っ先に伝授するイロハや」

「意地の悪い」

「悪いも何も、ウチが呼んだ講師が同じことを言うとったが」

「役に立ったんですか、その講義」

「いんや、一時間だけ話を聞いて追い返した。どうも人に謝るのは性に合わん」

「それじゃあ一向にトラブルが解決しないでしょうに」

「トラブルを解決するのは言葉やない。誠意よ」

　玄太郎の言う誠意というのは、おそらく字面通りの誠意ではない。しかし本人に訊けば藪蛇になるような気がしたので、敢えて深く追及しようとは思わなかった。

「いきなり丸めた頭で登場したのも意表を突いて効果的です」

「しきりに髪の薄さを気にしとった男がばっさりと坊主頭になる。そういうのを男らしいと見るヤツらは一定数おるからな」

「玄太郎さんは、そう見ないのですか」

「髪型やら着ている服なんちゅうのは河原の石が丸いか四角いかの違いでしかない。そんなもんに目を奪われとるうちは、人間の本性なぞ分かるもんかね」

玄太郎らしい極端な意見だったので、ひと言返そうとしたその時だった。

ぐらり、と世界が揺れた。

一瞬、自分がふらついたのかと思ったが、見舞いの花も揺れているのを見て気づいた。

地震だ。

病室の小物がかたかたと音を立てる。揺れは収まることなく次第に振り幅を大きくしていく。

「静さん。ベッドの下に潜りんさいっ」

提案に従い、ベッドの下で丸くなる。

「あなたはどうするんですかっ」

「どのみち動けんわ」

「わたしだけが安全だなんて」

「あんたは女子(おなご)やろ。ごちゃごちゃ言っとらんで、じっとしとりゃあ」

　玄太郎の声はひどく落ち着いている。普通なら手術直後で心身ともに弱っているはずなのに、いい度胸だと感心する。

　揺れは更に激しくなり、花瓶が倒れて花を吐き出す。

　静の頭上でベッドの軋みが盛大になる。静自身、四つん這いになっていなければ弾き飛ばされそうだった。

　二十秒ほども続いただろうか、ようやく揺れは和らぎ、やがて落ち着いた。

　静はそろそろとベッドの下から這い出て、玄太郎に声を掛ける。

「大丈夫ですか」

「ベッドと一緒に揺れると、まるで遊園地のアトラクションみたいやな。結構、楽しい」

「それだけ軽口が叩ければ心配要りませんね」

　テレビを見ていると、やがて地震速報がテロップで流れた。

『13時21分　気象庁発表。13時16分ごろ地震がありました。震源地は茨城県沖（北緯36・3度　東経141・0度）で、震源の深さは約40㎞。地震の規模（マグニチュード）は5・1と推定されます。この地震による津波の心配はありません。この地震により観測された最大震度は4です』

　次に各地の震度が列記される。この辺りは震度3だったらしい。

「最大で震度4か。割と大きかったな」

「最近ではなかなかなかった大きさでした」

なあ静さんよ、と玄太郎は片方の口角を上げる。

「神様っちゅうのは時々こういう悪戯をしよる。この地震、隠れとったものを白日の下に晒してくれるかもしれんよ」

静も同じ意見だった。


証人喚問の翌日、静は砺波とともに六本木檜町公園に足を向けていた。ここにカイザ建設が施工した構造計算書偽造のマンションがあるからだ。

問題のマンションの周囲はトラジマのテープと黄色いロープで封鎖され、敷地内にはヘルメット着用の男たちが屯していた。その中に介座の顔もあった。

静と砺波がロープを潜って近づくと、介座がすぐに気づいた。

「刑事さんと判事さん。どうしてここに」

「本社に確認したらこちらだと教えられましてね。社長自ら被害確認とは敬服します」

「鉄筋量が基準より少ないのは判明してましたからね。昨日の地震で港区一帯は震度4でした。これで問題のマンションに被害があったらと思うと、居ても立っても居られませんよ」

「構造計算書の偽造があったマンションは全棟回ったんですか」

「ええ、これが最後の六棟目ですよ」

全棟回ったというのは真実なのだろう。介座の顔には疲労が色濃く出ていた。

「それで被害状況はいかがでした」

「不幸中の幸いと言いますか、全棟無事でした。一カ所の罅割れもなく、見事震度4に耐え抜いていました」

疲れた顔ながら、介座は安堵の溜息を洩らす。

「しかし鉄筋量が基準より少なかったんですよね。よく持ち堪えましたね」

「六棟とも耐震壁を使用していたのが幸いしました。鉄筋の少なさを上手くカバーしてくれたかたちです」

「鳴川さんはこうなることが織り込み済みだったかもしれませんね」

静の言葉に介座は首を傾げてみせた。

「織り込み済み。震度4程度ではびくともしないように鉄筋の数を減らしたというのですか。そんな馬鹿な」

「構造計算書を偽造しても、最低限住民には直接の被害が及ばないようにした。仕事上での付き合いが深かった介座さんなら、そう思いませんか」

「住民の安全を考えているのなら、どうして鉄筋量を減らしたりするんだ。理屈に合わないじゃないですか」

「住民に直接迷惑を掛けずに、あなたやカイザ建設に損害が及ぶようにしたんですよ」

介座が言葉を失っていると、砺波が引き継ぐように割って入る。

「介座さん、そもそも一連の騒動の発端が何であったかご記憶ですか」

「忘れるものですか。国交省に匿名の告発があったからでしょう」

「実は告発の電話は録音されていましてね。一昨日、声紋分析の結果が出たんですよ。驚くなかれ、声の主は鳴川秀実その人でした」

介座は口を半開きにした。

「そんな……偽造した鳴川本人が告発したなんて」

「とんだマッチポンプですが、それで鳴川氏の目論見が分かった次第です。耐震強度を保ちながら鉄筋の数を減らしておく。そうなれば直接のダメージは施工主であるカイザ建設だけに及ぶ。検査が進んだ現段階においても、構造計算書の偽造が報告されているのはカイザ建設施工のものばかりです。鳴川氏は明らかにあなたとあなたの会社を陥れようと今回の偽造を計画したのですよ」

「何のためにですか」

「わたしが指摘するまでもない。介座さんならとっくにご承知でしょう」

「いや、全く分かりませんな」

「ではその話は後で。だが鳴川氏の真意は分からないまでも、構造計算書の偽造があなたからの指示だとインタビューに答えた時点で彼の悪意には気づいたでしょう」

「それは、まあ」

「鳴川氏本人から事情を聞きたいと考えたでしょう。それが普通の心理です」

「会って話がしたいと考えたのは事実ですよ。しかし彼が死ぬ日まで機会がなかった」

「嘘だ」

砺波は抑揚のない声で静かに威迫する。

「あなたは二十五日の午後九時から十時の間に、鳴川氏と接触している」

「わたしはアリバイを立証できないが、そちらだって物的証拠がないでしょう」

「いいえ、それがあるんですよ。今朝がた、やっと鑑定結果が出たんです」

「鑑定するようなものが現場に残っていたというんですか」

「現場じゃありません。〈フルタ理髪店〉のゴミ袋からですよ。ご存じでしょうが〈フルタ理髪店〉はあなたの行きつけの店で、証人喚問の前にあなたを坊主頭にしてくれた店でもあります」

得々と喋った後、砺波は遠慮がちにこちらを見る。

元々、介座の行きつけの理髪店を調べてほしいと進言したのは静だった。都内のゴミ収集日は地区によって曜日が決まっている。運が介座に味方しなければ彼から刈り取った毛髪は、まだ理髪店に残っているはずだったのだ。

「鳴川氏の右手にはべったりと製図用インクが付着していました。当初、我々は容疑者の衣服にインクが付着しているのではと期待しましたが、鳴川氏はもっと賢かった。少し考えれば分かるのですが、服にインクが付着したのなら処分すればいいだけの話なんです。だから歩道橋で揉み合いになった際、鳴川氏は咄嗟の判断でなかなか処分できないものを摑んだ。そう、あなたが大事にしていた頭髪ですよ」

　条件反射のように、介座は自分の頭に手をやった。

「失礼ながら以前から頭髪の薄さを気にしていましたよね。鳴川氏はそれを見越してあなたの髪を摑んだ。幸か不幸か髪の毛一本も抜けないまま鳴川氏は階段の下に転落したが、代わりにあなたの髪には製図用インクが付着した。おそらくあなたは、鳴川氏と揉み合いになった時に、手にインクがついていたことに気づいたんでしょうね。どこにどれだけ付着したかも分からない。でも自分で切ったら不揃いになって怪しまれる。だから犯行の翌日、〈フルタ理髪店〉に飛び込んで丸刈りにした。頭を丸めたのは証人喚問対策ではなく、証拠隠滅のためだったんです」

　砺波は胸から一枚の紙片を取り出して、介座の眼前に翳す。

「これが鑑定報告書です。〈フルタ理髪店〉から押収した大量の毛髪から、製図用インクの付着したものが採取されました。ＤＮＡ鑑定の結果、あなたの毛髪であることが判明しました」

「違う。違うんだ。わたしは殺していない」

　介座はすっかり狼狽して砺波のジャケットに縋りつく。

「あの日、わたしは鳴川くんに話があるからと歩道橋に呼び出されたんだ。そこで話しているうちに口論になった。だがわたしは突き落としてなんかいない」

　ここまで自白すれば充分だろう。砺波も同意らしく、静に目配せすると口調を改めた。

「続きは署の方でお聞かせいただけますか」

取調室に入っても、介座の狼狽は収まらなかった。

「信じてください。わたしは突き落としていない。鳴川くんが勝手に足を滑らせて落ちていったんです」

「その弾みにあなたの髪の毛を摑んだというんですか。それが本当なら、どうしてその場で通報しなかったんですか」

「状況を見れば、わたしが殺したと疑われても仕方がない。構造計算書偽造問題だけでもいい加減批判の矢面に立たされている。殺人の容疑が加われば、もうわたしに逃げ場はなくなる。そう考えたんです」

「鳴川氏も同じことを考えたかもしれませんね」

「え」

「あなたを陥れるために、構造計算書の偽造と殺人容疑をセットで仕掛けた。どちらか一方を逃げ果せたとしても、もう一つの陥穽にはまるように仕向けた。堅実さをモットーとする鳴川氏らしいやり方です」

「じゃあ、わたしが殺していないのは信用してくれるんですね」

鳴川が他殺に見せかけようと企んだのは、彼の手の平にべっとりと製図用インクが付着していたことでも明らかだった。事務所にはインクをこぼしたような痕跡はなく、普通に扱っていれば触れた物にうつるほど手を汚す訳もない。第一、これから人と会うのなら汚れを落としてから出掛けるはずではないか。

「しかし、どうしてわたしを陥れようとしたのか。それが未だに分かりません」

見苦しいと思い、つい静は口に出した。

「復讐でしょうね」

「前にも申し上げたが、わたしは彼を取り立てたばかりじゃなく、多くの仕事を発注してやった。そのわたしが何故彼に復讐されなきゃならないんですか」

「わたしの、あまり行儀のよろしくない知り合いが地元の建築関係者さんたちから噂話を集めてきました。その中には大層気分の悪くなるお話もありましてね。介座さん、建築賞の選考委員という立場を利用して鳴川さんの妹さんに卑劣な取引を持ち掛けたそうじゃないですか」

介座の表情が固まった。無理もない。これこそが介座の犯した本当の罪なのだから。

「仕事の腕は確かでも、鳴川さんの評判はなかなか広まらない。事務所を継続していくためには、やはり有名な賞を獲る必要がある。そう言って妹さんに近づいた。あなたと妹さんがホテルに入るのを見た関係者がいました。鳴川さんはめでたく建築賞を受賞しますが、いつか噂は本人の耳にも入ります。きっと鳴川さんは怒ったでしょうね。元より宮沢賢治の詩のように、目立ちたいとも褒められたいとも思わない人物だったようですから、どうしてそんな余計なことをしたんだと妹さんに詰め寄ったのは容易に想像できます」

兄のためを思って介座に身を任せたのに、当の鳴川本人に蔑まれたら絶望するのも無理はない。浴室で手首を切ったのも納得できる。そしてまた、妹をそんな理由で失ってしまった鳴川の慟哭も。

鳴川とその妹亡き今、彼女が自殺した理由は推測するしかない。しかし、静は大きく間違っていない自信がある。玄太郎も同じ意見だったからだ。

「鳴川さんが他殺に見せかけたというのも、介座さんを恨んでいたという前提ありきの推測です。しかしもし恨む理由がないとすれば、介座さんの方に殺害動機があるという話に戻ってしまいます」

我ながら意地の悪い提示の仕方だと思ったが、介座から自白を引き出すにはこういう問い詰め方しかない。

薄汚い交渉か、それとも殺人か。

やがて介座は前者について自供し始めた。

「お見事でした、高遠寺判事」

介座の取り調べを終えた砺波は、開口一番静を称賛した。静は少々面映ゆい。砺波に開陳したのは自分だが、玄太郎の協力なしでは辿り着けない推理だった。介座が落ちたのを知らせれば玄太郎はほくそ笑むに違いなく、それがまた小憎らしい。

「あなたに助力を仰いで正解でしたよ」

「あんなに大量の髪の毛からインクの付着したものを探し出した鑑識のお手柄ですよ。褒められるべきは彼らの弛まぬ熱意と根気です」

「そのお言葉、必ず伝えておきましょう。それにしても判事。まだ一つだけ説明されていないことがあります。介座が妹に邪な取引を持ち掛けた事実をお知りになったとして、どうして即座に鳴川の復讐と結びつけられたんでしょうか」

「あの事務所の中を眺めた時、違和感がありました」

そうだ。話を伝え聞いた玄太郎も感じた違和感だった。

「あの整然とした部屋のどこに違和感がありましたか」

「トロフィーですよ。鳴川さんは褒められたくもなく、受賞の際もにこりともしなかった人なのですよ。そんな人がどうしてトロフィーを後生大事に飾っていたのでしょうか」

「いくら褒められたくなくても、やはり唯一獲得したタイトルだからじゃありませんか」

「でも、そのタイトルには介座社長の思惑が関与しているのですよ。大切な、たった一人の肉親である妹が穢された原因なのですよ」

「あ……」

「鳴川さんにとっては恥辱の象徴でしょうね。そのトロフィーをずっと身近に置いていたのは己の恥辱を忘れないため、妹さんの無念を忘れないためだったように思うのです」

第三話　鉄の柩（ひつぎ）

1

「行ってくる」

壁村正彦（かべむらまさひこ）はひと言残してガレージに向かう。返事はないが、なくてもそれはそれで一向に構わない。返事の有る無しに拘（かか）わらず、ひと言残すことに意味がある。

薄暗いガレージに鎮座しているのはハイブリッド専用車だ。新発売と同時に購入しそろそろ十年目に突入するが、未だに大きな故障はない。素晴らしき哉（かな）、メイド・イン・ジャパン。大きな故障の惧（おそ）れがあるのは、むしろハンドルを握る壁村の方だろう。今年で七十歳、ペダルは踏めるものの杖なしでは歩行もままならない。壁村にとって愛車は単なる機械の塊（かたまり）ではなく、自分の足も同然だった。

エンジンを始動させ、アクセルを踏み込むと愛車は静かに発進する。ほとんど無音と思えるスタートはそれだけで心が落ち着く。ハイブリッド車というのは、その静謐（せいひつ）さだけで大発明なのだと壁村は思う。

アクセルとブレーキの高さが同じで、利き足が水平移動できる点も好ましい。今の壁村のように身体が不自由な者には、わずかな段差も無視できないからだ。重病を患ってから身体の一部に不具合が生じたが、それでも愛車は裏切らなかった。所有者の命令を着実にエンジンに伝え、よく期待に応えてくれた。十年近くも足代わりにしていると、アクセルとブレーキが自分の身体の一部のようにも思えてくる。壁村は親愛の情を込めて、軽くハンドルを叩いてやった。

思えば長い付き合いだ。長年勤めた公務員を辞め、その際の退職金で思い切って購入した。生来の新しもの好きも手伝っての買い物だったが、買って後悔しなかったものの最上位がこのハイブリッド車だ。遠出をするにも家族を乗せるにもずいぶん働いてくれた。普通、都内在住の者が街中を乗り回しても走行距離はそれほど伸びないが、壁村の場合はわずか一年で一万キロを軽く超えた。家族を乗せることもあったが、多くは壁村一人が乗員だった。定年を迎えると男の社交範囲および行動範囲は極端に狭くなる。その悪慣習を打破してくれたのも愛車だった。

愛車には感謝してもしきれない。その気持ちがこまめなメンテナンスに繋がった。空ぶかしはしない。急発進も急ブレーキも控える。そして無茶な加速もしない。

不思議なもので機械は愛情をもって接すれば簡単に故障もせず、変わらぬ性能を保持してくれるものらしい。その意味で愛車は単なる移動手段ではなく、もはやクルマのかたちをした相棒とも呼べる存在になっていた。

第一京浜を南下していた壁村のクルマはやがて浜松町一丁目に差し掛かった。左手には新幹線の高架、その向こうには浜離宮の一部も見え隠れする。この辺り一帯はビジネス街だが、商業ビルの狭間に民家も点在している。現在の国道15号線は元々東海道の要であり、江戸時代は城下町として栄えた場所だ。そう考えると現在の賑わいにも親しみが湧いてくる。

年金事務所の前を通り過ぎ、目的地に近づいた時だった。

いきなり壁村の視界に散歩途中の園児の列が飛び込んできた。

咄嗟の事に下半身の動きが制御できない。

まさか。そんな馬鹿な。

異常に気づいたのか、園児の一人がこちらに振り向く。その顔が壁村に迫る、迫る、迫る。

＊

「まだ若いわねえ」

司法研修所の教官室で、静は自分の免許証を見て感慨深げに呟く。証明写真は三年前に撮影したものだが、この頃はまだ視力が両目合わせて1・0だった。今は間違いなく視力が落ちている。確か更新の際に両目で0・7以上なければ眼鏡・コンタクトが必要になるはずだ。それを考えると数カ月後に迫った更新手続きが鬱陶しく思えてくる。静が免許を取得した時分は国民皆免許時代の到来などと騒がれ、老若男女問わず免許を取るのが当たり前だとされた。だが実際に静がハンドルを握ったのは、地方裁判所に赴任していた期間だけだった。

都内に住んでいてまず有難いと思うのは、移動する際に自家用車を使わずに済む点だ。公共交通機関が縦横に張り巡らされている他、いつでもどこでもタクシーが拾えるので、自らハンドルを握る必要に迫られない。

静は真剣に免許証の返納を考えていた。理由は都会暮らしで不要になりつつあるのともう一つ、昨今多発している高齢者ドライバーによる事故が気になっているからだ。

●群馬県関越道で軽トラックが逆走。対向車を運転していた男性が咄嗟にハンドルを切って回避したが、他のクルマに衝突した。危うく脱出したもののクルマは炎上、同乗していた子どもは精神的ショックから夜も寝られなくなる。三日後に軽トラを運転していたのは七十五歳の男性と判明するが、男性は認知症と診断されて免許を取り消された。

●兵庫県の過疎地で八十二歳男性の運転する乗用車が片側二車線の対向車線からいきなり進路変更し、直進車と衝突。男性は死亡。男性は前年にも追突事故を起こしていたが、家族は運転をやめさせるのを躊躇していた。

●長年愛用していたマニュアル車からオートマチック車に乗り換えた七十八歳男性が妻とともに大型スーパーに立ち寄り、アクセルとブレーキを踏み間違えて買い物客の列に突っ込んだ。四人の重軽傷者の他、妻は死亡した。

●運転歴五十年、七十六歳のベテランドライバーが自家用車を運転中、国道のカーブを曲がりきれず対向車と正面衝突した。本人も重傷を負ったが、相手側は運転していた男性が重傷、同乗の妻は死亡、子どもは半身不随の障害を負ってしまう。男性は高齢者ドライバーの事故が頻発していることから、そろそろ運転をやめようとしていた矢先の事故だった。

●三日前、七十歳男性の運転するハイブリッド車が浜松町一丁目の国道で暴走、本人を含め四人の死傷者を出した。

たった数カ月でこれだけの事故が発生していると、いくらペーパードライバーに過ぎない静でも免許の返納を考慮せざるを得ない。免許証を所持していれば、いつどんなタイミングでハンドルを握らないとも限らない。その場合、自分が運転ミスをしない自信は静にない。同じ事故の当事者でも加害者側になるのだけは絶対に避けたいところだ。

ところが静のように考える高齢者は存外に少ないらしく、免許返納を申し出る者は一向に増えないのだという。静には彼らの気持ちも痛いほど理解できる。

老いるというのは日々何かを手放していく過程だ。古くからの友人、習得したはずの技術、知識、そして記憶。本人がどれだけ悪足掻き（わるあがき）しようと、大切なものが指の隙間からぽろぽろとこぼれ落ちていく。免許証の返納を拒んでいる者は、そういう日常に必死に抗って（あらがって）いるのだ。

たかが免許証、されど免許証。取得するまでには各人の苦労と嬉しさが詰まっている。静も例外ではない。記憶力に比べて運動神経に不安のあった静は、実地試験に苦杯を舐(な)めさせられたものだ。

判事になると早速免許証が役に立った。地方の裁判所に赴任すると、自(おの)ずとクルマは足代わりになる。静の最初の愛車は可愛らしいスバル３６０で小さな車体ながらよく走ってくれた。アクセルを踏み込めば地球の裏側までも運んでくれそうな心強い相棒だった。

「女だてらに運転するのか」

「よく試験に通ったものだな」

「女は注意力散漫だから、いつどこで事故を起こすやら」

周囲から散々なことを言われたがハンドルを離す気にはなれなかった。まだまだ女性の社会進出がままならなかった当時、静がクルマを自分の足として移動することには生活とは別の意味合いがあった。

二台目は国民車として名高いトヨタカローラ。こちらは故障が少ないこともあって二十年近く乗った。スバル３６０に比べてトランクが格段に広く、買い物や引っ越しには重宝した記憶がある。

どのクルマも懐かしい。目を閉じればそれぞれのダッシュボードが脳裏に浮かんでくる。

しばらく物思いに耽(ふけ)っていると誰かの視線を感じた。顔を上げると、いつの間にか修習生の岬洋介(みさきようすけ)が興味深げにこちらを見ていた。

「失礼しました」

岬はすぐに頭を下げた。歳に似合わぬ落ち着いた物腰と、それに反する子どものような素直さが彼の身上だ。

「いくら相手が婆(ばば)あとはいえ、断りもなく女性を凝視するものではありませんよ」

静が冗談めかして注意すると、岬はひどく慌てた様子で背筋を伸ばした。

「本当に失礼しました。つい見入ってしまいました」

「何があなたの興味を惹いたのかしら」

「高遠寺教官が物思いに耽っていらっしゃるのは、とても珍しい光景でしたから」

岬は恐縮しきって言う。あまりに直截(ちょくせつ)な反応に、小言をこぼした静の方が申し訳なくなる。

今年司法研修所に入所した第六十期修習生の中にあって、岬洋介は特筆すべき存在だった。父親が検察官という出自に加え大学在学中司法試験にトップ合格し、座学でも抜群の成績を誇っている。文句のつけようがない逸材だが、奇妙なことに本人はそれを誇るどころかむしろ鬱陶しがっているようなのだ。

とはいえ明日の司法を背負って立つ人材であることに変わりはなく、静はこの青年に大きな期待をかけている。

「わたしがぼうっとしているのがそんなに珍しいの」

「とても珍しいと思います。漠然と何かをお考えになるという印象がありません」

「八十にもなるとね、明日のことより昨日の事、昨日のことよりはずっと昔の出来事が気になるの。ほら」

　静は自分の免許証を掲げてみせる。すると岬は感嘆の声を上げた。

「最初の免許交付は五十年以上も前だったんですね」

　着目点が直近ではなく最初の交付日というのは、いかにも岬らしかった。

「ペーパードライバーの期間も結構長いのよ。そろそろ免許を返納しようかと思って」

　こう切り出すと、大抵の者は「もったいない」とか「折角ゴールド免許なのに」とこちらの機嫌を伺うように言ってくるものだ。

　ところが岬は違った。そうですね、と答えたきり何も寸評を付け加えようとしない。

「わたしに見入っていたにしては反応が薄いのね」

「ご本人が決めることに外野が口出しをしても仕方ありません。それに、話を切り出した時点で高遠寺教官のお気持ちは決まっていたのではないでしょうか」

　驚いた。まさか孫ほども歳の離れた人間に己の考えを見透かされるとは思ってもみなかった。

「大した観察力ね。そうね、ひょっとしたら誰かに背中を押してもらいたかっただけなのかもしれない」

「高遠寺教官はそういうタイプではないように見受けられます」

「そんなことはないのよ。諦めが悪くて欲張りで、一度手にしたものは二度と放したくない。そういう婆あかもしれない」

あまり高潔な人物として持ち上げられると、反動で多少は卑下したくなる。そうでなくても、静は自分をあまり上等な人間とは思っていない。

「歳を取るというのは、あなたが考えている以上に惨めで恐ろしいものなのよ。昨日できたことが今日できなくなる。今日できたことも明日にはできなくなるかもしれない。大袈裟な言い方だけど、絶望と恐怖がじわじわと日常生活の中に忍び寄ってくる。まだ若いあなたには分からないでしょうね」

病気自慢にも似た自嘲だったが、意外にも岬は小さく首を横に振る。

「そういう絶望と恐怖は、何もご高齢者に限ったものではないと思います」

まだ二十三歳なのに、まるで静以上に老いたような物言いをする。いったい彼の何を刺激したのか分からなかったが、問い質そうとする前に岬は教官室から退出してしまった。

講義を終えた静はその足で練馬中央病院へ向かう。定期的に玄太郎の病状を確認するのは介護士であるみち子からの依頼だが、あの暴言を聞かされることにも最近慣れてきた。本来忌避すべきものを受け容れるようになるのは堕落なのだが、自分にないものに興味を抱くのは人の業なのかもしれない。

　当の玄太郎は相変わらずで、ベッドの上で怪気炎を上げる。

「東京の看護婦はだちゃかんっ。何や、あの事務的な態度は」

　どうやら担当を替わったばかりの看護師に不満がある様子だが、どうせ理由は箸の上げ下ろしに類するものに違いあるまい。病人の愚痴をまともに聞いても不快になるだけなので、さっさと聞き流すことにした。無論、聞き流すだけでは玄太郎も納得しないので、静は自分の話を持ち出した。玄太郎は傍若無人が車椅子に乗ったような男だが、人の話を聞く耳は持っている。

　クルマに縁のない生活が続いているので免許証を返納しようと思っている。そう静が打ち明けると、玄太郎はすぐに異議を差し挟んできた。

「折角手に入れたものをどうして返さんとあかんのかね。違反をした訳でもあるまいに」

　機械いじりが好きな玄太郎の言いそうなことだ。だが、同時に下半身不随の老人の言葉としては少々意外でもあった。

「元々運動神経がなかったのに、加齢で反射神経も鈍くなりました。こんな状態でハンドルを握れば人間兵器ですよ。不運で被害者になるのは避けられませんけど、加害者にならないようにはできますからね」

「静さんがそう言うのなら無理には止めんが、しかしもったいない。わしは嫌やな。息の根が止まるまで機械と付き合っていきたい。いや、死んだ後も免許は手放せんな。免許がなかったら、あの世で乗るクルマがない」

「玄太郎さん、そんな身体でまだ運転するつもりなんですか」

普通、本人の障害を指摘するのは非常識の誹りを免れないのだが、玄太郎の場合は婉曲な言い回しをすると却って怒られる。本人が気にもしていない障害を殊更大袈裟に扱うなという趣旨だ。

「あのな、静さん。わしが去年の暮れ、パワーショベルを乗り回したのをもう忘れたかい」

忘れるはずもない、というか思い出したくもない。齢七十過ぎにならんとする下半身不随の老人が嬉々として大型建機で狼藉の限りを尽くすなど、およそ尋常ではない。

「あれは違法行為じゃありませんか」

「何を言うとるんかね、静さん。道交法は守らんとあかん。わしはちゃんと普通免許のみならず大特の免許も取得しとるぞ」

玄太郎の遵法精神の境界線は那辺にあるのか。訊いて確かめるのも馬鹿らしい。代わりに純然たる疑問をぶつけることにした。

「普通免許でも大型特殊免許でも更新手続きは必要でしょうに」

「ああ、そうや。お国はこんなか弱いおいぼれの、しかも身体障害者も例外なしに扱う。全く血も涙もない」

玄太郎は哀れっぽい声を出すが、日頃の言動を知っているだけに白々しいことこの上ない。

「いったい、どうやって更新手続きをクリアしているんですか」

「障害の有る無しに関係なく、道交法の定める基準を満たせば免許は交付されるし更新もされる。ただし肢体不自由な者には運転補助装置ちゅうのが付帯条件になる。ほれ、たとえばこういうもんさ」

玄太郎は自分の携帯電話を操作してから、静に差し出す。画面には4の字のフレームが表示されている。

「ハンドコントロールちゅうてな、片手でアクセルとブレーキを操作できる。今はずいぶん普及して値段も手頃になっとるよ」

昨年、静は試作品ながらパネル操作だけで駆動できる人工知能搭載の建機を目撃している。それに比べればいかにもローテクで現実感がある。

「普及しているということは、それだけ障害を持った人がクルマを必要としているんですねえ」

「誰も彼も福祉車両やタクシーを利用できる訳やない。第一、東京に住んどる静さんにはぴんと来んかもしれんが、名古屋みたいな街でもまだまだクルマなしに生活できん者が仰山おる。それ以外の地方は推して知るべしで、クルマがなきゃ生活用品も買いに行けん。結局、免許証を返納できる年寄りは場所か家族かカネに恵まれた者だけなんさ」

「玄太郎さんの免許証に対する執着もそれが理由ですか」

「執着も何も機械はわしの身体の一部さ」

玄太郎は病室の隅に置かれたイタリアンレッド・フレームの車椅子を指差す。

「その車椅子に限らず、手だけで運転できるクルマも、人工知能搭載のユンボも、携帯電話も、全部わしの手足や。家族やお国から何を言われようが、手放すつもりは毛頭ないでよ」

傲然とした物言いは玄太郎の口癖のようなものだが、これを覚悟と取るか悪足掻きと取るかは人様々だろう。少なからず玄太郎の人となりを知る静には、いっそ小気味よく聞こえる。

玄太郎の主張にも頷ける部分がある。確かに易々と免許証を返納できるのは、静のように条件が揃った老人だけに違いない。地方在住の高齢者にハンドルを手放せない事情があるのも百も承知だ。

しかし、静は悲劇を未然に防ぐという観点をどうしても見逃せない。高齢者の運転はそれ自体が危険行動という捉え方もできる。運転は免許取得者の当然の権利だが、だからといって歩行者や他のクルマを危険に晒していいはずもない。静のように運転能力に不安のある者がハンドルを握るのは、喩えてみれば安全装置を外した拳銃を携帯するようなものではないのか。

「被害者になるのは仕方ないが加害者にはなりとうない。加害者になる可能性が少しでもあるなら多少の不便は甘んじて受ける。まっこと静さんらしい選択やな」

「ひょっとしたら、わたしが世間ずれしていないとでも言いたいのかしら」

「世間との折り合いでも主義主張の絡みでもない。強いて言えば生き方の違いさ。静さんは加害者になりとうない立場やけど、わしは条件つきで加害者になるのは名誉と心得とるクチやからな」

　説明されなくても玄太郎が言わんとする条件は大体見当がつく。傍若無人で不遜な暴走老人だが、根は勧善懲悪と反権力の塊だ。自分以外の誰かを護るためなら高笑いしながら法を破る。実際に玄太郎がそうするのを目の当たりにもした。

　違法行為だからといって全面否定する訳ではないが、法曹界の住人であった自分にはやはり真似ができないし、そもそも真似るつもりもない。言動のいくつかに共感を覚えても、自分と玄太郎は正義の定義が違うのだ。

　至極当然の事実を再確認していると、病室のドアをノックする者がいる。入ってきたのは前回の事件で顔見知りになった愛宕署の砺波だった。

「どうも。いつぞやはお世話になりました」

　入室するなり砺波は殊勝に頭を下げる。

「司法研修所に伺ったら、高遠寺判事はこちらだろうと聞きまして」

「何や、わしの病室に来て、用事は静さんの方かい」

　いいえ、と砺波は言葉を濁す。

「本当は判事のお手を煩わせるつもりもないのですが」

「十中八九、事件についてですよね。でも何度も言っているように、わたしは既に退官した人間です。捜査に、公的に関わる理由がありません」

「多分にわたしの個人的な事情もあります。個人的な事情なら、判事に個人の立場で相談に乗っていただくのも有りではないでしょうか」

およそ現役の警察官が展開させる理屈ではなかったが、それだけ砺波が懊悩している証拠だった。

「まあ静さん、聞くだけ聞こうやないか。退屈しのぎになるし、聞くだけならカネも手間も要らん」

「あなたと一緒にしないでください。それでお話というのは」

「三日前、浜松町で七十歳の老人がクルマを暴走させた事件をご存じですか」

「新聞で読みました。ドライバーを含めて四人の死傷者が出た事件ですね」

「四月十二日午前十時三十分頃、国道15号線を南下していたハイブリッド車がいきなり車道を外れ、コンビニに突っ込みました。運転していた壁村正彦は頭部を強打して死亡、コンビニの客三人がそれぞれ重軽傷を負いました」

「亡くなったのがドライバーだけというのは不幸中の幸いでしたね」

「いえ、現場検証をすると実際は更に幸運だったのだと判明しました。ハイブリッド車がコンビニに突っ込む寸前、園児たちの列が通りかかっていたんです」

「下手をしたら園児たちを巻き込む大惨事になっていたということですか」

「現場に残されたタイヤ痕から、ドライバーが急ハンドルを切った事実が分かっています。瞬時の判断で園児の列を避けたのでしょう」

「暴走の原因は何だったのですか」

「まだ捜査中です。当該事故車はオートマチック車で、しかもアクセルとブレーキの高さが揃っています。事故を担当した交通課では、多くの類似例と同様、アクセルとブレーキの踏み間違いではないかと推測しています」

話を聞く限りでは頻発する暴走事故とかわりがなく、何故砺波が拘泥しているのかが分からない。

「ドライバーの運転ミスなんですね。彼に運転ミスをする要因があったのですか」

「ドライバーは数年前に脳腫瘍を患っています。幸い手術で腫瘍は取り除けたんですが、片足に後遺症が残っていたようです」

「それならアクセルとブレーキを踏み間違えたとしても何の不思議もありませんよね」

「違うのですよ」

砺波は首を横に振る。

「後遺症が残っていたのは左足です。アクセルとブレーキを踏むのは右足なので、直接の関係はないんです」

「じゃあ砺波さんは、いったい何が気になるんですか」

「運転していた壁村正彦は元警察官です。いや、もう言ってしまいましょう。彼はわたしの尊敬する上司でした」

静は玄太郎と顔を見合わせる。砺波の言う個人的な事情に察しがついたからだ。

「もう十年以上も前になりますが、わたしが愛宕署に配属された時、壁村さんは副署長でした。右も左も分からない若造に目をかけてくれました。直属の上司ではなかったのですが、分け隔てのない気性で人望もありました」

「いくら人望があっても、運転ミスをせんとは限らんだろう」

玄太郎が茶々を入れると、砺波はまた首を横に振った。

「万事に慎重で、およそミスとは縁遠い人でした。片足に後遺症が残ってからは尚更で、事実違反件数はゼロ、近隣住人の話では通常の運転にも車庫入れにも全く不安は感じなかったそうです」

「ペーパードライバーの期間が続きゃ、事故も起こしようがないぞ」

「ゴールド免許を取得していますが、日常的に乗っていたみたいですね」

玄太郎はいったん黙り込んだが、言いたいことは分かる。どれだけ慎重でどれだけ運転に習熟していても、人は間違う時には間違える。俗に魔が差すというのは、そういう瞬間のことを指すのだ。

「お二人が考えていらっしゃることはよく分かります。注意していても事故が起きる時は起きる。七十の老人ならその確率も高くなる。分かっています。理屈では理解できています。しかし心が納得していません」

「事故を起こしたのが見ず知らずの他人ならそうは思うまい。体のいい公私混同やないか」

「玄太郎さん」

「いや、仰る通りです。冷徹な判断を求められる警察官でありながら私情を挟んでいるのは否定できません。しかし、だからこそ高遠寺判事にお願いしようと考えたのです」

「お願いいって、まさかわたしにその交通事故を調べろというんですか」

「前回で思い知りました。判事たちの目はわたしたちが見逃すものも見逃しません」

「買い被りも結構ですが、わたしが現場を見ても事故の実相は変わらないかもしれませんよ」

「ちょおっと待ちんさい」

唐突に玄太郎が割って入る。

「今、判事たちと言うたな。たち、というのはひょっとしてわしも込みという意味か」

「前回、香月さんの推理に助けられました。本音を言えば香月さんのご意見も伺いたいのですが、何しろ入院患者の境遇では」

「別に籠の鳥ちゅう訳やない。多少の外出はリハビリ代わりや」

どうやら玄太郎は乗り気らしいが、静は決めかねていた。砺波の個人的な依頼であっても、静が現場に立てば愛宕署の警察官たちが警戒するのは火を見るより明らかだ。司法研修所教官の身で、現場の捜査員と揉めてどうするというのか。

「やっぱり静さんはこんな場合でも慎重やね。まんだ悩んどるんかね」

「玄太郎さんに思慮がなさ過ぎるんです」

「年寄りの思慮なんちゅうのはな、要る時と要らん時がある。目の前で若いモンがいけ好かん老いぼれ二人に頭を下げとる。義を見てせざるは勇無きなりやろ」

「そんな格言、若い人は知りませんよ」

「静さんにだけ伝わりゃええ」

玄太郎も砺波も期待の籠もった目でこちらを見ている。これで断ったら、まるで静が冷酷な人間のようなシチュエーションではないか。

どうにも承諾せざるを得ない羽目に陥り、静は玄太郎を睨み据えてやった。リハビリと称して外出したがっているようだが、この爺さまとの同行だけはご免こうむりたかった。

2

「こりゃあ地上げを食らった跡やな」

現場となった浜松町の街並みを眺めながら、玄太郎は辺り構わずに声を出す。車椅子を押していた静は、思わず玄太郎ごと車道に放り投げてやろうかと思った。

「そういうことはもっと小声で喋りなさい。いえ、いっそ黙っていなさい」

「しかし静さんよ。こんな風に近代的なビルと古い民家が混在していると、いざ再開発する段になって支障が出る。見たところこの界隈はまだまだ発展の余地があるのに、これでは計画を立てても上手い具合に進行せんぞ」

「玄太郎さん、浜松町は初見でしょ。どうして地上げされた跡だと分かるんですか」

「大都市圏、しかも利用客の多い駅の周辺は定期的に再開発の波が押し寄せるようになっとる。再開発ちゅうのは一区画・一ブロック単位でやるもんだから上物は築年数が同じになる。まさにこの通りさ」

「見ただけで築年数が分かるんですか」

「建築物にも流行り廃りがあってな。モニュメントのように意匠を凝らしたものも含めて、その時点で確立された建築工学に基づいて造られる。工法、構造から窓ガラスの数に至るまで特徴があるんで、まあ見りゃ大体分かるさ」

　玄太郎の言説は的を射ており、さすがに年季の入ったデベロッパーの目は侮れないと静は舌を巻く。玄太郎と歩いているのは浜松町二丁目、貿易センタービルの周辺だが、かつてこの界隈は庶民の住宅地だった。それが地価の高騰とともに多くの住民が日暮里や三河島に移転した経緯がある。バブル期に入って地上げが再発したとも聞いている。

「ビルが建ち並んどる中、ぽつりぽつりと民家が点在しとるのは大抵が地上げの失敗した跡でな。そういうのを見ると土地を巡る攻防戦が目の前に浮かんでくるわ」

「大した想像力ですね。でも、それは今度の暴走事故と何の関係もないでしょ」

「それは分からんよ」

玄太郎は正面を向いたまま謎めいた言葉を洩らす。

「土地に沁み込んだ因縁が災いを招くのは、別段珍しい話やないんさ」

「香月さんの話は色々と興味深いのですが、何やら怪談めいていてわたしにはよく理解できません」

先導していた砺波が遠慮がちに言う。おそらく玄太郎に対して肯定できない面があっても、先の事件を解決に導いてくれた恩があるので腰が引けているのだろう。

やがて一行は事故現場に到着した。

コンビニエンスストアの被害状況は一目瞭然だった。半透明のビニールで覆われているものの、道路に面したガラス壁が丸々一面破砕されている。店内に配置してあったはずの商品棚は既に撤去済みだが、スペースがぽっかりと空いているのが寒々しい。よくよく目を凝らせば血を拭き取った跡も見受けられる。

路肩にはすっかり萎れてしまった献花が縁石に立て掛けられている。死亡した壁村に捧げられたものに違いないが、ひと束だけという光景が事件に対する人々の思いを物語っている。

運転者以外に死者がいないのは幸いだった。

自業自得。

そもそも不自由な身体で運転するのが間違っている。

声高に叫ぶ者の姿は見えないが、ぼそぼそと呟く声が雑踏に紛れて洩れ聞こえてくるようだった。

視線を道路側に転じる。見晴らしのいい直線で道路幅にも余裕がある。店舗前の地点には素人目にも鮮やかなタイヤ痕が消えずに残っており、車道から乗り越える寸前で急ハンドルを切ったことが墨痕（ぼっこん）鮮やかに記されている。

「壁村さんが急ハンドルを切ったのは、暴走の方向に園児たちの列があったから、でしたね」

「ええ、引率していた先生の証言も取れています。二人の先生で十二人の園児を連れていたら、突然クルマが突っ込んできた。ハイブリッド車だから近づいてくる音もしなかったそうです。咄嗟に園児を庇（かば）おうとしたら、クルマの方が急ハンドルでコンビニに突進した……と、そういう経緯だったようです」

「園児の列に突っ込む寸前にハンドルを切ったのは、もっと注目されてもいい行動ですね」

「そう思います。しかし昨今のように高齢者ドライバーによる事故が多発していると、こういう好判断も悪評に埋没しがちです。残るのは高齢者ドライバーに対する責任追及と義憤に名を借りた鬱憤（うっぷん）晴らしだけですよ」

砺波は悔しそうに言う。捜査段階で寄せられた市民の声を思い出すのだろう。

三人は店舗の中に足を踏み入れる。砺波の計らいでオーナー兼店長から話を聞くことができた。

オーナー兼店長は品川という五十代と思しき男で、制服さえ着ていなければ大手企業の中間管理職といった風情だった。

「ちょうどわたしがレジに出ている時でしたから驚きました。今までこの近所で事故なんて一件もありませんでしたから。ご覧になればお分かりになると思いますが、直線道路で事故の起こりにくい場所なんです」

品川は事故当時を思い出したのか、露骨に顔を顰めてみせる。

「クルマが突っ込んできたのは雑誌コーナーでした。二十歳くらいのお兄さんと、少し離れた場所に子ども連れのお母さんが立ってました。お兄さんが商品棚ごと吹っ飛ばされてあちこち強打したんですが、真正面じゃなかったので九死に一生を得たという感じですね。母子の方は飛散したガラス片で皮膚を切った軽傷と聞いています」

客の被害状況を語る口調は丁寧だった。ところが次の言葉から品川の口は尖ってきた。

「むしろ一番の被害はウチですよ。実際、ガラス壁を新調するだけでは済まず、衝突の衝撃でビル全体に何らかの損傷が生じています。保険会社に査定してもらっている最中ですが、いったいどれくらいの損失になることやら」

「運転していた人はどんな様子だったのですか」

静が尋ねると、品川は眉間に皺を刻んだ。

「どんな様子も何も、エアバッグで最初はよく見えなかったんです。ドアもひしゃげて開かなかったので、救急隊の到着を待つしか仕方なかった」

そこから先は砺波から聞いている。救急隊が到着し、事故車のドアを剝がして壁村を救い出したものの、エアバッグの強い衝撃で心臓破裂を起こしていた。救急隊はその場で壁村の心肺停止を確認、病院に搬送する途中で蘇生を試みたものの遂に甦ることはなかった。言わば愛車がそのまま壁村の柩になったようなものだった。

「保険会社の担当者に聞いたらドライバーは任意保険に加入しているものの、対物賠償保険に本人希望で上限を設けているっていうんです。その賠償保険の範囲じゃビルの改修費用は満足に出ない。おまけにドライバーにさほどの資産はないから賠償請求しても無駄らしいし、いったいどうすればいいですかね。園児の列を避けたのは立派だったかもしれないけど、こっちは泣くに泣けませんよ」

事故の当事者が死亡しているので大っぴらに論うのは気が引けるが、それでも店の被害を考えれば何かしらどこかしらに抗議したくなる。フランチャイズのコンビニエンスストアには経営が順風満帆でない店舗も少なくないと聞いている。

「でもフランチャイズのお店なら、こうした改修費用は本部が負担してくれるのではありませんか」

「そんな甘い話じゃないんです」

品川は今にも泣きそうな顔をする。

「棚や看板は全部本部からの貸し出しになっていて、店舗の改修・改装費用は名目上、本部からの購入になるんです」

静は素直に驚いた。まさかそんな形式になっているとは思ってもみなかったのだ。

「いくら何でも阿漕（あこぎ）な気がしますね」

「現状、本部に掛け合っている最中ですが、どうにも色よい返事は聞けそうもありません」

「そんなもん聞く前に、さっさと店を畳みゃあ」

肩を落とす品川を前に、玄太郎がとんでもないことを口走る。

「客あしらいが下手なところを見ると、どっかの会社で五十まで勤め上げ、早期退職者制度か何かで脱サラしてコンビニ加盟したクチやろ」

「え、ええ、まあ」

「二、三年も店長しとったらもう骨身に沁みとるやろうが、コンビニの売り上げなんぞ立地条件でほぼ決まりや。予想値の一割も増減せん。ところが人件費と光熱費と廃棄代はきっちりオーナーに掛かってきよる。二十四時間三百六十五日を切り詰めた人員で回していきゃあ、どっかで歪（ひずみ）がでてくるがオーナー夫婦は一日も休めん。本部は本部で無理な大量発注を言ってくるわ、売り上げが好調だったら本部が近所に直営店を開店させて潰しにかかるわ、まあ踏んだり蹴ったりさ。違うか」

いちいち正鵠（せいこく）を射ているのか、品川は次第に頭（こうべ）を垂（た）れるだけで反駁（はんぱく）の一つもしない。

「元々、競合店がこんだけ乱立しとってはコンビニ店もそうそう儲かるもんやない。大体、出店するだけで儲かるんやったら誰もオーナーなんぞ募集するかい。直営店をオープンさせりゃいいだけのこった。それをせんのは経営のイロハも知らんサラリーマン崩れを騙くらかして奴隷にする肚やからさ」

「玄太郎さん、あなた何てことを」

「静さんはちょっと黙っとりゃあて。店に暴走車が突っ込んで、ドライバーはその場で即死。験が悪いにも程がある。そんな店で誰が日用品を買うもんか。店舗の改修費用もどうせ借金になるだろうが、コンビニ経営を続けりゃ借金は雪だるま式に増えてゆくぞ。今度の事故はな、もうこの辺でやめとけっちゅう天からの思し召しみたいなもんや。悪いことは言わんから、さっさと店を畳」

「ごめんなさいっ」

　皆まで言わせるつもりもなく、話の途中で静は車椅子ごと玄太郎を店外へ運び出す。品川がどんな顔をしているかは、可哀そうで確かめようとも思えなかった。

「あなたは正気ですか」

　往来にも拘わらず静は玄太郎に怒鳴る。子どもを相手にするのと一緒だ。子どもはその場で叱らなければ、どうして叱られたのかが理解できない。

「店が大破して途方に暮れているという時に早く廃業しろだなんて、傷口に塩を塗るようなものじゃないですか」

「塩で済むんならまんだええ。あのまま店を続けとったら、劇薬を沁み込ませるようなもんやぞ」

玄太郎には静の叱責もカエルの面に何とやらだった。

「静さんも見たやろ。あの店の並びに一店、道の向かいに一店、同じようなコンビニが競合しとった。わざわざ人死にのあった店へ買い物に来るような物好きはおらんよ。その証拠にわしら以外の客は一人しかおらんかったやないか。あんな状態が一週間も続きゃあ早晩本部から四の五の言ってくる。あの手の脱サラ組はプレッシャーに殊の外弱い。本部の指示やら恐喝に追いまくられて家族を巻き込んで、最悪のかたちで店を畳むのが目に見えとる。そうならん前に早よう損切りした方が本人と家族のためや」

「まるで見てきたように言うんですね」

玄太郎は事もなげに言う。

「実際に見てきたんさ」

「名古屋でコンビニ店を何軒も建てた。建ててハイサヨナラでは寝覚めが悪いから、店が繁盛しとるかどうか定期的に見に行った。結果は五分五分でな。何とか続いとる店がある一方、早々と潰れた店もある。店を潰した店長には共通点があって、さっきの店長もその例外やない。あのな、静さん。商売っちゅうのは傍で見とるほど簡単なもんやない。五十まで会社に養われて餌を与えられとった人間が、見様見真似でできるこっちゃない。引き際を見誤ったら地獄やからな」

淡々とした言い方だったが、却って凄みがあった。判事に任官して約半世紀、公務員として生活してきた静には窺い知れぬ厳しさがあるのだろう。癪な話だがやはり半世紀近くを経営者として過ごしてきた玄太郎の言葉には、相応の説得力があった。

「ところで園児たちが歩いていたのはどの辺りや」

「そこですよ」

玄太郎の問い掛けに砺波が指を差す。そこはコンビニエンスストアの隣にあるビルの前だった。

三階建て築三十年は経っている古い建物で、時代から取り残されたようなビルだ。静も興味を覚えたので手前まで車椅子を押していく。それぞれの階の窓に社名が貼られてあり、一階は瘦身美容の〈ビューティー・クリスタル〉、二階が〈ニコニコ不動産〉、そして三階が〈大野法律事務所〉となっている。

「静さんよ、どう思う」

「少し引っ掛かりますね」

「わしはえろう引っ掛かる。ちょいとハンドルを離してくれい」

静が言われた通りにすると、玄太郎はハンドリムを操作して〈ビューティー・クリスタル〉のドアまで進む。

そして狼藉に出た。インターフォンがあるにも拘わらず、右の拳でドアを力任せに殴り始めた。ノックなどという生易しいものではなく、ドアを破壊しかねないような力だ。

上半身と口と頭が達者なことは承知しているが、いったい七十の老人のどこにそんな力があるものか、静には不思議でならない。

「香月さん、あなた何をしてるんですかあっ」

まだ玄太郎の性分を把握しきっていない砥波は、慌てて止めに入る。性分を把握している静は小さく嘆息して見守るしかない。

砥波が止めても玄太郎の殴打は尚も続く。

「早よう出んか。まさかこんな時間に寝とるんやあるまいな。さあ出え、ほれ出え、今すぐ出え」

そろそろドアの表面が変形しそうになった頃、ようやくドアが開けられた。

「いったい何の騒ぎだ。インターフォンのついているのが目に入らないのかあっ」

ドアの隙間から顔を覗かせたのは三十代と思しき、腹の出た男だった。きちんとワイシャツを着た勤め人姿だが、どこか軽薄な印象が否めないのは、最初から感情を爆発させているからか。

男はドアを殴り続けていたのが車椅子の老人だったと知り、唖然(あぜん)とした。

「やっと出よったか」

「……何のご用ですか。ウチは痩身美容の会社なんですけど」

「わしは香月玄太郎ちゅうモンやが、社長はおるか」

「社長は外出しておりますが、本日面会のご予定があったのでしょうか」

「ない。第一わしは今日初めてここに来たし、社名は見たことも聞いたこともない」

玄太郎が胸を張って答えているのを見て、静は再び溜息を吐く。高齢者ドライバーの暴走も問題だが、玄太郎の暴走ぶりはもっと社会問題にするべきではないのか。

「あの、アポイントもない人と会わせる訳にはいきませんよ。ウチの社長は大変忙しい人間ですからね。そもそも痩身美容に縁のなさそうな人が社長に何の用があるんですか」

「名前は」

「わたしは田上という者ですが」

「誰がおのれの名前を尋ねた。社長の名前を教えんか」

一瞬、田上の眉が片方だけ吊り上がる。

「ウチの社名を見たことも聞いたこともない人に、どうして社長の名前を教えなきゃならない義務があるんですか。申し上げた通り社長は不在です。お引き取り願います」

田上はそう言うなりドアを閉めた。門前払いを食らった玄太郎だったが、意外にも執着は見せず静の許に戻ってきた。

「おー、手が痛い」

「あなたは自分の歳を考えたことがあるんですか」

「考えとるから拳で済ませた。静さん、もう十も若けりゃドアを蹴破っとるよ」

「今の訪問に何の意味があったんですか」

玄太郎の突飛な行動に腰が引けていた砺波が、恐る恐るといった体で聞いてくる。そろそろハイブリッド車よりも玄太郎の方が暴走しやすいと勘づいた様子だ。

「意味があったかどうかは後になりゃ分かる。それよりさっきの店長の話やが、運転していた壁村にはさほどの資産がないから損害賠償請求をしても無駄なそうやないか」

「資産がないのは本当ですよ。自宅も借家ですし、多額の現金や有価証券を持っていたという話も聞いていません」

「ちゃんと退職金は出たんやろ」

「警察官といえども、残りの人生を悠々自適に過ごせるような退職金はそうそう支給されませんよ」

「しかし腐っても公務員の退職金や。ちいとはまとまったカネが支給されるはずや」

「しかし預金通帳の残高は五桁でしたよ。何に使ったんだか」

「住まいを見たい。連れていけ」

壁村の自宅を訪問するのは静も異論がない。権柄ずくに言われながら、砺波は玄太郎に従わざるを得なかった。

壁村の自宅は台東区入谷の住宅街にあった。朝顔市で有名な場所だが、足を踏み入れるのは静も初めてだった。表通りこそ中低層のビルが建ち並んでいるが、一つ裏に入れば下町情緒を残す民家が軒を連ねている。

壁村宅はスレート葺木造平屋建ての家でガレージを有していた。既に家宅捜索は終了したらしく警察官の姿は見当たらない。

「壁村さんは退職しても以前からの借家に住み続けました」

ドアを開けながら砺波が説明する。

「退官すると郊外に家を買ったりマンションに移ったりする者が少なくないのですが、よほど入谷という場所が気に入っていたんでしょうね」

場所だけではなく家自体にも愛着があったに違いない、と静は思った。小さいながらも南側に花壇が設えられ、朝顔の鉢が並んでいる。

「手入れは行き届いとるがな。主がこの家にしがみついたのは、おそらく別の理由もある」

「どういう意味ですか、玄太郎さん」

「壁村という男、今は独り者の境遇や。賃貸業者は独身高齢者になかなか部屋を貸したがらん。引っ越すなら格安物件を買うしかないが、首都圏じゃおいそれと見つからん」

「貸したがらない理由は何ですか」

「独居老人は孤独死になりやすい。孤独死についちゃあ詳しゅう話すのも詮無い話やが、室内の清掃にえろう手間と時間がかかる上、その後は事故物件として借り手がつかんようになるからな。家主や管理会社にとっちゃあ時限爆弾に部屋を貸すようなもんさ」

家の中はひっそりと静まり返っていた。住まう者がいなくなると、家屋はすぐに息吹きを止めて荒廃を始める。床から立ち上る静謐さは墓場のそれに似ていた。掃除も行き届いており、床にも埃は溜まっていない。見渡してみたが、目につくようなゴミも落ちていない。

「事故の直後に家宅捜索をしたので、目ぼしいものは押収した後です」

小さな家で部屋数も少ない。寝室と書斎と台所の他は使われなくなった子供部屋があるきりだった。

静は子供部屋の棚に置かれていたフォトスタンドに視線を投げる。ずいぶんと褪色した写真で、どこかの公園をバックに親子三人が肩を寄せ合っている。どこにでもある風景と、どこにでもある幸せ。それを切り取った一枚の褪色ぶりが現在の状況を示していた。

同じものを見ていた玄太郎が口を開いた。

「家族はどうしたんや」

「奥さんは数年前に亡くなりました。一人息子がいるんですが……ここしばらくは別居というか何というか」

「はっきり言え。息子がどうした」

「詐欺罪で懲役二年。現在、千葉刑務所に服役中です」

「会おう」

「会おうって……千葉で、しかも刑務所ですよ。今からなんて無茶です」

「がんの摘出手術を終えたばかりの老骨が気息奄々となりながらも捜査に協力しとると
ゆうのに、何やその及び腰は」
傲然と胸を張り警察官に顎で指図する態度の、どこが気息奄々だ。
「病院がそうそう外出を許してくれるとも限らん。一日で済まされることは一日で済
ませろ。囚人との面会にしても警察官なら何とでもなるやろう。日頃の権柄ずくをこう
いう時に発揮せんか」
権柄ずくはどっちだと思ったが、いちいち突っ込むのも面倒だった。
哀れ砺波は頭を垂れ、携帯電話で平身低頭しながら千葉刑務所に連絡を入れ始める。

「壁村の一人息子は何をやらかしたあっ」
千葉刑務所に向かう道中、福祉車両の最後列から玄太郎が質問を喚き散らす。運転席
の砺波に飛ばしているので、真ん中の列に座る静にはうるさくて仕方がない。
「特殊詐欺、所謂オレオレ詐欺の受け子をしていたんです。千葉市在住八十二歳の老女
を騙し、八百万円の現金を受け取る際、張り込んでいた捜査員に現行犯逮捕されました。
初犯であるのを勘案されて懲役二年の実刑判決ですよ」
「副署長の息子と判明した日にゃ、逮捕した側もきまりが悪かろう」
「泥棒を捕えてみれば我が子なり、ですね。既に壁村さんの退官後でしたけど、千葉県
警も本人の氏名住所を公表しただけです。逮捕されたのが元副署長の息子であるのを報

じたのは週刊誌でした」

「父親は本人に面会に来たのか」

「それはどうでしょう。わたしもその件で壁村さんと話したことはありませんから」

どことなく辛そうな口調で砺波の気持ちが想像できる。副署長まで勤め上げた警察官なら、息子が実刑判決を受けて平気なはずがない。砺波がかっての上司との接触を控えたのは、壁村への配慮に違いなかった。

「受け子ちゅうのは三下の構成員やな。その捕物で元締めは捕まえられたのか」

「残念ながら駄目でした。逮捕された受け子は一方的に連絡を受けるだけで、命令系統すら知らされていませんでした」

「ふん、要は使い捨てか。ようもそんな役を引き受けたものや。ちょっと考えりゃ貧乏くじ引かされとるのは丸分かりなのにな」

「本人に断れない事情があったんです」

「借金か」

「ええ。消費者金融やら闇金から追いまくられている最中、いいバイト先があるからと誘われたらしいですね」

それきり玄太郎は黙り込んだが、一文字に締めた唇で考えていることは手に取るように分かった。

玄太郎は猛烈に怒っているのだ。

やがて三人を乗せた福祉車両は千葉刑務所に到着した。高く聳える正門は赤レンガのロマネスク調で左右がドーム型の屋根になっている。本館も総赤レンガの明治モダン様式で弥が上にも歴史を感じさせる。それもそのはず、同刑務所は明治四十年築で前身は千葉監獄という名称だった。一度ならず静も足を踏み入れた場所だが、何度訪れても今が平成の世であるのを疑ってみたくなる。

面会窓口で申し込みを済ませた後、面会待合室で順番を待つ。時間は午後四時まで、一度に面会できる人数は三人までと決まっているので、静たちは辛うじて希望が叶ったかたちだ。

番号が呼ばれて静たちは面会室に通される。待っていると、ほどなくしてアクリル板の向こう側に無精ひげの男が姿を現した。彼が懲役囚壁村幸弘だった。

「初めまして。愛宕警察署の砺波といいます。以前、君のお父さんにはお世話になった」

「ああ、刑事さんか。道理で」

「道理で、何だい」

「オヤジと同じ臭いがする。刑事っていうのはみんな同じ臭いなんだな」

「お父さんが亡くなったのは知っているよな」

「担当の先生（刑務官）から聞いたよ。運転していて園児の列に突っ込みかけたんだってな」

「とても残念だった」

「もう七十だった。好きだった運転で死んだのなら本望だったんじゃないのか」

幸弘は妙にさばさばとした口調で父親の死を語る。砺波は勝手が違って話し辛そうだった。

「現在、事故について捜査をしている最中だが、質問に答えてほしい」

「刑務所暮らしの俺に何を訊くっていうのさ」

「質問するのはわたしじゃない。こちらの香月さんだ」

静は車椅子を幸弘の前まで移動させる。幸弘は玄太郎の姿を見て興味が湧いたようだった。

「父親が最後に面会に来たのはいつや」

「爺さん、いきなりだな。最後に面会したのは今月の十日だったよ」

十日と言えば壁村が事故を起こす二日前だ。砺波の顔に緊張が走ったのを静は見逃さなかった。

「何を喋った」

「ここの暮らしのことを喋ったよ。まあ病気もせずに何とかやってる。模範囚じゃないから刑期が短くはならなそうだとか、そんな話かな」

「詐欺グループの話は出んかったのか」

「出ないよ。今更事件を蒸し返したって俺の刑期が短くなる訳じゃなし、第一組織のことなんて何一つ知らされてなかったからな。実際、俺は被害者だし」

　受刑者が自らを被害者と呼ばわるのは珍しいことではない。かつて静が判決を言い渡した被告人の中にもそういう手合いが一定数存在した。加えて、長期間服役していると自分が何故罰を受けているのかが曖昧になるため、どうしても被害者意識が芽生えてしまう。己の罪と向かい合っていない証左に他ならないのだが、こういう人間は得てして再犯もしやすかった。

「俺さ、結構いい大学出たんだぜ」

　幸弘が告げた出身大学は六大学に名を連ねる名門だった。

「卒業したら後は順風満帆な人生が待っているはずだったんだ。ところが三年生の時が、ちょうど就職氷河期の始まった頃でさ。百社は受けたかな。ほとんど書類選考で落とされて、面接も全滅。折角難関大学に入ったってのに家電量販店にさえ入社できなかった。この口惜しさがあんたらみたく高度成長期に人生を謳歌してきたご老人に分かるかなあ。まるで今までの人生を根底から否定されたような気分だぞ」

　高度成長期に働いていた人間は誰も彼も甘い汁を吸っていたとでも言わんばかりの口ぶりに、静は少しばかり苛立つ。高度成長期だからこそ企業間・社員間の競争も熾烈であったはずで、決して安穏な時代ではなかった。

　次にぎくりとした。比較的安定した公務員であった静でさえがそう思うのだから、焼け跡から会社を興して一代を築いた玄太郎が幸弘の言い分を快く聞くはずもない。

そっと回り込んでみると、案の定玄太郎は唇を真一文字に締め、片方の眉だけを上げている。これは怒りを溜めている時の表情だった。

「俺にもプライドがある。中小企業なんかに拾われたくなかったから、いったん派遣社員になって第二新卒扱いで就職活動を続けた。でも日本の企業ってのは新卒以外に冷たくてさ、いったん派遣社員になった人間はいい大学出ていてもなかなか正社員にしてくれないのな。派遣だとさ、給料なんて十万円ちょっとなんだよ。都内で格安五万円のアパート見つけたって差し引き五万円で一カ月凌がなきゃいけない。一流大学出て生活費が五万円って何の冗談だよ」

「それで碌でもないところからカネを借りたのか」

「生活費から水道光熱費とケータイ代引いたら何の贅沢もできないから仕方ないだろ。最初はほんの二、三万円のつもりだったけど、気がついた時には三百万円に膨れ上がっていた。これだって、最初に有名企業が俺を雇ってくれていたら作らなくて済んだ借金だ。企業じゃなくても、たとえば国が就職に失敗した俺たちの救済措置を考えてくれていたらこんな目に遭わずに済んだ。そういう意味で俺は被害者なんだよ」

「被害者がどうして檻に入れられとるんだ」

「借りた先が闇金で、カネが返せないのなら働いて返せって言われたんだよ」

「ふん、足元を見られたからか」

「受け子が褒められることじゃないのは知っているさ。取り立てが厳しいと碌なバイトにもありつけない。でも受け子を一回やれば十万円の報酬があった。俺みたいに追い詰められたら誰だって同じことをするさ」

「それを父親にも言ったのか」

「言ったよ。何の返事もなかったけどな」

「きっと返事をしたら、このうっすい板を叩き割る羽目になると恐れたんやろう」

玄太郎が眼前のアクリル板をこつこつ叩くのを見て、静は思わず車椅子を半歩分後退させた。先刻のドアのように殴りつける可能性が大だった。

「父親はずっと聞き役に回っていたんか」

「一緒に暮らしていた時だって、オヤジから話し掛けてくることなんて滅多になかったからな。実際、親子といっても特段に仲がよかった訳じゃない。それに副署長まで務めた元警察官なら、懲役囚の息子なんて恥以外の何物でもないからな」

「ええことを言うた。そうや、己は恥以外の何物でもない。ただし、それは臭い飯を食っとるからやない。お縄についた罪状があまりに情けないからや。情けなく、みみっちく、浅ましく、子どもの使いにも劣る犯罪や。まだ地中を這うミミズの方が役に立つし、賢いし、生きる価値がある。いや、ミジンコでも環境に応じて体質を変えられる分、己よりはずっと高等な生き物やな」

立て板に水のような悪口を浴び、幸弘は半ば呆気に取られていた。

「ちょっと待てよ。詐欺って一応知能犯に分類されるんだぜ。それをミミズやミジンコ以下って」

「八十二歳の婆さんから八百万の現金を騙し取ろうとしたそうやな。子ども可愛さに目の眩んだ婆さんなんぞ誰にでも騙せるわ。手前が賢いつもりかもしれんが、親の愛情が深いだけの話や。黙って聞いとりゃあ、借金に追われていたからしようがなかったやと。このくそだわけえええっ」

玄太郎の一喝が面会室に響き渡る。幸弘は肩をびくりと震わせ、付き添いの刑務官までが大きく仰け反った。

「吹くのも大概にせにゃいかんぞ。借金から逃れるために一番楽で卑怯な方法を選んだお前の、どこが被害者や。己に判決を下した裁判長の名前を言え。今からわしが直談判してもっと重い刑罰に変えてもらうに」

自分なら幸弘にどんな判決を下しただろうかと、静は一瞬考えてみる。判決前に本人の戯言を聞いていたら、初犯だからといって量刑を勘案する気にはなれなかったかもしれない。

「中小企業に拾われるのはプライドが許さんか。大学を出たのに家電量販店で働くのがそんなに惨めか。そんな安っぽいプライドを持つ人間がまかり間違って大手企業に採用されても、早晩役立たずと判断されて窓際に追いやられるのがオチや。経営者の一人として言うが、就職氷河期と言われた時期も中小企業は慢性的な人手不足やった。手前の安っぽいプライドに引き摺られてみすみす売り時を逃がした世間知らずが被害者面するだけならまだしも、挙句の果てには詐欺師の使い走りなんぞを知能犯などと言いくさりおって。このくそだわけめえええっ」

「面会中止っ」

途中で刑務官が遮り、あっという間に幸弘は反対側のドアの向こうへと連れていかれた。

「香月さん。あなた、何の目的で面会を求めたんですか」

今度こそ砺波は抗議を躊躇わなかった。

「折角の機会が台無しになってしまった。判事も判事ですよ。どうして止めてくれなかったんですか」

幸弘の犯した行為に情状酌量の余地が全くなかったとは言い切れない。しかしそれは法律家高遠寺元判事としての見識であって、今年八十一を迎えるいち老人の気持ちとしては玄太郎の悪口に頷ける部分もある。

「ぎゃあぎゃあうるさい」

抗議されても玄太郎の態度は相変わらずだった。

「ちゃんと訊くべきことは訊いた。静さんもそれを承知しとるから止めんかったんや。なあ」

同意を求められたが無視してやった。

「壁村の退職金はいったいいくらやったんや」

千葉刑務所を出た直後、玄太郎は福祉車両の後部座席から訊いてきた。

「同じ警察署の人間ならお前にも大体の見当がつくはずやぞ」

「あのですね。同じ警察官でも賞罰の有無や回数で結構調整されるんです。でもまあ、退職していった人の話を総合すると平均は二千万円程度でしょうね」

静は玄太郎と顔を見合わせた。壁村の家の中は年金頼りの独居老人の部屋そのものであり、どこにも大金を費やしたような痕跡は見当たらなかった。

「退職金は手渡しか」

「まさか。給料と同じ口座に振り込まれますよ。ただ押収した本人名義の預金通帳には、ここ数カ月分の取引しか記載されていなかったんです」

「そんなら銀行に掛け合って過去の取引記録を出させりゃええやろ。壁村が退職金を何に使ったのか調べい」

「本当にあなたは警察官を自分の手足か何かと勘違いしていますね」

傍で聞いていて決して愉快なものではなく、静はひと言差し挟まずにはいられない。

「手はともかく足がこんなざまやから代わりを使うしかなかろう。静さんは下半身不随の人間に冷たいのう」

「下半身が言うことを聞かない代わりに口と手が人一倍達者でしょう。それで差し引きゼロです」

「あの、お話し中に申し訳ないのですが」

砺波がおずおずと割って入る。

「壁村さんの退職金が今回の事故とどんな関わりがあるんですか」

「お前は何年、警察官をしとる。二千万もの退職金、普通なら老後の備えに貯めておくか第二の人生のために投資しようとするやろ。ところがあの家にそんな雰囲気はまるでなかった。ええか、カネっちゅうのは命の次くらいに大事なもんや。それが跡形もなく消えとるのが異常やとは思わんのか」

「……それは確かにそうです」

「もう一つ、仕事を言いつけてやる」

既に砺波は玄太郎の指示を拒む術（すべ）を失ったらしく、唯々諾々（いいだくだく）と従っている。

玄太郎の二つ目の命令は静も納得できるものだった。

3

二日後、玄太郎から病室に来てくれと連絡が入った。

『砺波が、調べた結果をわしらに報告したいそうや』

どうして自分が玄太郎から呼び出されなければならないのかと嫌みを言いたくなったが、捜査協力を約束した手前砺波の報告を無視する訳にもいかない。静は研修所での講義を終えると、そのまま病院へと向かった。

「壁村さんに支給された退職金は二千二百六十三万円でした」

砺波の告げた金額が平均以上なのか以下なのかは分からない。しかし定年後に悠々自適の生活を送るには充分な金額でないことは静にも分かる。

「ところがこの退職金は数年後、ほとんどが引き出されます」

「あのバカ息子が逮捕された時期やろ」

玄太郎から指摘され、砺波はつまらなそうに頷いた。

「ええ。壁村幸弘が逮捕・送検された頃、二千万円を現金で引き出しています」

「その二千万円、どこに消えたかくらいは、もう調べ上げたんやろうな」

「虎の子の退職金をほとんど引き出すんです。壁村さんの性格を考えれば行き先はある程度絞れます。何かの投資なら定年直後から運用を始めるだろうし、ギャンブルに退職金を注ぎ込むような愚か者でもない。何より引き出したタイミングがタイミングなので、幸弘の事件が絡んでいると見当はつきました」

「詐欺事件の被害者か」

「NPO法人で特殊詐欺被害者の会みたいなものがいくつか存在するんです。各団体に問い合わせたところ、そのうちの一つに匿名で同日同金額が振り込まれています。壁村さんがいったん現金化したのは、振込人が自分であるのを隠したかったからでしょうね。件のNPO法人は巨額の寄付金に驚きながら感謝していましたよ。被害者の会といっても精神的なケアや啓蒙活動をするのが精一杯で、被害者を経済的に支援する費用はありませんからね」

所謂振り込め詐欺が社会問題化して久しいが、被害者に対する公的な援助がないのは砺波の指摘通りだった。財産犯等の犯罪では、たとえ犯人が逮捕されても犯行で得た収益の没収や追徴は禁じられているからだ。ようやく組織犯罪処罰法の改正により、犯人が犯罪で得た財産は刑事裁判によって剝奪できるようになったが、その運用は今年の十二月一日からになっている。

「幸弘が関与した事件は裁判中も全容が不明で、被害者を全員特定するには至りませんでしたから。壁村さんが贖罪と謝罪の意味で関連団体に寄付をしたのも頷けます」

砺波は明らかに感情を押し殺していた。壁村の清廉さと幸弘の身勝手さを対比すれば、割り切れない気持ちになるのは当然だった。

「しかし香月さん。退職金がどこに流れたかは解明できましたが、それが今回の事故とどう繫がるんですか」

「壁村の人となりが分かりゃあ、彼奴がどうして無謀な運転をしたかも自ずと分かるさ。それより、も一つの方はどうやった」

「例の会社についての詳細でしたね。お持ちしましたよ」

砺波が差し出したのは商業登記簿抄本だった。商業登記簿には当該企業の本店所在地・会社設立の年月日・目的（業務内容）・発行可能株式総数・資本金の額、そして役員に関する事項が明記されている。

玄太郎がひと通り眺めた後、抄本を静に渡す。

商業登記簿抄本は〈ビューティー・クリスタル〉に関するものだった。設立は今から三年前、資本金は百万円、業務内容は美容器具販売・健康食品販売・フィットネスクラブ運営等とある。

取締役に名を連ねているのは二人、監査役が一人。代表取締役は皆木亨吉。会社を無理やり訪問した際に応対した田上の名前はどこにもない。

「登記簿を見る限り不審な点はないようですね。会社の所在地も業務内容も体裁は整っているみたい」

「あくまでも書類上の体裁はな。しかし静さんもあの事務所の中を見たやろう。どう思うたかね」

「本店にしては美容関係のポスター一つなかったのが気になりました。応対に出た田上という男も美容とはかけ離れた風貌と物腰で、どちらかといえば荒っぽい仕事向きのようでしたね」

「はっきりチンピラと言ってやりゃあ。あんたは変なところで遠慮するんやな」

「人を外見で決めつけるのが嫌なんです」

「この代表取締役の皆木という男についても当然、調べとるやろうな」

「前科者ですよ」

吐き捨てるような口ぶりだけで、どんな前科なのか想像がつく。

「皆木亨吉三十八歳、初犯は二十二歳の時、窃盗罪で逮捕。以後は詐欺罪で二回、それぞれ服役を終えて出所しています」

「どっかの組員か」

「暴力団には属していませんが犯罪集団には違いありません。もちろん堅気でもないのですが、この中途半端な立ち位置が厄介なんです。暴力団ではないので、暴対法（暴力団対策法）の規制がかかりません。それで闇金融や産廃業や芸能プロの経営といった広範な事業を隠れ蓑にして阿漕な稼ぎをしています」

「そこまで調べがついとるなら、〈ビューティー・クリスタル〉の正体も分かるやろ」

「痩身美容というのはただの看板で、おそらく実態はヤクザ紛いの事務所でしょう。皆木のような男が代表取締役を務めている時点で胡散臭い会社です」

「長らく警察官を務めとった壁村が蛇蝎の如く嫌うようなろくでなしさ」

「幸弘を受け子に使った特殊詐欺の首謀者が皆木だった。壁村さんはそう見当をつけたものの相手が暴力団でもなければ証拠もなかったので、最終的には自身の身を賭して皆木の事務所にクルマごと突っ込もうとした。ところが突っ込む瞬間に園児たちが事務所の前を通っていたので、咄嗟にハンドルを切ってコンビニの方に突っ込んでしまった
……高遠寺判事も同じお考えですか」

「詐欺に手を染めた息子は服役し、自分は退職金を関連団体に寄付して贖罪を果たして

いる。それなのに首謀者である人間がのうのうとしていたら普通は憤ります。まして壁村さんは長年警察官だったから憤慨も一入（ひとしお）だったはずです。ところが自身は片足が不自由で直談判すら叶わない。壁村さんがクルマの力を借りようとしたのも無理のない話だと思います」

　玄太郎は静の言葉に聞き入るだけで何ら異論を差し挟もうとしない。少しでも自分と意見が違えば口を挟む爺さまだから、これは静に同意している証拠だ。

「問題は三つあります。まず、壁村さんがどういう経路で詐欺グループの主犯格が皆木だと見当をつけたのか。第二に、そもそも本当に皆木は詐欺グループのリーダーなのか。そして最後に〈ビューティー・クリスタル〉および皆木を、どんな法的根拠で逮捕できるか。砺波さんがすぐに疑惑の経歴を拾い出せるくらいだから、以前からマークされていたのでしょうね」

「愛宕署のみならず警視庁の捜査二課も追っていますよ」

「それにも拘わらず未だ尻尾（しっぽ）が摑めないのは、相手がよほど巧妙に立ち回っているからでしょう。三つ目は、そういう相手をどんな根拠で逮捕し立件するかです」

「三つ目の疑問は、壁村さんにとってはあまり意味がなかったかもしれません。そうと思い込んでしまえば立証は必要ない。個人的な復讐ですからね」

「でも砺波さんは確証なしに皆木を犯人扱いできないでしょう」

　静は遠回しに復讐を否定する。壁村にシンパシーを抱いている砺波が皆木たち詐欺グループに憎しみを募らせているのは想像に難くない。現役の警察官が私怨に走ってしまえば社会秩序が保てなくなる。それは静が最も忌み嫌うものだ。

「確証を得たいのは山々なんですが、こと詐欺事件となると強行犯係だけでは荷が重いですね。それこそ警視庁の二課あたりの協力が欲しいところです」

「してもらえばええやないか」

玄太郎は事もなげに言う。

「詐欺師は人を騙すのが生業や。放っときゃあ被害者は増える一方。壁村の無念を晴らすかどうかはさておき、お前らの務めはそういう悪党どもを一人残らずふん縛ることやろう」

「人も予算も、おまけに時間も限られています。警視庁を巻き込むにしても相応の名目なり確証が必要なんですよ」

弁解じみた物言いながら、砺波は口惜しさを隠そうとしない。組織の現実に刃向かうには個人の力など蟷螂の斧に等しい。現実に切歯扼腕するだけでも砺波は真っ当な公務員なのだと静は思う。

「名目やら確証やら聞いとっても鬱陶しゅうてならん。捨て身で向かっていくくらいの気概がお前にはないのか」

玄太郎の言葉が挑発気味になる。いや、これはもうはっきりと挑発している。静は慌てて火消しに回る。

「玄太郎さん。あなたそんなこと言って、また事務所にパワーショベルで乗り込むつもりですか」

図星を指されたらしく、玄太郎はすぐに開き直る。

「静さんよ。世の中には実力行使せにゃならん時と場合があってやな」

「あなたは時も場合も選んでいないじゃありませんか。誰も彼も玄太郎さんみたいな無法な真似ができますか。大体、砺波さんは警察官なんですよ。いくら捜査目的とはいえ違法行為は絶対に許されません」

「静さんらしい言い分やが、法を守るだけで詐欺師を捕まえることはできんよ。皆木ちゅうのは何度も塀の内と外を往復しとるんやろ。捕まっても捕まっても改心せんような悪党はな、娑婆にいても檻の中にいてもしょっちゅう悪巧みをしとる。刑務所の中では先輩たちも仰山おるから失敗談も助言もしてくれる。喩えりゃ悪党の学校で勉強熱心な生徒が優秀な先生と巡り会ったようなもんや。そういう悪党のエリートを相手に、こっちだけが行儀ようしとって対抗できるものかね」

静は返事に窮する。静自身は信念や矜持は暴力に勝ると信じているが、玄太郎のように天上天下唯我独尊の男に通じる理屈ではない。

「この国は法治国家です。個人の復讐やリンチを許しません」

「復讐とかリンチとか人聞きが悪いことは言わんといてくれい。時代劇やと最後の五分は主人公が悪人の屋敷に乗り込んでこう、ばっさばっさと」

ふと、専属の介護士を務めてきたみち子ならどう反論するのか想像してみた。この根性の捻じ曲がった爺さまをどうすれば御することができるのか。

やがて閃いた。

「玄太郎さん、会社を立ち上げて何年になるんですか」

「かれこれ半世紀さ。まだ二十歳になるかならんかの時分、親が遺してくれた二束三文の土地を整地して売り出した。それが〈香月地所〉の始まりや」

「五十年も社長業をしているんでしょ。それに比べ、皆木はまだ取締役社長に就任して三年なんですよ。そんな格下相手と言葉を交わす前に実力行使なんて、すっかり見損ないました」

物は試しで言ってみたが存外に効果があったらしい。挑発されたと知った上でだろうが、玄太郎は唇を尖らせてみせた。

「言うてくれるな静さん。そんな誘いにわしが易々と乗ると思うか」

「立志伝中の香月社長だったら決して逃げたりしないでしょうね」

ううんと呻いてから、玄太郎は腕組みをし始めた。こういう単純なところはなかなか憎めない。

「実力行使の方がよっぽど手っ取り早いんやが」

「あなたは入院患者なのですよ」

「別の方向からダメージを与えるやり方がない訳でもない」

「どんな方向ですか」

「堅気とかヤクザとか関係なく、経営者と名のつく者なら一番嫌う方向さ」

4

次の週、静と玄太郎は砺波と他一名を従えて〈ビューティー・クリスタル〉の事務所を訪れていた。

「最初にお名前を仰っていただければ田上も不作法はしなかったのですが……とにかく失礼の段、まことに申し訳ありませんでした」

代表取締役の皆木は丁重な態度で一行を応接室に迎えた。長身で痩せぎす、田上よりは洗練された物腰だがやはり邪な雰囲気は拭いきれない。

「それにしても名古屋商工会議所の香月会頭にわざわざご足労いただいたのは光栄の至りです。しかし、どうしてまた弊社に」

「この世に女子がおる限り、美容というのは永遠のニーズがある」

問われた玄太郎はもっともらしく講釈を垂れる。

「男の目線とは関係なく女子は己が美しゅうありたいと絶えず願っとる。長らくデベロッパーで飯を食ってきたが、美容には不動産と同等の掘り起こしニーズが期待できる。わしが業種拡大の第一歩に東京を選んだのは決して不思議ではなかろう」

「先見の明はさすがですが、美容ビジネスなら弊社に先行する同業他社がありますでしょう」

「ふん。とうに成長しきった大手に何の魅力がある。どうせ提携するんなら成長過程にある企業と組んだ方が、ずっと面白い」

玄太郎が呵々大笑すると、皆木は毒気を抜かれたように力なく追従笑いを返した。

玄太郎が皆木と対峙する手段として提案したのが、経営者として正式に会談するというものだった。幸い玄太郎には名古屋商工会議所会頭という、まるで本人の品格を無視したような肩書がある。たとえ詐欺を生業にしていようが表向き堅気の稼業で代表取締役を名乗る以上、玄太郎の申し出を断るまいという読みだった。

商工会議所会頭となれば随行する者がいて当然だ。そこで静は介護士兼秘書、砺波と他一人は社員という触れ込みで同行した次第だった。

「あんたの会社に白羽の矢を立てたのは他にも理由があってな。事務所を構えるビルの佇まいがまず気に入った。いかにもベンチャーという気概が、このちっぽけなビルに収斂されとる」

「恐縮です」

「しかし一方、不安材料がなくもない」

「どういった点でしょうか」

「起業して間もないんなら家賃や水道光熱費の固定費を抑えたいちゅう趣旨は分かる。

しかし会社の備品のみならず、あらゆる出費にケチ臭いようでは事業の発展も見込めん。カネの使い方にはそいつの甲斐性が表れるからな」

「なるほどそういうことですか」

皆木は我が意を得たりとばかり大きく頷く。

「わたしは決して吝嗇家ではありませんよ。カネをかけるべきところにはかけています」

「口では何とでも言えるさ」

「では現物をお見せしましょうか。もっとも今、おつきの方々がお座りになっているソファは三点セットで六十五万円の逸品ですよ」

三点で六十五万円、と玄太郎は気の抜けたような返事をする。

「えろうみみっちいな。言っちゃあ悪いが、わしの座っとる車椅子、特注で七十八万円するぞ」

皆木はむっと眉間に皺を寄せる。

「失礼しました。選りに選ってオフィス家具ごときで趣味を語るべきではありませんでした。社長室にご案内しましょう」

皆木は一同をドア一枚隔てた隣室へと誘う。

部屋に一歩足を踏み入れた瞬間、静は圧倒された。

まるで事務所の一室とは思えなかった。応接室よりひと回り広い部屋は豪華な調度品に溢れている。最初に目に入ったのは東山魁夷と藤田嗣治のリトグラフだ。二点とも高価なのだが、作風が違い過ぎるので持ち主が美術に関して素人であるのが透けて見える。

　机の上に鎮座しているのは工芸品の鷹と時計ケースだ。全体が眩いばかりの金色で名のある職人の作であるのは見当がつくが、惜しいかなけばけばしい部屋の中では魅力が半減している。時計ケースに至っては中にロレックスやカルティエといったブランド品がずらりと収められているが、そもそも自身の趣味や装身具を事務所内に飾ってある点で持ち主の底が知れる。

「えろう、いい時計を揃えとるやないか」

「さすがお目が高い。これなどはパテック・フィリップの限定ものですよ」

「このケースに収められたものだけで、ざっと七千万円といったところか」

「惜しいですね。トータルでは一億に届きますよ」

　商工会議所会頭に自慢できるのがよほど嬉しいのか、皆木は鼻の穴を膨らませて笑う。それが世にも哀れな笑顔であるのを、本人は全く気づいていない。

　一千万語の会話を通してようやく人となりが理解できる相手もいれば、数分の立ち居振る舞いで底の浅さが露呈する者もいる。皆木は紛うことなく後者だった。真っ当な商業活動の果実ならこれ見よがしの贅沢品も微笑ましい限りだが、高級時計も美術品も詐欺で得たものだから見ているだけで嫌悪感が募る。そんな品物を得々と自慢する皆木は道化師にすら見えない。

おそらく静と同様に思っているのか、玄太郎の目は侮蔑とも憐憫とも思える色を湛えている。

「まあ、わしの贅沢品と言やあ、この特注の車椅子くらいのもんやが、あんたはどんなクルマに乗っとるのかね」

「外車を二台。ポルシェとフェラーリですが、その日の気分に合わせて乗っています。よろしければ一度助手席に乗って……」

皆木はそこまで喋ったものの、車椅子を見た途端に言葉を詰まらせた。当の玄太郎はにやにやと次の台詞を待っている。

「どうせなら助手席より運転席に乗りたいが」

「いや、あの」

「ふふん、まあ景気のいい話で結構。もちろん会社が大儲けしたからできるクルマ道楽なんやろう」

「ええ、お蔭様で」

「そろそろ詰めた話がしたい」

俄に玄太郎の口調が硬くなる。

「過去三年間に遡った決算報告書を見せてくれんか」

「過去三年というのはすぐに用意できませんが、昨年度分なら早急にお見せできます」

「なら、それでええ」

皆木が携帯電話で指示を送る。静は改めてこの部屋には固定電話がないことに気づく。

しばらくすると田上がファイルを携えてやってきた。前回とは態度を一変させ、玄太郎たち一行の視線を避けるようにして皆木にファイルを手渡す。渡した後もそそくさと部屋から出ていく。

「会頭、どうぞご覧ください」

玄太郎は決算報告書を一瞥してから、砺波の隣に座る男に渡す。男は目を皿のようにし、決算報告書の隅から隅までを丹念に読み解いていく。

皆木は確認程度に目を通すと高を括っていた男が五分経っても決算報告書から顔を上げないので、さすがに不安を感じたらしい。

「とても熱心に読まれるんですね。ウチはまだ起業して間がありませんから、残念ながら目を瞠るような利益は出していません」

男はやっと顔を上げた。

「しかし高級時計や外車を購入するほど手元には潤沢な資金があるらしい」

「……ずいぶんと棘のある言い方ですね。いくら会頭お抱えの社員でも言葉が過ぎるんじゃありませんか」

「失礼。遅まきながら東京国税局の佐崎と申します」

佐崎が皆木の眼前に差し出したのは捜査令状だ。

「脱税容疑で強制調査させていただきます」

皆木の顔色が変わるのと田上が飛び込んでくるのがほぼ同時だった。

「社長っ、今国税局のやつらが玄関を突破して」

皆まで言う前に、ワイシャツ姿の査察官が十数人部屋に雪崩れ込んできた。

「騙したな」

皆木は玄太郎をひと睨みしてポケットから携帯電話を取り出した。

「念のために申し上げておきますが、自宅にも強制調査が入っていますよ」

佐崎は査察官の一人に決算報告書を渡し、皆木の前に立ち塞がる。

「今回、警察の協力を得てビルの周囲にも自宅にも警官を配備しています。あなたに逃げる場所はありません」

次に砺波が立ち上がって佐崎の隣に並ぶ。

「国税局の調査と同時進行で、愛宕署の方も特殊詐欺の件で調べさせてもらう。マルサの強制調査は知っているよな。この部屋はもちろん、金庫や机、ロッカー、トイレに至るまで徹底的に調べ尽くし、会計帳簿や領収書の類、ファックスやメールの内容、パソコン内に保存されたデータの一切合財、銀行口座の入出金記録、ありとあらゆるものを差し押さえる。そうすれば商業登記簿に記載されていない仕事についても丸裸になるだろう。その中に詐欺めいた仕事が見つかれば知能犯捜査係が懇切丁寧に相手をさせてもらうことになる。東京国税局と愛宕署双方が手厚くお出迎えしよう。我々の取調室にようこそ」

皆木は口を半開きにしたまま、すとんと床に腰を落とした。

数日後、玄太郎の病室を訪れた砺波は上機嫌だった。

「今回もお二人にはお礼を申し上げなければなりません。どうもありがとうございました」

「礼には及ばん」

ベッドの上の玄太郎は片手をひらひらさせて面倒臭そうに言う。理由ははっきりしている。自分が直接鉄槌（てっつい）を下せなかったので欲求不満気味なのだ。ベッドの横に座っていた静は内心で忍び笑いを洩らす。

「最初は皆木も黙秘していましたが、事務所と自宅から山のような証拠が発見されるに至って徐々に口を開くようになりました。脱税はもちろん特殊詐欺についても供述を始めたところです」

「壁村の息子が受け子をした詐欺に関してはどうなった」

「やはり皆木が指揮をしていたようです。これでようやく壁村さんの墓前に報告できます」

感極まったのか、不意に砺波は言葉を詰まらせた。

「幸弘の服役期間に何か影響がある訳ではありませんが、少なくとも壁村さんはこれで成仏できる気がします」

「今回は玄太郎さんのアイデアが全てでしたね」

首尾よく進んだのは何より玄太郎のお蔭だ。こればかりは褒めてあげなければ不公平というものだろう。

「まさか脱税の方向から攻めるというのは盲点でした。確かに経営者ならではの視点でしたね」

「暗黒街の顔役とか言われたアル・カポネが刑務所にぶち込まれたのは脱税容疑やった。その顰に倣っただけさ。犯罪王やろうが詐欺師やろうが、正式に会社を興した段階で国税局からの追及は免れんよ」

言葉の端々に国税局への恨み節が偲ばれるが、これは追及しないのが武士の情けだろう。

「壁村さんが詐欺グループの首謀者を皆木と特定した理由も分かりました。これは幸弘の供述で分かったんですが、壁村さんは幸弘にカネを渡した婦人の許を何度も訪れ、どうして彼女が餌食に選ばれたのかを探っていたようなんです。するとですね、彼女の家に〈ビューティー・クリスタル〉の入会案内のパンフレットがあったんです。入会希望者には抽選で特撰山形牛をプレゼントという特典付きで、彼女はうっかり応募はがきを出してしまった。お察しの通りはがきには自宅電話番号や資産の有無を記入する欄があって、皆木たちはその個人情報をデータ化した上で振り込め詐欺を行っていた訳です」

「壁村さんはその入会案内書から〈ビューティー・クリスタル〉に目をつけたんです

ね」

「何と言うか現役の警察官としてはお恥ずかしい限りですよ。ところでお二人に伺いたいのですが、壁村さんが玉砕覚悟で〈ビューティー・クリスタル〉に突撃を試みたという推測はどこからだったんですか」

「自宅を訪ねた時ですよ」

ベッドに視線を送ると、玄太郎は無言で頷いた。

「床にはゴミどころか埃さえない。高齢男性の一人住まいにしては片付き過ぎていたくらいです。まるで死を覚悟した者の身仕舞いのように見えました。あそこはそういう部屋でした。壁村さんにとって乗り慣れた愛車が柩代わりだったようにね」

第四話　葬儀を終えて

1

「主文。被告人を死刑に処する」

静が判決を告げると、それまで法廷に張り詰めていた空気がふっと和(やわ)らいだ。

証言台に立つ雪代(ゆきしろ)佳純(かすみ)は茫然としたまま肩を落とし、虚(うつ)ろに静を見上げている。

一審は無期懲役。検察側が判決を不服として控訴し、静と二人の裁判官は長きに亙(わた)る合議の末に死刑を選択した。言わば逆転判決だが、静たちにすれば一審判決は温情というより死刑回避に傾いた印象が強い。死刑判断の基礎となる永山基準を納得できる解釈もなく逸脱しているのも問題だった。世間はいったん騒ぐだろうが、静たちの下した判断は判例に照らし合わせても妥当と思えた。

弁護側に残された手段は上告して最高裁で争うことだが、最高裁は法律審なので書面審理しか行わず上告理由がないと判断すれば口頭弁論を経ずに上告を棄却する。従って静の下した判決が確定判決になる公算が大だ。

被告人雪代佳純は三人を殺害している。カネを借りた相手、無心して断られた相手、そして置き引きの現場を咎めた相手。いずれも被害者には落ち度がなく、佳純の身勝手さだけが浮き彫りになっている事案だ。無論、弁護側は佳純の犯行について情状酌量を訴えてきた。夫からの家庭内暴力、離婚後の窮乏生活は同性として同情を禁じ得ない部分がなくもないが、到底殺人行為に対抗できる要因ではない。

一審の無期懲役判決が温情に過ぎたのは衆目の一致するところだった。世間もマスコミも佳純には容赦なく非難の声を上げた。

だからといって静が容易く判決文を起案した訳ではない。被告人がどれほど悪辣で残忍であっても人であることに変わりない。その人間を死刑台に送るパスポートを己が発行するのだ。判事を拝命して四十年近くになるが、未だに死刑の判決文を書くのは精神的苦痛だ。何度も何度も死刑判断が妥当なのかを考え、論点を整理し検察側にも弁護側にも被告人にも、そして何より静本人が死刑やむなしと納得できる内容になっているかを吟味する。主観を交えず冷徹な視座から物事を捉えているか、厳罰主義ではなく更生主義に則った判断ができているかどうか。

正解はなく採点する者もいない。いるとすれば法の女神テミスくらいのものだろう。気丈に振る舞っていても、ふと猛烈な不安に襲われることもある。それでも堪えて被告人に判決を読み聞かせる。

佳純は項垂れたまま動かなくなった。死刑判決を下してしまえば、静がこれ以上佳純に告げる言葉は何もない。死にゆく者へ向ける言葉はどれも空虚だ。

「閉廷」

刑務官が証言台から佳純を連れ去っていくのを見届けてから、静は席を立つ。

背後のドアを開けた瞬間だった。

「お母さんっ」

法廷に幼い声が響き渡った。

静が声のした方向に振り返ると、佳純が傍聴席に顔を向けていた。立ち上がった傍聴人たちの陰に隠れて、静の位置から声の主の姿は見えない。

佳純からは相手が見えているらしく、立ち止まったままでいる。刑務官に何度も促され、佳純は半ば強引に連行されていった。

裁判官室に戻ると右陪審を務めた多嶋俊作が労いの言葉をかけてくれた。

「お疲れ様でした、高遠寺判事」

「お疲れ様でした」

後に続いたのは左陪審の牧瀬寿々男だった。多嶋は任官二十五年目のベテラン、片や牧瀬は昨年判事に昇任したばかりだが、死刑判決文を朗読する辛さ苦さは静同様に知っている。

「二人ともお疲れ様でした」

静が答えて椅子に座る。腰を下ろした途端に自分の身体を重く感じた。死刑判決を下した時に感じる独特の重みだった。しかも最後に聞いた子どもの声が未だに頭の中に反響している。

「聞こえましたか、あれ」

牧瀬が水を向けると、多嶋は物憂げに頷いてみせた。

「聞こえたよ。堪らんな、ああいうのは」

「高遠寺判事も多嶋判事もお子さんがいらっしゃいますからね」

「ああ。三人もの男女を殺害した毒婦も人の親だったんだと改めて思い出した」

多嶋はちらと静を一瞥する。付き合いが長いので多嶋の表情で考えていることが分かる。

死刑判決が下された直後、子どもから声を掛けられた母親の気持ちは母親が一番よく知っている。

「しかしな、牧瀬くん。事は雪代佳純に限らない。我々が裁いているのはモンスターじゃない。誰かの親であり、誰かの子どもだ」

「新聞やテレビで判決だけを取り上げている連中は、裁判官の迷いなんて想像もしないんでしょうね、きっと」

裁判官は法廷で感情を露にしてはならない。本音を吐露できるのは、判事同士で顔を合わせた時くらいだ。まだ若気の残る牧瀬は、裁判官室に入ると日頃溜まっている鬱憤を吐き出すのが癖になりつつある。外に洩れないうちは許容範囲内だが、そろそろ自制することを覚えた方がいいだろう。

「裁判官が迷うなんて想像されたら却って問題よ」

静はやんわりとした口調で、しかし嚙んで含めるように言う。

「わたしたち裁判官が未熟であったり不完全であったりするのは構わない。だけど、法廷の中では完全無欠の神でいなければ駄目よ。口にするのもおこがましいけれど、法廷における裁判官はテミスの代弁者なのだから」

「神の代弁者ですか。ますます気が重くなりますね」

「それが嫌なら一日も早く、完全に近づくよう切磋琢磨することですね」

牧瀬はいきなり難問を押し付けられたように慌て出す。

「完全な人間だなんて、そんな。誰も彼も高遠寺判事みたいにはなれませんよ」

お願いだから、わたしをそんな風に見ないでちょうだい。

喉まで出かかった言葉をすんでのところで止める。日本で二十人目の女性裁判官という触れ込みのせいか、若い判事の中には静を神格化したがる向きがある。いや、正確に言えば若き判事の成長を願う上席者たちが静をキャリアのモデルケースにしたがっているらしい。

真っ平ごめんだ。卑下する訳ではないが法服を纏って約四十年、子どもの声を聞いただけで動揺するような未熟者のどこを見習えというのか。羞恥以前に彼らの人を見る目を疑う。

「完全になれだなんて言っていません。完全を目指せと言ったのです」

前を見て努力を続ける限り、人間は停滞や堕落の誘惑から逃れられる。忌憚なく言ってしまえば、今より悪くなることはない。

静が恩師から賜った教訓はいくつもあるが、これが最も正鵠を射ている。後進に大したことは教えられないが、少なくともこの教訓だけは実用性を保証してやれる。

拙いながらも静の思いを読み取ってくれたのか、牧瀬はこくこくと頷いた。その様子を、多嶋が目を細めて眺めている。

「まるで孫を諭すお婆ちゃんみたいな図だな」

「まあっ、失礼な」

「悪かった、悪かった」

多嶋は片手を挙げて謝る。

「ただ、あなたを見ていると自然に頼りたくなる。亀の甲より年の劫とはよく言ったものだ。高遠寺さんのような判事が司法研修所あたりで教鞭を執ってくれたら、上の人間は安心するだろうな」

「多嶋さんはどうなんですか。わたしなんかより、ずっと教官に向いてそうだけど」

「わたしは向いていませんよ」

多嶋はまた物憂げな表情に戻る。

「とても司法修習生に教えられるようなスキルは持ち合わせていません」

「冗談が過ぎますよ、多嶋さん。二十五年も判事を続けていて教えるスキルがないなんて、嫌みにしか聞こえません」

「そりゃあ条文の解釈や起案の仕方は説明できますが、人を裁くには六法以外の何かが必要です。正直言って、現在湯島の司法研修所で教えていることなど、専門書を読ませれば事足りる。裁判官として一番大切なことは、むしろ研修所の外で教えられる機会が多い」

これは静も同意見なので黙っていた。

「ボキャブラリーが貧困なので知見以外の何かとしか言えませんが、少なくともわたしには徹底的に不足している要素です」

全てを理解できなくても感じ入るところがあるのか、牧瀬も黙って二人のやり取りを聞いている。

「わたしの退官後まで心配してくれてありがとうございます。でもわたしには娘がいましてね。孫ができたら、何かと小うるさい婆あになるのが当座の希望なの。沢山の子どもを相手になんて無理ですよ」

冗談で言ったつもりなのに、多嶋と牧瀬は大真面目に頷いている。こういう融通のなさが静は苦手で仕方がない。

元号が平成に変わり、法曹界が司法制度改革に乗り出す十年以上も前の話だった。

月日が流れ、静が不本意な出来事をきっかけに退官して既に十七年が経った。多嶋たちに告げた希望とは裏腹に静は今、司法研修所で教鞭を執っている。まことに人生というのは自分の思うようにならないらしい。

静が唐突に二人との会話を思い出したのには理由がある。マンションの自室で朝刊に目を通していると、社会面のお悔やみ欄にかの人物の名前を見つけたからだ。

『多嶋俊作氏　7月9日、心不全のため死去。静岡市出身。葬儀は仏式によって行う。葬儀は20日午後1時から、杉並区梅里5－○－○のメモリーホールで。喪主は長男幸助氏。1964年から判事職を務め、2000年に退官』

この歳になると自分よりも若い人間の死は応える。知人であれば尚更だ。

多嶋俊作は法理論の組み立てが整然としており、さながら生きた判例集ともいうべき判事だった。本人は謙遜で言ったのかもしれないが、司法修習生相手の座学なら彼ほどの適任者はいないだろう。

彼と交わした言葉の断片が脳裏に甦る。法務関係の話題がほとんどだったが、それでも多嶋の生真面目さを窺わせる内容で飽きることがなかった。真摯な人間の言葉を退屈に思う者もいるが、静には安寧を誘う音楽と同等だった。

その音楽を奏でる者も去ってしまった。静の周りを賑わせ、慰撫してくれたものが櫛の歯が欠けるように一つ一つなくなっていく。まるで、死地に向かう旅に余計な荷物は捨てていけと脅されているようだ。

多嶋の死亡記事を読み返しているうちに、静は気になることを発見した。死亡した日が九日で葬儀が二十日。何と十日間以上の開きがあるではないか。

素っ気ない記事をいくら眺めていても詳細は摑めない。二十日はちょうど講義の予定もない。静は葬儀に参列すると決めた。

葬儀の日は朝から晴れ渡っていた。本日も猛暑で、静がマンションを出る頃には立ち上る陽炎が街の景色を歪めていた。悔しいかな老いた肉体は猛暑に対抗できない。最寄り駅から斎場まではタクシーを使う。

斎場は駐車場も狭く、こぢんまりとしていた。参列者が百人も入れば満員になりそうだ。記帳を待つ列に並んでいると、後ろから声を掛けられた。

「高遠寺判事じゃありませんか」

振り向くと、恰幅のいい壮年男性が立っていた。頭には白いものが混じり顔には皺も目立つが、童顔なのは昔と変わらない。

「牧瀬さんね」

「お久しぶりです」

大きくなって、という言葉が出そうになる。かつての理想に燃える新進の判事もすっかり貫禄がついている。

「今はどちらなのかしら」

「前橋地裁の刑事部です。相変わらずのご様子で安心しました」

「何が相変わらずなの」

「そういう具合に社交辞令を聞き流さないところです」

「言うようになったわねえ」

　話しているうちに隔絶していた時間が戻ってくる。心地いいとは思ったが、だからこそ自分は現役を退いた人間なのだと痛感する。

「他にも裁判所関係者を何人か見かけましたよ」

　敷地内に視線を転じると、なるほど見知った顔がいくつかある。現役時代の静を敬遠していた者、性差について時代遅れの所感を開陳していた者、敵愾心を露にしていた者。皆それぞれに枯淡した様を晒し、互いの近況を報告し合っている。わざわざこちらから挨拶をしにいくのも億劫なので近づかないようにした。

「最近は多嶋さんと連絡を取り合っていたの」

「いえ、不義理で申し訳ないのですが……ここ数年は年賀状も一方通行で戻ってこない有様でした」

「不義理なものですか。年賀状を出すだけでも充分に義理堅いのよ」

　静自身、多嶋とは賀状のやり取りしかしていなかったのだから大口は叩けない。退官の経緯がいささかスキャンダルめいたものでもあったため、静の方から接触を断ったかたちだった。

「参列者の数が寂しいわねえ。会場が狭いので少し心配だったのだけれど」

静が水を向けると牧瀬は微かに視線を逸らせた。

「わたしは新聞のお悔やみ欄を見て駆けつけたのだけど、一つ妙に思ったの。多嶋さんが亡くなったのは九日。十日以上も葬儀が後になったのはどうしてなのかって」

すると牧瀬は辺りを見回してから声を潜めた。

「場所を変えましょう」

記帳の列から離れると、牧瀬は辺りを警戒したまま話し始める。

「高遠寺判事のことだから、もう見当はついていらっしゃるんでしょう」

静は鉛のように重い言葉を吐き出す。

「孤独死なのね」

「杉並署に伝手があったので訊いたんです。アパートの一人暮らしで発見が遅れたようです。発見のきっかけは臭いだったらしいですね」

このところ猛暑が続いている。空調が効いていたとしても、室内に死体が放置されて数日も経てば腐敗するのは確実だ。

「通報したのは同じアパートの住人でした。部屋から強烈な臭いがするとの通報を受けて、最寄りの交番から巡査が駆けつけ、死体を発見した次第です」

「でも多嶋さんには家族がいるはずよ。今日の喪主だってご長男が」

「家族とはずいぶん前から別居状態だったと聞いています。所轄から訊き出せたのはここまでです」

　もちろん多嶋が孤独死を迎えた可能性は最初から頭にあった。孤独死が発見される状況も大抵は異臭絡みだから、死体の腐乱状態にも見当がつく。

　静は信じたくなかった。あの生真面目で温厚な多嶋が、そんな死にざまだったとは想像もしたくなかったのだ。

「色々と思うことがあります」

「わたしもです。杉並署の担当者から聞いた時には、ちょっとショックで」

「今は平静を保ちましょう。多嶋さんが狼狽えて成仏できなくなったら大変」

　静は牧瀬を伴って記帳の列に戻る。最後の別れが済むと多嶋の亡骸は出棺されて荼毘に付される。

　自分が納得するのは、多嶋の魂が空に上った後でいい。

　読経が流れる。

　呼ばれた僧侶は一人だけだが会場が狭く参列者も少ないので、却って場の雰囲気に相応しい。

　式次第は予定より早く進んでいるようだった。故人との最後の別れも、すぐに静の順番が巡ってきた。

　棺の窓が開いており、身を乗り出すとガラス越しに多嶋の顔が見えた。化粧を施しているものの、皮膚が黒ずみ、あちこちに老人斑が浮いているのは隠しようもない。夏の盛りに十日以上放置された死体をここまで整えた葬儀社の努力を称えてやりたくなった。

「お疲れ様でしたね」

静は亡骸に労いの言葉を掛ける。一つ案件を片づけた時の挨拶はいつもそうだった。

だが、多嶋の顔を見ているうちに胸が締め付けられた。生前の面影を残しているとはいえ、記憶に残っている多嶋とはまるで別人だ。ひどく痩せこけ、骨が浮き出て、皮膚は全体にかさついている。亡骸に生気を期待するのは無理な注文だが、それにしても面変わりし過ぎている。

自分もこうなるのだろうか。

己の行く末についてあまり気にしないはずの静も、せめて最後の化粧くらいは満足にしてほしいものだと思う。参列者に余計な気を使わせず、最期は穏やかで何の未練もなさそうだったと思われたい。そうでなければ参列者に申し訳ないではないか。

合掌し、一礼してから棺を離れる。儀式というのは大したものだ。一連の作法を済ませると多少の疑念や心残りは掻き消えてしまう。

ところが、一人の女の子が全てを引っ繰り返した。静の後、棺の傍らに寄り添ったのは小学校低学年と思しき少女だった。

「ジイジ」

彼女は多嶋の顔を覗き込むと呼び掛けた。ここまでなら他の参列者の涙を誘う光景だったが、次のひと言で空気が一変した。

「誰にこんなことされたの」

たちまち違和感が静を襲う。咄嗟(とっさ)に牧瀬に視線を送ると、彼もまた異状を察知したようだった。

「この子ったら何言い出すの」

後ろについていた母親が慌てて少女の口を手で押さえるが、場を誤魔化(ごまか)すどころか違和感を増幅させるだけだった。

参列者の間からざわめきが起こるが、粛々と続く読経に呑み込まれてやがて鎮まっていく。疑念の心残りが再燃した静は牧瀬に目で合図を送る。

かつて裁判官室で合議を繰り返した仲間には言葉なしで通じるものがある。静と牧瀬は会場の隅に移動する。

「今のお嬢ちゃんは多嶋さんのお孫さんかしら」

「長男夫婦には娘がいると聞いています。きっとそうでしょう」

「あの言葉、気にならない？」

「普通は『どうして死んじゃったの』ですね。エンバーミングは問題のない仕事をしています。それなのにあの言い方には大いに疑問が残ります」

「あの子の話、もっと詳しく訊きたいわね」

「わたしもです」

静たちは件の少女に視線を移す。

「母親の相手をしてくれますか。その隙にわたしは女の子から話を訊いてみます」

かつて散々合議をした関係だからか、阿吽の呼吸で牧瀬が動く。母親らしき女性に近づくとさり気なく自分と静を紹介する。

「以前、多嶋判事とは一緒に仕事をさせていただきました。当時、右も左も分からなかったわたしが曲がりなりにも裁判所勤めを続けていられるのは、全て多嶋判事のお蔭です」

「それはどうも……義父もきっと喜びます」

二人が話している最中、静は少女と同じ目線まで腰を落とす。

「お嬢ちゃん、名前は」

「里奈。多嶋里奈、六歳」

「そう、里奈ちゃん。わたしは静、高遠寺静。お祖父さんのお友だち」

母親に背を向けさせ、静は里奈に小声で話し掛ける。

「里奈ちゃん。さっき『誰にこんなことされたの』って言っていましたね」

「うん」

「どういう意味だったの」

「ジイジね、前はもっと丸いお顔で色もつやつやしてたの。さっき見たお顔と全然違うの」

「誰かが顔を変えちゃったと思ったのかな」

「うん。それにね、ジイジが死ぬ時は里奈たちと一緒にいたいって。ジイジ、いつも里奈との約束守ったの。だから……」

「里奈っ」

　話が佳境に入ったところで母親が気づいてしまった。

「ホントにこの子は初対面の人にむかって。申し訳ございません。ご迷惑をおかけしたようで」

　母親は通り一遍の対応で済ませると、逃げるように静たちの許から去っていった。

「まるで疑ってくれと言わんばかりの反応ですね」

「基本的なことを訊きますね。いったい多嶋さんの亡骸は解剖されたのですか」

「いいえ」

　牧瀬は首を横に振る。既に参列者ではなく司法関係者の顔になっている。

「伝聞なので詳細は不明ですが、現場で検案を行った監察医は、死因は明らかであると判断し、解剖の必要を告げなかったようです」

「どう思いますか、牧瀬さん」

「故人が知人であるという事情を抜きにしても引っ掛かります。疑念が単なる勘違いなら、わたしたちの早合点と叩かれて終わりです。しかし何らかの悪意を見逃してしまったら、それこそ亡くなった多嶋さんからこっぴどく叱られそうです」

立派な判事に成長してくれた。切迫した場面にも拘わらず、静は嬉しくなる。

「じゃあどうしましょうか」

「残念ながら高遠寺判事は退官されて既に久しく、わたしは前橋地裁なので管轄違いになります。手出しできません」

「でも、放っておいたら多嶋さんの亡骸は数時間後には灰になってしまう」

「ちょっと待ってください」

牧瀬は会場内を見回し、目的の人物を探し出す。

「東京地裁の知り合いがいました。高遠寺判事も来てください」

「わたしは何の役にも立ちません」

「そう思っているのは高遠寺判事だけです」

成長したとともに強引さも備わったらしく、牧瀬は静を伴って東京地裁の知人とやらに突撃していく。

「東京地裁の箕浦と申します」

牧瀬から紹介された箕浦は珍しそうに静を見る。

「まさかこんなところで高遠寺判事にお目にかかれるとは。光栄です」

まるで静を伝説上の人物か何かのように思っているらしい。恥ずかしくて逃げ出したくなるが、この場では捜査権を持つ人間の助力が必要になる。

多嶋の死については監察医が解剖の必要性を認めなかったらしいこと、先ほど少女の洩らしたひと言が不自然であることを訴えると、箕浦は一定の理解はしたものの難色を示した。

「高遠寺判事の仰ることは充分理解できますが、しかし既に埋葬許可が下りており、失礼ですが伺った要件だけで鑑定処分許可状を発行するのは不可能です」

　箕浦の回答は最初から予想できた。許可状を発行するのは管轄する裁判所だが、発行するからには第三者が納得できるだけの理由が要る。

　さあ、どうする。

　故人との最後の別れは、そろそろ終わりに近づいている。式次第では、この後長男である幸助の挨拶で全てが終了し、亡骸は待機している霊柩車によって火葬場に送られる。もう時間がない。

　切羽詰まった挙句、静の頭にとんでもなく悪知恵の働く人物が思い浮かんだ。こんな時でなければ絶対に思いつかなかっただろう。

　会場の外に出て携帯電話で相手の番号を呼び出す。相手は二回目のコールで出た。

『おう、静さん。珍しいやないか、あんたから電話をくれるとは』

　ベッドに臥せっているはずの玄太郎は、病人とは思えない声で話す。

「いま、話しても大丈夫ですか」

『あんたが相手なら丑三つ時でも鶏が鳴く前でも構わん。用件を言やあ』

　次の言葉を吐くのに、静はプライドをドブに放り投げた。

「玄太郎さんの知恵をお借りしたくて」

静は自分の昔馴染み（むかしなじ）の死に疑問が残るものの、このままでは荼毘に付されてしまう事情を手短に説明する。要点を簡潔にするのは玄太郎の好みであり、長々と話したくないのは静の都合だ。

『ふうん。要するに亡骸を火葬にしとうないっちゅう訳か。しかし死んで十日以上も経（た）っとりゃあ、いい加減腐っとるだろう。鼻が曲がりゃあせんか』

「ずっと火葬にしないのではなく、時間を稼ぎたいのです」

『何時間、稼げばええんかな』

「……一日あれば」

『一日。そりゃ難儀な条件やね。火葬場の名前は分かるかね』

静は斎場内に待機していた葬儀社の社員から必要事項を訊き出し、玄太郎に伝える。

「杉並区の堀山聖苑です」

『よっしゃ。上手（うま）くいくかどうかは分からんが、やってみよ。駄目やったらすぐに連絡する』

こちらの返事も待たずに電話を切ってしまった。切羽詰まって一番頼りたくない相手に頼った静も静だが、二つ返事で会話を切り上げた玄太郎も玄太郎だ。

いったい玄太郎は何を企（たくら）んでいるのか。あの男のことだからおそらく正規の手続きを踏むはずがない。かなりの確率で静が眉を顰（ひそ）めるような内容だろうが、頼んでしまったものは仕方がない。

静がやきもきしていると、早くも喪主の挨拶が始まった。

「遺族を代表いたしまして皆様にひと言ご挨拶を申し上げます。故人の長男で多嶋幸助と申します。本日はこの猛暑の中、ご足労いただき本当にありがとうございます。故人もさぞかし喜んでいることと存じます」

長男の幸助という男には多嶋の面影が残っている。ただ父親よりも線が細く、どこか内向的な印象が否めない。

「生前の故人を偲び、多くのお仕事関係の方々に参列いただきました。故人は長らく裁判所に勤め、多くの事件で判決を下したと聞いております。世の中の秩序を護ることに全てを捧げた人生は本人にとっても本望であったことと思います」

幸助は澱みなく話し続けるが、意地の悪い見方をすれば葬儀会社が用意してくれた定型文だからだろう。するすると話しているが、聞いているこちらの胸に落ちてくる言葉がない。

「今後は故人の教えを守り、家族一同支え合って生きていく所存です。本日はまことにありがとうございました」

お仕着せの挨拶だったが、拍手には労いと励ましが込められているように静には思えた。法曹界にとって多嶋は得難い隣人だったが、家庭ではどんな扱いだったのか、ひどく気になる。

それよりも玄太郎だ。静の携帯電話にはまだ連絡が来ていない。せめて何を企んでいるのか確認するべきだったと後悔するが後の祭りだ。

「それでは出棺でございます」

司会の声を合図に遺族たちの手で棺が運ばれていく。

「高遠寺判事」

痺(しび)れを切らしたように牧瀬が話し掛けるが、まさか遺族たちの行く手を阻(はば)む訳にもいかない。静は唇を噛んで立ち尽くすより他にない。

「それではいよいよお別れでございます。皆様、今一度ご一礼をお願い致します」

霊柩車が高く長くクラクションを鳴らす。ゆっくりと発進し、参列者から離れていく。

母親と手を繋(つな)いでいた里奈が我慢できない様子で飛び出した。

「ジイジーっ」

切ない声に嗚咽(おえつ)を洩らす者までいた。

だが静は気が気ではない。このままでは多嶋の肉体は灰になってしまう。

ポケットの中で握り締めた携帯電話がめきめきと軋(きし)み出しそうだった。

やがて静たちの無念をよそに霊柩車はどんどん視界から遠ざかっていく。

さすがの玄太郎にも妙案は浮かばなかったか。静は失意に沈んでいく。

「どうやら諦(あきら)めるしかなさそうですね」

隣に立っていた牧瀬も肩を落としていた。

「でも、わたしたちにできることはしました。きっと多嶋さんも許してくれますよ」

まだ何を疑っているかも明確ではなかった。確かに多嶋は許してくれるだろうが、静は自分が許せない。どうして選りに選って最後の瞬間に玄太郎を頼ってしまったのか。いかに頭脳明晰でいかに世知があろうとも、今の玄太郎はベッドの虜だ。病人に過大な期待をかけた自分を張り倒したくなる。

こうなったら多嶋の解剖なしに疑問を解決するしかない。死体という一番有用な物的証拠なしにどこまで調べられるか甚だ心許ないが、可能な限りやってみよう。

思いを新たにして踵を返しかけた時だった。

「あれ。あの霊柩車」

「変だな。戻ってきたぞ」

参列者の声に振り返ると、何と走り去ったはずの霊柩車が斎場に向かってくるではないか。

元の位置に辿り着いた霊柩車に葬儀社の社員が駆け寄る。

「道路規制か何かですか」

窓から顔を出した運転手はひどく困惑気味だった。

「いや、道路じゃなく火葬場から緊急連絡が入って……申し訳ないけど本日、火葬場は使用不可になったって」

「使用不可。いったいぜんたい、どういうことですか」

社員同士のやり取りがこちらにも伝わり、参列者たちも首を傾げている。

玄太郎だ。

静は咄嗟にそう結論づけた。火葬場に向かっていた霊柩車が回れ右で戻ってくる。そんな不条理をやってのけるのは、あの規格外の爺さまくらいだ。

まるでこの光景を見ていたかのように着信音が鳴る。発信者は言うまでもなかった。

『いよう、静さん。首尾はどうや』

「いったん火葬場に向かった霊柩車が戻ってきました」

『よしよし。明日の昼まで堀山聖苑は犬猫も焼けん』

「どんな手を使ったんですか」

『人聞きが悪いな。極めて真っ当さ』

真っ当な手段で火葬場が使用不可になどなるものか。

『杉並区役所の担当者が堀山聖苑の建造物耐久性のチェックに入ったんさ。知っとるかね、静さん。都内の火葬場は新設が少なく、その多くが老朽化しておる。多摩地区東部をはじめとして火葬場を持つ自治体が少なく、そのしわ寄せが都心の火葬場に集中しとるんだ。ところが火葬炉ちうのは一種の消費財だが耐久年数はさほど長くない。三百六十五日酷使し続ければ限界も近い』

「まさか」

『堀山聖苑も例外やない。三基ある火葬炉のうち二基までが耐久年数を越えていた。ただちに火を熾すのはストップし、今日明日は業者が丹念に検査することになった。因みに他の火葬場もスケジュールがいっぱいで、急に死体を持ち込まれても対処できないはずや』

「杉並区役所にどんな圧力を掛けたのですか」

『何が圧力なものか。折角こんなところに長期入院するんや。東京にも販路を広げたいんで各区役所の関連部署に営業をかけさせた。もし公共施設を改修、建設するなら都内の業者よりもコストを下げてみせるとな。コストを下げた分は当然自治体に留保される』

それで自治体を手懐けてしまったという訳か。

『火葬場の老朽化は地震対策の面からも自治体には頭の痛い問題でな。ウチの営業と情報共有しとる。火葬場の一つや二つはすぐに止められるさ。元々、本来は止めんと危ない火葬炉の多くが今も稼働中やしな。これで首尾よく補修工事の受注が舞い込めば、それこそわしは焼け太りというやつさ。わはははは』

静は顔から火が出そうだった。

2

玄太郎の機転というか奸計のお蔭で、多嶋の火葬には一日だけ猶予が生まれた。施設側の都合で火葬が遅れるなどという事態はそうそう起こり得ず、多嶋の遺体はいったん冷凍保存できる杉並署で預かることになった。無論この処置には箕浦を介した静の意向が働いている。

長男の幸助は遺族代表として杉並署での保管に異議を唱えた。

「事件性がないと監察医の先生が判断したじゃないですか。それをどうして今頃、警察が預かるんですか」

だが七月の猛暑の中、既に十日以上経過した遺体を更に一日常温で放置したらどうなるか。異臭には散々悩まされたらしい遺族側は、その点を指摘されると首を縦に振らざるを得なかった。

こうして多嶋の遺体はいったん静たちの管理下に置かれたが、許された猶予が一日という条件はそのままだ。

早速、静と牧瀬は多嶋の死体を発見した巡査と遺族から話を訊くことにした。ただし聴取といっても正式な手続きを踏むものではないので、こちらに強制力はなく相手も無理に答える義務もない。相手がどこまで真剣に証言してくれるかは全くの未知数だった。

発見者である杉並署の大貫という巡査には、すぐに連絡がついた。折角なので多嶋の住んでいた部屋に案内してもらうことにした。

多嶋が終の棲家に選んだのは、単身者専用の木造アパートだった。補修跡のある屋根に罅の入った漆喰壁、錆の浮いた鉄製の階段。壁や扉はいかにも安普請で、防音や保温性に優れているとは到底思えないような外観だ。

「それでも空き部屋はないんですよ」

巡回連絡にアパートの部屋を一戸一戸訪ねたという大貫は少し切なそうだった。

「区内でも一番家賃が安いんじゃないですかね。だからでしょうか、住んでいるのは二十代のフリーターか七十過ぎのご老人ばかりです」

かんかんと音がする階段を上る。雨や雪で濡れれば簡単に滑りそうな階段だ。手摺り（てす）を握る手に思わず力が入る。

「高遠寺判事。よろしければ手を」

「恥ずかしいからやめてちょうだい」

多嶋の部屋は二階の奥にあった。

「通報してきたのは隣室の女性でした。ご覧の通り古い建物なので、臭気が廊下に洩れてきたようです。まだリフォームが済んでいないので、かなり臭いが残っているはずです」

管理会社から借りたマスターキーでドアを開ける。即座に死臭と判別できる甘く饐（す）えた臭いが鼻を突く。

狭いのは分かっていたが、殺風景さは予想以上だった。形ばかりのキッチンを抜けるとすぐに居室に出る。床はフローリングだがところどころ変色して浮いている。中にあるものは小型冷蔵庫とテーブル、そして本棚代わりのカラーボックス一台。

たったのそれだけだった。

「玄関ドアはきっちり施錠されていました。部屋の真ん中に布団が敷かれていて、本人はその上で絶命していました。その、何と言うか連日のこの暑さですから、最初は黒っぽいパジャマを着ているのかと思ったのですが、実はハエが集(たか)っていたんです。それで、もうこれは生きていないと判断して署に連絡をいれた次第です」

天井近くにはエアコンが設(しつら)えられている。死体発見時に稼働していたかどうかを聞くと、大貫巡査は首を横に振った。

「それがですね。部屋の電気は止まっていたんです。配電盤を確認するとブレーカーが落ちたままになっていました。きっと冷房以外に消費電力の大きな電化製品を使用した際に落ちたんでしょう。アパート一室の契約アンペアはわずか15アンペアなんです」

静は冷蔵庫を開けてみる。電気は止まったままだから、当然中のものは悪臭を放っていると覚悟したが、予想に反して腐るようなものは置いていなかった。飲料水と調味料、わずかにパック詰めのハムがあるだけだ。浴室のドアが開いていたので尋ねると、これも死体発見当初から開いたままだったと言う。

いくら単身生活とはいえ、あまりに侘(わび)しい中身に静は胸が苦しくなる。長らく判事を務めたからには相応の年金も振り込まれていたはずなのに、この有様はどうしたことだろう。生前の多嶋は几帳面(きちょうめん)な男で、物をほったらかしにするようなことは一切なかった。机の上はいつも整然としていたが、この部屋の物のなさはそれとは別の様相を呈している。

　同じ感想を抱いたらしい牧瀬が大貫を問い質(ただ)す。

「巡回連絡に立ち寄ったということでしたね。それはいつ頃ですか」

「一昨年の五月です。その時は少し不安な印象を受けました」

「不安というのは」

「本人の言動です。身体的なものではなく、本官とやり取りする中でひどく視線を逸らしたり落ち着かない素振りを見せたりとか、とにかく普通の態度ではありませんでした」

　これまた生前の多嶋を知る静には納得しかねる証言だ。いくぶん神経質な部分はあったが、それでも相対する人間から視線を逸らすような素振りはしなかった。いつもこちらの目を見て話すから、真摯な態度という印象が強かったのだ。

「多嶋さんはケータイとかは持っていなかったんですか」

「布団の傍らに置いてありましたね。遺品として遺族に返却したはずです」

　続いて静と牧瀬は長男の家を訪ねる。多嶋幸助の家は閑静な住宅街の一角にあり、多嶋の住んでいたアパートとは目と鼻の先だった。

　こちらも築年数は相当に経っていたが、先のアパートのような安普請ではない。スレート葺(ぶき)、ツーバイフォー住宅で、周囲の建物も同様の仕様であることから建売住宅と察しがつく。

静は何げなく表札を見る。古いタイプで世帯全員の名前が書いてあるが、右端の多嶋俊作の名前に二重線が引かれている。

「ここ、多嶋さんの以前の住所ですよ」

牧瀬が耳打ちをしてきた。

「年賀状の宛先を書いたから憶えています。以前はここに長男夫婦と同居していたんですね」

玄関ドアには〈忌中〉の張り紙がしてある。家には幸助夫婦が在宅していた。

二人の来訪は意外だったらしく、妻の礼香は戸惑いを隠しきれない。それでも亡父の知人を玄関先に立たせておくのは失礼という常識はあったらしく、二人を応接間に誘った。

「葬儀に不手際があり、お恥ずかしい限りです」

二人の前に座った幸助は、まずそう言って詫びた。もっとも火葬場に向かった霊柩車が途中で引き返すなどそうそうある出来事ではないので、詫びている幸助自身も納得がいかない様子だった。

「さっき多嶋さんのアパートに寄ってきました」

ここでの質問は静が行うと事前に決めてある。

「単身者用のこぢんまりとしたお住まいでした。部屋の中も冷蔵庫の中も片付いていて、とても多嶋さんらしいと思いました」

「親父はモノを溜めておく性分ではありませんでしたから」

痛烈な皮肉のつもりだったが、幸助は大して気にも留めていないようだ。

「一昨年からあの部屋を借りていたみたいですね」

「ええ。何かあればすぐ駆けつけられるよう、近くの物件から選んだんです」

「でも元は同居していたのでしょう。どうして多嶋さんが独り暮らしをするようになったのですか」

「家族が煩わしくなったんじゃないでしょうか」

幸助はそう答えたが、生前の多嶋を知る静には納得がいかない。

「家族を煩わしいと思うような人ではなかったように思います。それに、わたしを含めて知人には住所変更の知らせがありませんでした。もし多嶋さんの意思で独り暮らしを決めたのなら、住所変更もしていたはずです」

幸助は早くも気まずい顔をした。

「立ち入ったことをお訊きしますけど、多嶋さんとは同居が困難だったんですか」

「本当に立ち入った話ですね。以前の同僚だからといって、そこまで話さなきゃならないものですか」

「元裁判官ですからね。些細なことが気になるのですよ。殊に、多嶋さんが孤独死したとなると、どうしても当時の状況を確認せずにはいられません。保護責任者遺棄罪というのをご存じですか」

るのが分かった。

どうやら思ったことがすぐ顔に出る質らしい。罪名を告げられた瞬間、幸助が緊張するのが分かった。

「別に親父は寝たきり老人じゃなかったんですよ。わたしたちの保護が必要な境遇じゃなかった。ケータイも渡していたから連絡も自由にできた」

「巡回連絡に回ったお巡りさんの話では、大層不安な様子だったと聞きました。それで余計に腑に落ちないのです。わたしたちの知っている多嶋さんは不安とは無縁な人格者でしたからね」

「人格者、ですか」

幸助の顔に一瞬、蔑みの色が差した。

「確かに現役の判事だった頃には人格者だったんでしょうね。それなら死ぬまで判事を続けていればよかった」

ひどく険のある言い方だった。

それまで夫の横に座って沈黙を守っていた礼香が我慢しきれないように口を開く。

「あなた。もう言っちゃえばいいじゃない。わたしたちは迷惑を受けた方だって」

「しかしなあ」

「葬儀の席だからわたしもあなたも義父さんを立てていたけど、嫁の立場から言いたいことは山ほどあったのよ。その上、見ず知らずの人たちから保護責任者遺棄罪とか好き勝手言われたら堪ったものじゃないわよ」

礼香の鬱憤が相当なものであるのが、静たちにも伝わってくる。嫁の憤懣に押される格好で、幸助は渋々といった体で話し始める。

「実際、現役だった頃の親父はまともだったんですよ。堅物で融通の利かないところはあったけど常識人でしたしね。ところが退官後から少しずつ少しずつおかしくなっていったんです」

最初は睡眠不足から始まった。まだ長男一家と同居している時分、夜中に叫んで飛び起きることがしばしばあったのだと言う。

「寝ているわたしたちも起きるような大声でしてね。話を聞いてみると、自分が被告人に死刑判決を言い渡す瞬間が夢に現れたって言うんです。実際にそういう経験があったのを思い出すんでしょうけど、その度に家族まで叩き起こされるんですよ」

不眠が常態化すると、次第に日常生活に変調を来たすようになったという。

「親父は記憶力のいい方なんですけど、不眠症になってからというもの物忘れがひどくなったんです。スーパーに行っても買うものが何だったか忘れちゃうし、帰り道で迷うし、ひどい時にはわたしの名前さえ忘れる時がありました。これはいよいよ危ないと思って医者に診せたらアルツハイマーが進行しつつあるって言われて。それでもまだ軽度だったんで、施設に入れようとは思わなかったんです。親父も施設は嫌っていましたからね」

ところが多嶋の状態は日増しに悪化していく。

「それがアルツハイマーの症状かどうかは分からないんですが、盗癖がついたんです。行きつけのスーパーや書店で万引きをする。でも慣れていないから、店員にすぐ見つかる。お蔭でわたしや礼香は恥ずかしい思いをして、よく親父を引き取りに行きました。親父も恥ずかしそうでしたけど、万引きを咎められたのが恥ずかしかったのか、息子に引き取られたのが恥ずかしかったのか。きっと両方だったんでしょう。そういうトラブルが続いた後、親父の方から独り暮らしをしたいと申し入れてきたんです。同居していてはわたしたちに迷惑が掛かると思ったんでしょう。幸い少なくない額の年金が支給されるので独り暮らしも可能でした。ただ何かあった場合に備えて、スープの冷めない場所に移ってもらったんです」

話を聞いていた静は再び切なさに襲われる。

死刑判決を下す際の心理的な圧迫は経験した者でなければ到底理解できないだろう。法に則り、他の裁判官と合議に合議を重ねた末の結論であっても、己の裁断で人一人をこの世から抹殺する事実に変わりはない。職務だと言ってしまえばそれまでだが、では職務で他人の生殺与奪を握らされる職業がどれだけあるというのか。

日々、緊張と責任と人命の重さに圧し潰されそうになりながら裁判官室と法廷を行き来する。新聞に目を通せば、どんな判決を下したところで非難する者は一定数存在する。被害者遺族の怨嗟と被告人への憐憫に引き裂かれて過ごす毎日。これでストレスを感じなければバケモノだ。

多くの裁判官は自分なりにストレス発散の方法を知っていた。中には眉を顰めるような発散を実行している者もいたが、どうやら多嶋は上手く発散できなかったらしい。それを思うと、ますます静は身につまされた。

「水道光熱費と家賃は親父の口座からの自動引き落としでしたし、何か困ったことが起きたらすぐケータイで知らせるように言っておいたんです。向こうだってあれこれ言われるのは嫌だったろうから、毎日様子を窺いに出向くような真似はしませんでした。それが保護責任者遺棄罪だというのなら、いくら何でも厳し過ぎますよ」

幸助の抗弁には一理も二理もある。静と牧瀬は頷かざるを得ない。

「それにですね、万一のことを考えて介護サービスにも登録をしています。親父の毎日のケアについて相談したり、何かあった際の対処をアドバイスしてもらったりお世話になっています」

幸助に言われて礼香が名刺を持ってきた。〈錦織(にしごり)デイサービス〉代表錦織妃呂子(ひろこ)とある。

「もしもの時の備えもあります。これでもわたしは保護責任者遺棄罪ですか」

静は不明を詫びて多嶋家を辞去するより他になかった。

「有益な情報はあまり得られませんでしたね」

牧瀬が未練たらしく洩らした直後、静の携帯電話に着信があった。表示を見れば発信者は箕浦だった。箕浦には静と牧瀬が独自に捜査する旨を伝えている。おそらく進捗(しんちょく)状況の確認だろうと思った。

『どうでしたか』

静は本人のアパートと長男の家で聴取した証言を全て打ち明けた。

『何か引っかかる箇所は見つかりましたか』

「大きな疑問が一つ。多嶋さんの部屋のブレーカーは落ちたままでした。死体を発見した大貫さんはエアコン稼働時に消費電力の高い電化製品を使用したのだろうと推測したようです。確かに15アンペアしかなければブレーカーが落ちることもあるのでしょうけど、あの部屋にはドライヤーすら置いてありませんでした」

『では』

「この暑い盛り、ブレーカーが落ちてエアコンが止まったままだったら年寄りには苛酷な状況になります。もう一度、担当した監察医の話を聴取したいところです」

『それには及びませんよ、高遠寺判事』

箕浦は静かに興奮しているようだった。

『原因不明で落ちたブレーカー。その理由だけで鑑定処分許可状が発行できます』

最近のエアコンは冷却するべき範囲が広くなると自動的に出力が高くなる。浴室のドアが開いていたことでその機能が働きブレーカーが落ちた可能性もあるが、敢えて静は口にしなかった。

3

多嶋の死体を検案した監察医の報告書は箕浦を介して静と牧瀬の許に届いていた。

監察医が下した判断は熱中症による死亡だった。監察医が現場に到着した時、室温は四十三℃、死体の直腸内温度も四十三℃。外表面に異状所見がなく、七月に頻発した高齢者の熱中症死と症状が酷似していたために、解剖の必要を認めなかったという内容だ。当時の気象条件と室内の状況を考慮した判断だったのだろうが、死後経過時間が長い場合には剖検所見のみからの診断は困難と言えた。

鑑定処分許可状が発行されたことにより、多嶋の死体は大学の法医学教室に送られた。司法解剖だから元より遺族の承諾は必要ないが、今回は解剖する事実さえ幸助たちには伏せてある。

いったん監察医が必要なしと判断した案件を司法解剖に回すのだから、東京都監察医務院が決していい顔をしないのは百も承知だが背に腹は代えられない。箕浦もよく鑑定処分許可状を発行してくれたものだと思う。

組織に権威が付随する以上、その権威を軽んじれば当然反発を招く。静と牧瀬が箕浦に呼び出しを受けたのは多嶋の死体を司法解剖に回した翌日のことだった。

二人が雁首（がんくび）を揃えて東京地裁の箕浦を訪ねると、執務室には箕浦と初老の小男が待ち構えていた。小男は最初から非難がましい視線を二人に向けていたが、箕浦から紹介された合点がいった。東京都監察医務院の事務長を務める浮田という男だった。

「まさか警察や検察の頭越しに裁判所が鑑定処分許可状を発行するとは、前代未聞じゃないですかね」

浮田は粘着質な物言いで静と牧瀬に絡んでくる。日頃からこの口調で喋っているのか、今回の案件に物申したいからなのかは判然としない。箕浦は静に対して申し訳なさそうに目礼を寄越す。

監察医の判断を蔑ろにしたことについての抗議には違いないが、もし本気なら院長が直々に乗り込んでくる。事務長どまりなのは裁判所側の意向を確認する意味があるのだろう。

「亡くなった人が我々のかつての同僚でしてね。孤独死という状況がどうしても納得いかなかったんです」

箕浦に頼ったのは自分だという責任感からか牧瀬が弁解するが、浮田は心外そうに唇をへの字に曲げる。

「かつての同僚が気になるのは仕方ありませんけど、元裁判官だからといって不幸な末路を辿らないとは限らないでしょう。生きている時はともかく、死は平等にやってきます」

どうやら判事が選民意識の持ち主だとでも思っているのか、浮田の物言いは辛辣だった。

「田園調布に住んでいようがあばら家に住んでいようが死ぬ時は一人きりです。高齢者の孤独死なんて今日び珍しい話じゃない。そんな理由で監察医の判断を疑われては敵いませんね」

「我々も感傷だけで動いている訳ではなく、多嶋さんの死に不審な点があったからです。裁判所だって感傷的な理由で鑑定処分許可状を発行するはずがないでしょう」

「対外的にはそう言わざるを得ないでしょうが、何しろ身内ですからねえ」

浮田は疑念を隠すつもりはないらしい。

「亡くなったのが見知らぬ一般市民だった場合も、判事は同じ行動を取りますか。そんな風にはとても考えられませんけどね」

さすがにこの言葉には頷けない。静は大人げないと思ったが、つい反論した。

「それではお伺いしますが、どうして臨場した監察医は解剖もせず死因を熱中症と決め込んだのですか」

「頻発する症例に状況が酷似していたからですよ」

「酷似は同一ではありません。ただでさえ死後時間が長く腐敗の進行している死体です。体表面の所見と腸内温度を測定しただけで死因を特定するのは、いささか早計に過ぎませんか」

「現場には現場の判断というものがあります。これで司法解剖して、監察医の見立て通り熱中症だったとしたらとんだ税金の無駄遣いですな」

別の人間が違う場面で発すれば説得力があるのだろうが、浮田が口にするとどうにも軽く聞こえてしまう。

「かつての同僚が惨めな死に方をすると自分も惨めな気分になる。まあ気持ちは分からんじゃありませんが、公私混同も甚だしい。判事であったのなら、せめて晩節を汚すような真似は慎んでほしいものです」

おそらく浮田というのは自分の言葉に酔って余計なことを口走るタイプなのだろう。しかし自分はともかく、多嶋の死にざまを惨めと形容したのは聞き逃せなかった。年寄りの傲慢と取られるのなら、それでもいい。静は売り言葉に買い言葉で返す。

「わたしは死因を特定するのが税金の無駄遣いだとは思えないのですけどね。よろしい。もし監察医の見立て通りだったとしたら、司法解剖の費用一切合財はわたしがお支払いしましょう」

浮田はぎょっとして静を見る。司法解剖の費用は約二十五万円。それをいち老人が全額肩代わりすると言い出したのだから面食らったのだろう。

だが面食らうだけで済むと思ったら大間違いだ。

「その代わり、司法解剖の結果が監察医の見立てと相違していた場合、浮田さんと東京都監察医務院はどう落とし前をつけるつもりなのですか」

「落とし前って」

「組織の看板を背負って抗議にいらしたんです。その抗議が全くの的外れであると判明したら、然るべき責任を取るのが筋というものでしょう。まさか、ただ面子を潰された腹いせで地裁くんだりまで足を運んだのですか」

「いや、その、わたしは事務長という立場上」

「なるほど。事務長という立場を賭けて抗議に来られたのですね」

「いえ、今のは言葉のあやで。先ほどの発言はあくまで一般論且つわたしの個人的な印象でありまして」

「一般論且つ個人的な印象。つまり抗議ではないという解釈でよろしいのですね」

問い詰められた格好の浮田は慌てたように首を縦に振る。

「では一般論および浮田さんの個人的な印象は確かに伺いました。他にご用がなければお引き取りください」

有無を言わせぬ勢いに押され、浮田はすごすごと退室していった。

「お見事でした、高遠寺判事」

箕浦は感服したように持ち上げるが、今更になって静は赤面しそうになる。

「年甲斐もなくお恥ずかしいところを」

「とんでもない。見事な切り返しで惚れ惚れしましたよ。昔取った杵柄ですね」

「本当にもう、やめてください」

交渉にしては強引極まる。交渉というよりは恫喝に近い。

何が昔取った杵柄なものか。判事時代もこんな強引な駆け引きをしたことはない。つらつら考えるに、静がここまで攻撃的になったのは玄太郎の悪しき影響ではあるまいか。

見事な切り返しだろうが恫喝だろうが、放った瞬間は爽快でもやがてブーメランのように戻ってくる可能性がある。放った勢いが強ければ強いほど、手元に返ってきた時の威力も大きい。

これで司法解剖の結果が監察医の見立て通りだったら目も当てられない。静は珍しく猛烈に後悔していた。

強引な司法解剖について抗議に来たのは浮田だけではない。彼が退室した数分後には幸助と礼香の夫婦がやって来たのだ。まさか浮田と連携しているはずはないのだが、面倒なことは重なるものらしい。箕浦の執務室に居合わせた静と牧瀬こそ災難だった。

「東京地裁というのは遺族の意志を無視するんですか」

箕浦の前に立った幸助は開口一番、地裁批判を開始した。

「葬儀も終わって、やっと親父を荼毘に付せると思った矢先、火葬場の都合で延期になるわ、警察の霊安室で保管されているとばかり信じていた死体はいつの間にか解剖されようとしているわ。いったい、どういうつもりなんですか」

遺族感情としては当然の抗議であり、これには牧瀬が対応した。

「確かにご遺族の気持ちを後回しにしたきらいは否めません。しかしわずかでも事件性が存在するのなら、司法解剖に遺族の承諾は必要としません」

「どこに事件性が存在しているんですか。自分ん家のことで威張れることじゃないけど、どう見ても老人の孤独死じゃありませんか」

「捜査の段階なので詳細な情報はご遺族にもお伝えできませんが、多嶋さんの死には不審な点が見られます」

「遺族にも言えないことなんですか」

既に幸助夫婦を潔白とは信じられなくなっている。そして牧瀬は現役の判事でもある。折角向こうからやって来た関係者をただで追い返すような真似はしなかった。

「改めてお訊きしますが、多嶋さんを恨んだり憎んだりしていた人物はいませんでしたか」

「そんな人間、山ほどいたと思いますよ」

幸助は二人の現役判事と一人の元判事を前に全く物怖じしない。

「高い場所から被告人に向かって死刑だの無期懲役だのと罰を押し付けてきたんです。恨まれないはずがない」

「趣味で判決を下している訳じゃない。審理に審理を重ね、罪状に見合った量刑を判断しています。それが判事に課せられた任務だからです」

「生前、よく親父もそう言ってました。法の女神から仮託された仕事なんだって。だからですかね。現役時代の親父は品行方正がネクタイを締めたような人間でした」

「わたしも知っています。多嶋さんは我々若手判事のお手本のような存在でしたから」

「引退後は手癖の悪いボケ老人になってしまいましたけどね。現役時代、抑えに抑えていた意地汚さや臆病さが一気に爆発した感じですよ」

「いくら親族でも、少し言い過ぎじゃありませんか」

「あなたたち同僚は人格者としての親父としか付き合っていないだろうけど、こっちは人格も品格も剝げ落ちた残りカスの相手をさせられたんだ。これくらいは言ってもバチは当たらんでしょう」

親族でも言っていいことと悪いことがある。つい静は小言を口にしかけるが、ふと思い留まる。

幸い静は介護士の世話にもならず、あまり他人に迷惑をかけない老後を過ごしている。しかし自分のような老人は少数派だ。多くの老人は要介護であり、親族ばかりか周囲の者の手を煩わせている。あの口と頭が達者な玄太郎さえ例外ではないのだ。

介護の苦労は当事者でなければ分からないし、口出しできるものではない。いみじくも幸助が指摘した通り、静たちが知っている多嶋と幸助たちが手を焼いた多嶋はまるで別の人格だったのかもしれないのだ。ならば元同僚に過ぎない静に故人の名誉を護る資格が果たしてあるのか。

だが躊躇は一瞬だった。

「たとえ肉親でも、故人を悪し様に言う人はいずれ自分の子どもにも同じことを言われるのを覚悟しておいた方がいいですよ」

静としてはずいぶんオブラートに包んだ物言いだったが、幸助はたちまち渋い顔になった。

幸助が口籠もると、礼香が後押しするように夫の脇腹を肘で突く。あまり見たくもない共同戦線だった。

「お聞き苦しかったのは申し訳ないですが、親父を一刻も早く荼毘に付してやりたいのは本音なんです。今すぐ親父を返してください」

相手の執拗さに業を煮やしたのか、牧瀬もわずかに感情を露呈して言った。

「お気持ちは分かりますが、司法システムは遺族感情とは別の理論で成立し、稼働します。なにとぞご理解ください」

「だったら世論に訴えるまでです」

幸助は傲然と言い放つ。

「今は個人が世界に向けて発信できる時代です。今回の東京地裁の決定が暴挙であることをネットで公表します。それでもいいですか」

「個人の意見や表現を封殺する権利は誰にもありません。どうぞご随意に」

幸助と礼香は憤懣遣る方ないといった表情で執務室を出て行く。二人の姿が見えなくなると同時に牧瀬は短く嘆息した。

「すみません、つい売り言葉に買い言葉になってしまって」

「あれくらいは許容範囲です。裁判所が許可した鑑定処分を遺族の一存で引っ繰り返される訳にはいきません」

箕浦は慰めるように言ってくれたものの、幸助たちが世間やマスコミに向けて告発するのは覚悟した方がよさそうだった。もし司法解剖の結果が空振りに終わったら実費の支払いはもちろん、他の責任も取ろうと静は決意する。

法医学教室から解剖報告書が到着したのは、その直後だった。


病室の玄太郎は静の顔を見るなり相好（そうごう）を崩した。

「おおお、静さん。八十日目（やっとかめ）やね」

「一昨日、電話で話したばかりじゃありませんか」

「一日千秋と言うからなあ。それで焼き損なった死体はどうなったかね」

「あなたは罰当たりという言葉を知らないのですか」

「罰ならとうの昔に当たっとるよ」

玄太郎は不随となった下半身を嬉しそうに指差す。身体に障害を負った人間は少なくないが、玄太郎ほど達観している者はいないのではないだろうか。

「どうせ人は死んだら灰になるか土に還（かえ）るか、さもなきゃ魚のエサになる。大事なのは亡骸がどうなるかより、そいつが生前に何を残したかやろう。あんたの同僚だった多嶋とかいう裁判官は真っ当な裁きをしてきたんやろ。それならそれでええやないか」

この極悪な爺さんは時々本質的なことを口走り、しかもなかなかに正鵠を射ているので始末が悪い。

「大体やな。どんだけ偉い人間か知らんが、手厚く葬るのと死骸を後生大事にするのは別問題と違うんか。わしは死んでもレーニンや毛沢東みたいに死体を晒しものになんぞしてほしかあない。一片の骨も残らんように大火力で焼き尽くしてくれと願っとる」

想像してみるに、多嶋本人も自分の亡骸を祀ってほしいとは思わなかったに違いない。これは静の偏見かもしれないが、懸命に生きた人間ほど己の亡骸には無頓着なのではあるまいか。この世に未練を残す者ほど死後の扱いに執着するのではあるまいか。

「心配ありませんよ、玄太郎さん。もしあなたの葬儀に呼んでくれたら、火葬炉が溶ける寸前まで火力を上げてもらいますから」

「その勢いで、いっそ火葬場が爆発でもしてくれたら言うことなしなんやが。しかし静さんよ。今日見舞いに来たのはわしの葬儀の話やなかろう」

「あなたにはなるべく頼み事なんてしたくないのですが、周りを見ても玄太郎さん以外に適任がいないのです」

「ほほう。それは光栄なこっちゃ」

「アパートで独り暮らしをする以前から、多嶋さんには色々な変化が現れていたというんです。物覚えが悪くなったり、盗癖が出たりという具合に」

「健忘症に盗癖なぞ特段に珍しい話やない。わしなんぞ若い時分にも他人の土地をタダ同然で」

「悪さ自慢は結構です。多嶋さんの死には他にも不審な点が見受けられるんです」

これまでに判明している事実を説明されると、玄太郎の表情が険しくなった。

「ふうん。そりゃあ静さんが不審がるのも当然か。で、わしに何を手伝えと言うんかね」

「わたしの配偶者になってほしいんです」

一瞬、玄太郎の瞳が意地悪そうな光を帯びる。ただ夫婦を演じるというだけでこの暴走老人が喜ぶはずもなく、何かしらの奸計がなければ快諾しないだろう。そういう悪たれ老人が真っ当な死に方を拒否しているのも、それはそれで真っ当な話のように思える。

外出許可を得て、というよりも玄太郎が半ば強引に許可を捥ぎ取って静とともに向かったのは〈錦織デイサービス〉だ。台東区入谷の一角にあり、古いマンションの一階を本部兼事務所としていた。

「はじめまして高遠寺さま。錦織と申します」

代表の錦織妃呂子は商売上手な女店主という形容が相応しく、静と玄太郎をえびす顔で迎えた。

「ご主人が事故で要介護の身の上になられて、現状は奥様が甲斐甲斐しく介護されているものの、数年後にはどうなるか不安だ。そういう相談内容でしたね」

「そうやね。今はこうして車椅子を押してくれとるが、いつ何時夫婦連れで車椅子を連結する羽目になることか」

介護サービスの関係者から本音を訊き出すには、同じ悩みを持つ客として訪れた方がいいかもしれない。静の提案に二つ返事で応諾した玄太郎は嬉々として夫役を演じている。

「転ばぬ先の杖と言いますからね。ご安心ください。当社は登録制を採用しており、万が一の事態になった時は即座に対応できます。もちろん登録だけでしたら無料です」

「こちらに登録された多嶋さんという人から評判を聞いていたんです。大層、丁寧な対応をされたと感心していました」

「それはそれは。お褒めをいただいて光栄でございます。近い将来、二人の高齢者を一人の若者が背負う時代がやってきます。介護人とそのサービスは今よりもっと必要になってくるでしょう。まだご本人が健康なうちに介護サービスの登録を済ませるのは非常に賢い選択だと思います」

言い慣れているのだろう。全く澱みのない口上だった。

「でも、折角登録されたというのに多嶋さんがあんなことになられて」

それとなくかまをかけると、錦織はまんまと乗ってきた。

「わたしもニュースを見て大変驚きました。アパートの一室で孤独死されたとかで」

錦織は言葉を詰まらせる。

「ご登録されていたのですから、そんな状態になる前に当社を頼ってほしかったです。こんな時、自分の力不足を感じずにはいられません」

「多嶋さんから介護の正式な依頼はなかったのでしょう。それなら錦織さんが責任を感じる謂れはないじゃありませんか」

「正式な依頼をいただく以前にご本人やご家族と話し合いを持ちます。その上で会員登録するのですが、あの時点で無理にでも当社がお世話をしていたら、あんな不幸は防げたかもしれません」

「気になることを言いんさる」

　玄太郎が興味深げに突っ込んでくる。アドリブだが、流れに沿ったものだ。

「多嶋さんの話は気になるし、あんたんとこの対応も、これから世話になる身にはためになる。無理にでも介護をせにゃならんと考えさせる出来事でもあったんかね」

「介護しなければならないと思うほど深刻な問題ではなかったのですが、何となく要介護者と介護者の気持ちが通じていない感がありましたね。ご本人が介護を遠慮しているか、さもなければご家族が手続きを嫌がっているかのどちらかではないかと勘繰ってしまいました。介護というのは経済的な問題はもちろんありますが、それよりも家族間の信頼度が大きな要因になります。おカネがあっても信頼がなければ駄目、信頼があってもおカネがなければ駄目という難しい問題です」

　錦織の話は現実的だが、静や玄太郎のような老いぼれになると至極もっともと思わざるを得ない。愛情とカネを同列に語るなという者もいるだろうが、家族が嫌がる仕事を他人にさせるのだからどうしても報酬の話になるのは避けられない。無償で病人の汚物に塗(まみ)れて笑える者は全員がマザー・テレサになれる。

「そうするとアレかね。あんたの目の前で多嶋さんとこの父子は容易く仲の悪さを露呈してしまったちゅう訳かい」

「あくまでもわたしの印象ですよ」

「あんたも今まで仰山(ぎょうさん)の家族を見てきて目が肥えとるはずや。そうそう間違った印象は持つまい」

「有難うございます。実際に介護サービスが始まる前に見ず知らずの他人に家族間の確執(かくしつ)が透けて見えるというのは、普段からどれだけぎすぎすしているかの証拠ですよ」

生来が話し好きなのか、錦織の言葉は途切れない。事情聴取の相手としては理想的だが、彼女に個人情報を教えるのは大変危険な行為に思えてくる。

「あんたから多嶋さんや家族に何かアドバイスはしたんかね」

「本音を言えるのは家族だけ、ということは申し上げました。家族だから本音を言い合っても許される部分がある。だから本格的な介護が始まる前に徹底的に本音を吐き出した方が後々揉め事にならずに済みます」

もっともな言説だと思ったが、一方で静はかすかな違和感も覚える。

家族のかたちは家族の数だけ存在し、ある家庭の常識は他の家庭の非常識になり得る。

錦織の考えは一見正論に思えるが、全てに通じる理屈ではない。

「実を言うと、登録がお済みの後もご家族からは数度に亘(わた)って相談を受けたんです。最近、多嶋さまの盗癖がひどくなった。一緒に暮らしているとお互いにストレスが溜まる一方だと。多嶋さま本人もご家族に内密で当事務所にご相談に来られました。最近、家族の対応が冷たいのは自分に問題があるからだろうか、とか。双方ともに悩みは深かったのでしょう」

「その後、どうなったのかね」

「多嶋さまもご家族も真剣にアドバイスを聞いていらっしゃったので、帰られてから本音を言い合ったかもしれません。その結果が多嶋さまの孤独死に繋がったのであれば、それはやはりわたしの不徳の致すところだと思うのです」

会員登録はしばらく考えてから決めたいと言い残し、静と玄太郎は事務所を後にする。とぼとぼと歩く二人連れの姿は、傍目からは介護サービスを受けるかどうかを悩む老夫婦に見えるかもしれない。

実際に、玄太郎も静も自身が介護される現状と将来に思いを馳せていた。

「なあ、静さんよ」

「はい」

「みち子さんは介護士の癖に、わしには滅法きつく当たる。愚痴るわ怒鳴るわ首を絞めかけるわ、わしをまるで親の敵のように虐待する」

「当然でしょうね」

「しかしあの介護サービス社の世話になるよりは断然いい。いや、比べものにもならん」

「当然でしょうね」

4

翌日、静と牧瀬は地裁の箕浦から呼び出された。

「今朝の帝都新聞をご覧になりましたか」

箕浦は自分の机の上に紙面を広げる。社会面に多嶋幸助の訴えが掲載されていた。

『遺族の願いを無視した司法手続き』

仰々しい見出しに続く記事は幸助の抗議を鵜呑みにした内容だった。よくある孤独死であるにも拘わらず、父親の元同僚たちが寄って集って事件にしようとしている。これは裁判官を務めた者の末路が孤独死では自分たちの沽券にかかわるからだ。遺族としては一刻も早く荼毘に付してやりたいのに、司法の横暴に阻止されている。いったいこの国の正義はどうなってしまったのか。

「帝都の記者からは事前に取材の申込みがありましたが、個別の案件にはコメントできない、と、通常どおり対応したら、相手の言い分だけで記事にされてしまいました。記者クラブからは早速問い合わせが入っています。もっとも、遺族側はあちこちの社に話を持ち込んだものの、司法記者の多くは地裁がそんな無茶をしないと承知しています。

「帝都新聞以外、どこも相手にしなかったというのが真相のようですが」

司法記者が及び腰なのは、地裁の内情を知悉しているというほかに、下手な飛ばし記事で地裁の反感を買いたくない思惑がある。

「マスコミだけではなく、所長からも問い合わせがありました」

所長の名前が出ると、牧瀬の背筋が伸びた。東京地裁の所長と言えば、ゆくゆくは最高裁のポストも視野に入ってくる肩書だ。牧瀬が直立不動になってもおかしくない。

「所長の懸念はマスコミの反応ではなく、当該案件について読み違いがあるかどうかです。裁判所の判断が民意に沿うかどうかは二の次。司法の権限はポピュリズムにも特定の政治思想にも冒されないことが肝要だと常日頃から唱えている方ですから」

「民意すら一顧だにしない方針なのですか」

「民意は移ろいやすいものですからね。公言こそされていませんが、かつては裁判員制度にも批判的な言動を見せた人です。今回は法医学教室からの解剖報告書に記された内容と、そもそもは高遠寺判事からの疑義であることを伝えると、納得されました」

箕浦の目が静を称賛していた。

「さすがです。所長も高遠寺判事の名前を聞いた途端に口調が一変しましたからね」

「ご迷惑をおかけしますね」

静は深々と頭を下げる。事は自分と牧瀬の思い入れで箕浦と東京地裁を巻き込んだのだから、頭を下げるより他にない。だが箕浦はひどく慌てた様子で手を振る。

「そんな真似はよしてください、高遠寺判事。あなたが頭を下げることじゃありません。むしろわたしは感謝しているくらいなのですから」

牧瀬ももっともだというように頷いている。

「二人の働きがなければ一つの犯罪が闇に葬られる可能性もあるのですから。退官されたとはいえ、やはり司法研修所の教壇に立つだけの洞察力をお持ちです」

「老いぼれを褒めても碌なことにならないから、本当にやめてくださいな」

静は自戒を込めて言う。老兵はただ消え去るのみであり、長らく戦場に留まっていれば高齢者特有の短気と破壊衝動が募っていく。そんな者に権限や武器を与えてみろ。玄太郎のような白髪のテロリストが増えるだけではないか。

「でも所長にまでご心配をかけるようでは、解決を急いだ方がいいですね」

「同感です。そこで提案なのですが、多嶋幸助氏が東京地裁に異議申し立てをしているのなら、いっそ出頭してもらうのはどうかと思いましてね。解剖の結果が出ていることは言わず、あくまで地裁としてご遺族の異議を拝聴すると伝えるのです」

箕浦の目が悪戯っぽく笑う。

「わたしの部屋をお貸ししますので、高遠寺判事自ら彼と対峙してやってはいかがでしょうか。多嶋幸助氏にも願ったり叶ったりの提案と考えるのですが」

口調は柔らかだが、騒ぎを起こしたのはお前だから責任を取れと言っているように聞こえなくもない。元より責任は取るつもりだったので、静に否のあるはずがなかった。

「望むところです」

午後になって、幸助と礼香が東京地裁に出頭してきた。箕浦の執務室に現れた二人は静と牧瀬の姿を認めるなり、嗜虐心に火が点いたような笑みを浮かべた。

「へえ、関係者が勢揃いじゃないですか」

静は二人の前に進み出る。責任を取ると明言した以上、泥も火の粉も正面から浴びるつもりだった。

「あなたはマスコミに向けて東京地裁のやり方に異議申し立てをしましたが、多嶋さんの死を単なる病死と片づけなかったのはわたしたちですからね。あなたが糾弾するのは東京地裁より前にわたしたちです。闘う相手を無闇に大きくして味方を増やそうとするのは、一対一で向かい合う勇気がないからだと思われますよ」

「何で親父の知り合いには頑固で正論好きな人間が多いのかな」

幸助はやれやれと首を振ってみせる。

「同じことをよく言ってましたよ。問題を大きくしたがるのは目立ちたがり屋のすることだって。でもね、地位も発言力もない人間には一番有効な方法なんですよ」

静は他人事ながら落胆する。

清廉な人間の子どもが清廉とは限らない。いや、清廉だからといって子どもの育て方が正しいとは限らないのだ。

「さあ、今すぐ親父の亡骸を返してもらいましょうか」

「言われなくても多嶋さんのご遺体はすぐにでも返却しますよ。ただあなたたち夫婦が火葬の場に立ち会えるかどうかは心許ないのですけどね。もう司法解剖は済んだのですよ。解剖報告書も手許に届いています」

途端に幸助の目が泳ぎ始めた。

「脱水症状による死亡の直接の死因は臓器損傷です。もちろん多嶋さんの死体にも臓器損傷は見られるし、体表面の所見は熱中症そのものでした。ところが解剖してみると、体内からは高濃度の覚醒剤が検出されました。多嶋さんのような初心者でしかも高齢者が摂取すれば、たちまち意識混濁になるような用量ということです」

解剖報告書を読めば、多嶋がどのように殺されたのかが自ずと脳裏に浮かんでくる。

常習者によれば覚醒剤は舌を刺すような苦みがあるので、何かに混ぜて飲むよりはカプセルに入れて服用するのがもっぱらだと言う。幸助たちもこの例に倣い、覚醒剤のカプセルを何かのクスリと偽って多嶋に服ませたものとみられる。

初めての覚醒剤を服まされた多嶋は堪らず意識不明となる。そのまま放置しておけば室温はぐんぐん上昇し、意識不明の多嶋は間もなく脱水症状に襲われる。これで鍵が掛かっていれば老人の孤独死が一件出来上がるという寸法だ。

「アパートの部屋は施錠されていました。監察医の見立てが熱中症だったせいもあり、ドアの施錠についてはごく自然な状況として片づけられました。でも少し考えれば、高齢者が一人住まい、スープの冷めない距離に家族が住んでいるのなら、あなたが合鍵を持っていないはずがないんです。何といっても介護者なのですからね。あなたが行った偽装工作はとても簡単なものでした。浴室のドアを開けっぱなしにした上でブレーカーを落としていくだけ。傍目にはエアコンが急に出力を上げたためにブレーカーが落ち、就寝中だった多嶋さんが知らず知らずのうちに熱中症に罹ったように見える。あとはドアを閉めて施錠していく。万が一多嶋さんが死ななかったとしても、彼があなたを怪しむ痕跡は何も残らない」

それまで静の説明を黙って聞いていた幸助は焦燥と虚勢が同居しているように顔を歪ませる。

「すごいな。亀の甲より年の劫というけど、老いたりとは言えさすがに他人を裁く度量があります。ただですね、高遠寺さん。あなたが言ったように、仮にそういう偽装工作があったところで痕跡は何も残っていないんでしょ。体内から検出された覚醒剤にしたって、親父が浮世の憂さを晴らすために、自分で購入したものかもしれない。あなたの言うことはただの空想に過ぎないじゃありませんか」

全く幸助は次から次へと予想通りの反応を示してくれる。問い詰める側にすれば有難いが、多嶋が息子をこんな浅薄にしか育てられなかった事実が切ない。

「今まで合鍵を使ったことはありますか」

「ありませんよ」

静は箕浦と牧瀬に目配せをする。

「今、あなたは二人の現役判事の前で明言しました。後で発言を翻すような真似は控えてください。まず合鍵というのは多嶋さんの持つ本鍵とは似て非なるものです。何度も何度も本鍵で施錠と開錠を繰り返すと、鍵穴には独自の摩耗の痕が残ります。そこに未使用の合鍵を突っ込めばどうなるか分かりますね。全く別の痕ができてしまうのです。科捜研の鑑定技術をもってすれば、その傷の判別くらいは朝飯前なんですよ」

幸助と礼香の顔に不安の色が差す。静は追及の手を緩めない。

「ブレーカーが落ちたように見せかけても、電力会社に問い合わせれば過負荷がかかったかどうかはすぐに判明します。問い合わせたところ、多嶋さんの部屋でブレーカーが落ちる事故は確認できなかったそうです」

幸助の顔はいよいよ落ち着きを失くしていく。

「多嶋さんが覚醒剤を購入したのではないかと言いましたが、どうもあなたはお父さんへの反発心から警察や捜査機関の能力を過小評価しているきらいがあります。違法薬物の捜査に関して警察の組対五課や厚生局麻薬取締部は決して侮っていい相手ではありません。違法薬物の供給元の検挙に手こずることがあっても、末端の使用者については比較的簡単に特定できるのですよ」

「そんな話、誰が信じるものか」

幸助は尚も虚勢を張る。

「近い将来にはインターネットで違法薬物が易々と手に入るかもしれませんけど、現状では後ろ暗い組織や街のならず者から買うしかありません。幸助さん。あなたと多嶋さんの間に確執が生まれたのは、あなたが大学時分に素行の良くない学生と付き合い始めてからではありませんか」

幸助の古い交友関係については厚生局麻薬取締部が丹念に調べ上げてくれた。彼らの捜査能力は端倪すべからざるものがあり、幸助の良からぬ友人が今では反社会的勢力の下部組織に属している事実をあっさり突き止めてしまった。

「六本木界隈を根城にする二又という友人でしたね。既に麻薬取締官が、あなたが彼から数グラムの覚醒剤を購入した事実を聴取しています。パケといって売買する際は小分けにするのが普通だそうですね。純度100パーセントの覚醒剤は存在せず、大抵は不純物が混ざっています。当然、それぞれのセットで成分の割合は異なっていて、あなたが二又から買った覚醒剤の成分は、多嶋さんの体内から検出された覚醒剤のそれと一致しました。つまりあなたの入手したものと同一の成分構成の覚醒剤が多嶋さんに投与されていることになります。あなたはそれでも、まだ抗弁を続けるつもりですか」

退路を断たれた幸助は、説明を聞き終わるとがっくり肩を落としていた。

「……マジかよ。二又との付き合いなんて二十年以上も前の話だ。そんな昔に遡って調べられるなんて」

「合鍵の件も含めてあなたは脇が甘過ぎます」

いったい、あの用意周到な多嶋から何を学んだのか、と言おうとしてやめた。幸助を詰ったところで詮無い話だった。

すっかり観念したらしく、幸助はそれ以上抗う素振りを見せなかった。

正式な取り調べに移行するべく箕浦が腰を浮かしかけた寸前だった。

「さぞかしいい気分でしょうね、とっくに引退した判事さん」

今まで沈黙を守っていた礼香が初めて口を開いた。

「黙って聞いていればいい気になって。まるでわたしたち夫婦がとんでもない悪人みたいに言っているけど、あなたが義父の何を知っているっていうのよ。昔はどうだったか知らないけど、退官してからの義父はホントに厄介者だった。わたしたちには疫病神と同じだった」

「もうやめろよ、礼香」

「どうせバレちゃったんだから最後まで言わせてもらうわよ。義父が万引きする度に店に呼び出されて、わたしたちがどれだけ恥ずかしかったか。自分の手癖が悪いのに癇癪を破裂させるし、嫁のわたしに面と向かってひどいことを言うし、挙句の果てに近所にあることないこと触れ回るし。特に介護サービスに相談に行ってからが最悪だった。今まで溜めていたらしい不平や不満を全部吐き出して、元々わたしたちの結婚には反対だったとかこんな性悪な嫁は法廷でも見たことがないとか、もう言いたい放題。あんなこと言われて笑ってられる人間なんていやしない。終いには住まいは売却してお前たちには一銭もやらん、自分が戻るまで少しだけ猶予をやるから、その間に家を出ていけって。藪から棒にそんなことを言われたわたしたちの身にもなってよ」

「だからといって殺していい理由にはなりませんよ」

「それはあなたも老いぼれだからよ。何にも誰にも責任がなく、多少の我がままや暴言は許されると勘違いしている老いぼれだからよおっ」

鬱憤を溜めていたのは礼香も同様だったらしい。思いの丈を吐き出すと、そのまま両手で顔を覆い嗚咽を洩らし始めた。
二人の現役判事と元判事は気まずそうに顔を見合わせるしかなかった。

こうして元判事を巡る犯罪は解決した。
だが、それは第一幕の終わりに過ぎなかった。

第五話　復讐の女神

1

静の許にその訃報がもたらされたのは九月十八日夜のことだった。

『浅草署の澄川と言います。滝沢陽平さんと奥さんの美紗子さんが亡くなりました』

一人娘の美紗子が死んだ。

あまりの唐突さに思考がついていかない。それでも口をついて出たのは自分でも驚くほど冷静な言葉だった。

事故ですか、事件ですか。

交通事故です。本日午後十時三十分頃、浅草吾妻橋付近でSUV車に轢かれました。最寄りの浅草救急センターに搬送されましたが、センター到着直後に死亡が確認されました。

その場に孫娘はいましたか。

彼女は無事でした。今は救急センターに預かってもらっています。

会話を終えるなり、静はタクシーを捕まえて件の病院に急行した。

車中でも静の思考は乱れ続けた。子ども時分からおっとりしていた美紗子と、手綱をしっかり握っていた陽平。静の目からも似合いの夫婦に思えた。円という一人娘も授かり、幸せの絶頂だった。娘夫婦の団欒を見るのは静の何よりの楽しみでもあった。その終焉がこんなかたちで到来しようとは想像すらしていなかった。

不思議にも涙は出なかった。長年、自分と付き合ってきた静は知っている。今は泣く時ではないと脳が判断して感情を麻痺させているのだ。

落ち着け。

こういう時に落ち着けなくて何が裁判官だ。

病院では連絡を寄越した澄川の他、女性警察官が孫娘の面倒を見てくれていた。今年で十四歳だからもう子どもではないが病院の待合室で小刻みに震えている孫娘を見た瞬間、感情が堰を切って溢れ出た。

「おばあちゃん」

静が駆け寄ると、円は静のスカートに顔を押し付けてきた。

円が嗚咽交じりに話した内容は以下の通りだ。親子で浅草寺の縁日に来た際、後ろから暴走してきたクルマが二人を撥ねた。すぐに運転席から男性が飛び出してきて、救急車を呼んでくると言い残した。男性の吐く息は酒の臭いがした。その後、やっと救急車が到着したものの、二人の身体はすっかり冷たくなっていたという。

円はひどく取り乱しており事故の概略を説明するにもひと苦労だった。付き添いの看護師もまず休ませる必要があるというので、ひとまず別室で様子を見てもらうことにした。

円の証言にわずかな違和感を覚えた静は澄川から詳細を訊く。事件の発生状況や目撃者の有無を尋ねられ、最初は口が重そうだった澄川も静の素性を知るなり、ぽつりぽつりと話し始めた。

「当該の自家用車を運転していたのは現職の警察官なんです」

口が重そうだったのは、それが理由か。

「孫は運転者が酒臭かったと言っていますが、本当に酒気帯び運転だったのですか」

「運転していたのは所轄の三枝光範という刑事です。彼が二人を轢いた後、付近の救急センターに事故の状況を伝えた上で現場に戻ってきました。知らせを受けた我々浅草署交通課がその場で彼を道路交通法違反の疑いで逮捕し、呼気検査を行いましたがアルコール分は検出されませんでした」

では運転者が酒臭かったというのは円の錯覚だったのかもしれない。無理もない。目の前で両親を轢き殺されたのだ。動顚して感覚が麻痺していたとしてもむしろ自然と思える。

美紗子たちの亡骸と対面するため、静は霊安室へと赴いた。

遺体はまだストレッチャーの上に乗せられたままだった。シーツを捲ると美紗子の顔が現れた。アスファルトに擦れでもしたのか額と頬に擦り傷があったが、それ以外は綺麗なものだった。

「美紗子」

話し掛けても娘は目を開こうとしない。

「美紗子」

その頬に触れてみる。血の通わない、氷のような冷たさだった。

何の前触れもなく熱い塊が両目に溢れ出る。澄川が霊安室の外にいるせいか、感情の奔流に歯止めが利かない。涙腺が開きっぱなしになったかと思うほど、後から後から水滴がこぼれ落ちる。

しばらくの間、静は遺体に縋っていた。

美紗子夫婦を轢いた三枝という警察官は浅草署で取り調べを受けた後、過失致死で送検されたという。三枝にどんな判決が下されるかは気になるところだが、今はそれよりも二人の葬儀と円の将来を考えなくてはならなかった。陽平の両親は早くに他界しており、実質円の身寄りといえば静だけだ。静が引き取ることに文句を言う者は誰もいないだろうが、果たして円自身はどう思うだろうか。また、引き取るとすればどういう形式が適切なのか、転校手続きはどうするのか。

八十過ぎの老人が娘夫婦の葬儀や養子縁組の手続きを済ませるのはひと苦労だ。円を同居させることを考えれば司法研修所の勤務に支障が出るのは必至と思えた。

元来、静は私よりも公を優先するように心掛けている。老骨に鞭打ちながら司法研修所の教官を引き受けたのも、そうした信条ゆえのことだった。しかし司法研修所の教官に相応しい人材は自分以外に何人もいるが、円の祖母は自分ただ一人なのだ。

思い立った静は行動が早い。美紗子夫婦の葬儀を明日に控えた日、研修所の益子所長に退任を申し出た。最初は申し出に面食らっていた益子だったが、事情を訊くと渋々ながら応諾してくれた。

「思いきりがいいのは相変わらずですねえ」

益子の言葉は羨望にも皮肉にも聞こえたが、静はあまり気にしなかった。

心残りがないといえば嘘になる。司法修習生の中でひときわ異彩を放つ岬洋介が二回試験を終えて、どんな法律家を目指すのかをこの目で確かめたかったのだ。ところが岬は先月、あろうことか音楽家へと進路を転換し司法研修所をあっさり退所してしまった。退所の際、詳しい事情は訊かなかったが、本人が憑き物の落ちたような顔をしていたので良しとした。おそらく音楽家こそが本来彼の望んだ道だったに違いない。

翻って静は思う。孫ができたら何かと小うるさい婆あになるのが己の希望だった。両親が他界した今、孫娘を引き取り、あらん限りの愛情と倫理と知恵を与えるのが己の本望ではないのか。

教官を辞めるなり、静は養子縁組の手続きを進めた。幸い円は以前から自分に懐いてくれていたので、成城の家に同居することも姓を高遠寺に変えることも嫌がらなかった。ただし突如として両親を失った衝撃と絶望が数日やそこらで癒えるはずもなく、円はずっと塞ぎがちだった。

だが三枝の裁判が始まると、円は一層落ち込むようになる。玄太郎が高遠寺宅を車椅子で初訪問したのは、ちょうどそんな時だった。

「やあ静さん。聞いたぞ、司法研修所の教官を辞めたんやってな」

玄関に入るなり、玄太郎は家中に響き渡るような大声を上げる。すかさず注意したのはようやく玄太郎の介護役に復帰したみち子だった。

「他人様の家で何をどら声張り上げとるんです。あんたはまんだ病み上がりなんですよ」

「ふん。退院したらこっちのもんや」

がん摘出手術を無事に終え、術後の経過も順調なので退院が決まったことは静も聞いていた。

「長らく静さんには迷惑をかけとったからね。今日はお礼がてら別れの挨拶に来た」

みち子がデパートの包みを恭しく差し出した。

「ようも、こんな業突く張りの面倒をみてもらいまして。感謝の言葉もありません」

包みの中身には大方の予想がつく。断ったところで玄太郎なら包みを投げつけてくるだろうから、殊勝に頭を下げて受け取った。玄太郎にはいくらでも憎まれ口を叩けるが、みち子には同情心が先に立つ。

「結構、入院生活が長かったですね。少しは東京に慣れましたか」

訊かれた刹那、玄太郎は顔を顰めた。

「もう一生来んわい。街並みも商慣習も、わしには性に合わん」

あれだけ在京の経済人と会い、あれだけ首都圏の捜査機関を蹂躙したにも拘わらずこの言い草だ。根っからの名古屋人気質なのか、それともただのひねくれものなのか、静にも判別がつかない。

「それはそうと身内に不幸があったようやな。ちっとは落ち着きゃあたかね」

ふと玄太郎の目を見て思い出した。この男も娘夫婦を客死させているのだ。同病相憐れむではないが、娘を失った虚無感は娘を失った者にしか分からない。

「自分の子どもの葬式ほど嫌なものはありません」

「全くや」

玄太郎の前では己を飾る必要はない。吐き出したのは嘘偽りのない本音だ。役所で火葬許可証を受け取る際には、窓口で醜態を見せないように感情を押し殺した。葬儀の喪主を務めた際には、平静さを装うのに表情筋を総動員させた。救いだったのは葬儀自体がひどく慌ただしく進行したため、悲しむ間も碌になかったことだ。

「表札には静さん以外に『円』という名前があった」

相変わらず目聡い爺さまだ。初めて訪問する家で、そんなところに目を配っている。

何か皮肉でも言われるかと身構えたが、次に放たれたのは意外な言葉だった。

「孫と暮らすのはいいぞ」

「そうですか」

「孫なんぞうるさいばかりだと思うとったが、いざ出来てみるとなあ。目の中に入れようとまでは思わんが、口の中なら何とかまあ」

「誰もあんたの臭い口に入ろうなんて物好きはおりゃせんよ」

みち子が混ぜっ返したその時だった。

奥の部屋から円の叫び声が聞こえてきた。

怒りと恐怖の入り混じった声にいち早く反応したのは玄太郎で、ハンドルを握っていたみち子に車椅子を押させる。一瞬遅れたが、静も二人の先に立って円のいる部屋へと走る。

広い家ではない。円の部屋はダイニング・キッチンの向かい側にある。

ドアを開けると、円が泣きながら新聞を破り捨てていた。

その瞬間、円が何に怒り何に突き動かされているのかはすぐに分かった。静は背後から孫の身体を抱き締めて暴れるのを抑える。

「円」

耳元で囁くと、次第に円の動きは小さくなっていった。

玄太郎は床に散乱した新聞紙の切れ端を取り上げる。目聡い爺さまだから社会面の記事に目を止めたのは想像に難くない。

「昨日、一審の判決が出たんですよ」

検察からは昨日のうちに連絡が入った。判決を知った円は今のように暴れ回ったのだが、新聞を読んで怒りが再燃したのだろう。

「この子の両親を轢いた犯人は過失致死で起訴されました。でも弁護側は法令を遵守した速度、免許取得からずっと無違反無事故だった経歴と歩行者側の不注意を主張し、下された判決は執行猶予つきの懲役二年五カ月でした」

判決を下す側だった静には裁判官三人の協議内容さえ透けて見える。要は現職警察官の過失致死という不祥事に及び腰だった検察側に対し、弁護側が有効打を揃えたといった体だ。

判決を聞いた時には静も怒りに動揺した。裁判記録を取り寄せて弁護側の瑕疵を暴いてやりたい衝動に駆られもした。これが自分に無関係な事案であれば、司法の公正さと厳格さを希求するあまり横槍を入れたかもしれない。

だが今回は静自身が被害者の家族となっている。これで静が往年の肩書を振り翳して司法に介入すれば完全な公私混同だ。静の潔癖さは常に私情より優先する。人の親として冷淡と言われようとも、司法の独立性を蔑ろにすることは静の人生を否定することと同義だからだ。

もちろんまだ幼い円に説いたところで到底納得してくれないだろう。せめて今は円の絶望と憤怒を受け止めてやるしかない。

「運転していたお巡りさんはお酒臭かった」

円はくぐもった声で訴える。

「お父さんたちはちゃんと歩道を歩いていたはず。それなのに、いつの間にか車道にはみ出ていたことにされた。あのお巡りさんは二人を殺したのにたったの懲役二年五カ月、それも執行猶予つきだから実質無罪みたいなものじゃない」

円の証言は公判ではほとんど無視された。事故発生直後に行われた三枝の血液検査においてアルコール血中濃度は０・０１パーセント未満で飲酒の事実が認められなかったため、円の証言内容自体に信憑性がないと判断されたのだろう。

だが裁判の公平さとは別に、円は司法に対して相当な不信感を抱いている。

「きっと犯人がお巡りさんだから、みんなで庇っているんだ。現場にいたわたしの言うことを嘘だと決めつけて、誰も本気で聞いてくれない」

座り込んだ円の目が憎悪と懐疑に濁る。もはや十四歳の少女の目ではない。孫にそんな思いをさせてしまったことに、静は自分を責めずにいられない。あらん限りの愛情と倫理と知恵を与えるだと。現状、円は憎しみと理不尽さを覚えているだけではないか。

「何が法律よ、くだらない。お父さんとお母さんが殺されたのに犯人を許すような法律なんて絶対に認めない」

慰めの言葉を探していると、玄太郎が車椅子の上から円に顔を寄せてきた。

「お嬢ちゃんは円さんというのか」

「お爺さん、誰」

「わしは香月玄太郎ちゅうて静さんの茶飲み友だちみたいなもんや。大方の話は聞いたがな、円さんよ。さっきみたいに新聞紙を引き裂いたり叫んだりして気分は晴れたかい」

　円は玄太郎を睨(にら)むばかりで答えようとしない。当たり前だ。初対面の人間に内心を見透かされるようなことを言われたら誰でも反感を覚える。

「静さんは理屈の人やが、円さんは感情の人らしいな」

「え」

「感情だけでは道を誤る。理屈だけでは推進力が足らんようになる」

　もっともらしいことを口にするが、玄太郎も直情径行の誹(そし)りは免れない。ただし玄太郎には経営者としての判断力が備わっているので、道を誤らないだけだろう。もっともこの爺さまは誤った道を歩いても目的地に辿(たど)り着いてしまいそうだからタチが悪い。

「ふた親に死なれた子どもの気持ちなんて、お爺さんには分からないでしょ」

「そんなことはないぞ。わしにも両親を亡くした孫がいる」

「嘘」

「嘘やない。スマトラ島沖地震を覚えとるかね。あっちに娘夫婦が住んでおったが巨大津波に襲われてな。孫娘だけが運よく難を逃れた。そういう事情やから、どうも円さんのことが他人事とは思えん」

　玄太郎のごつごつとした手が円の肩に触れる。

「ルシアと言うてな。歳もあんたと同じくらいさ。当初はな、今のあんたみたいに泣いたり叫んだり落ち込んだりしたもんさ。何しろたった二人きりの親を、ただそこに住んでおったという理由だけで奪われたんやからな。理不尽極まりないし誰を恨む訳にもいかん。恨む相手がおらんのも、しんどいっちゃあしんどい。胸の中のどろどろを吐き出す場所がない」

　円は尚も玄太郎を睨んでいるが、昏い光はずいぶん和らいでいる。

「ウチのルシアも円さんも一緒さ。世の中ちゅうのは大層理不尽で、不幸は人を選ばん。善人の上に災いが降りかかり、正直者は馬鹿を見る。ただな、そういう理不尽に巻き込まれるまま生きておってもつまらん」

「じゃあ、どうすればいいんですか」

　玄太郎は円の肩に置いていた手を頭に移す。

「理不尽と闘うには二つの方法がある。真っ当でい続けるか、さもなきゃ自分が世の中よりも理不尽な人間になるこっちゃ。さて、円さんはどっちを選ぶかね」

　本人の選択に任せながら、もちろん玄太郎は真っ当でい続けることを勧めている。

　しかし円はまだ納得していない様子だった。

不思議に不幸事は連続するものだ。静が円の扱いに困惑していた頃、今度は別の訃報がもたらされた。多嶋と同様、以前の同僚だった牧瀬が殺されたのだ。

2

静に訃報をもたらしたのは十月二十五日付の朝刊だった。

『二十四日、前橋市岩神町の路上で男性が死んでいるのが発見された。男性は前橋地裁に勤める牧瀬寿々男判事で、警察では殺人事件として捜査を進めている』

社会面の隅に載ったベタ記事だったが、静の目はしばらく紙面に釘付けとなった。

俄には信じられなかった。前橋地裁に勤める牧瀬寿々男というのだから彼に相違ない。

しかし牧瀬とは七月に顔を合わせたばかりだ。歳相応の貫禄がついていたが、一緒に働いていた頃の理想に燃える若々しさを残していた。あの生命力に満ちた男が、今は骸になっているという実感がなかなか湧いてこない。

判事時代の知り合いが一人、また一人と鬼籍に入っていく。それだけならまだしも、多嶋に続いて牧瀬の死にまで事件性があるというのか。静は胸がざわつくのを抑えきれない。

以前、前橋地裁を訪れたことがあるので周辺には多少の土地鑑がある。前橋市岩神町というのは地裁職員の宿舎がある場所だ。死体が発見されたのが岩神町なら、牧瀬は宿舎付近で殺害されたことになる。では、それは登庁時だったのか退庁時だったのか。

新聞記事の内容だけではいかにも情報不足だ。思考の狭間で牧瀬の顔が見え隠れする。死体発見場所が宿舎からどれだけ離れていたか、また犯行時刻はいつであったか。この二点を確定するだけでも犯人像はかなり絞られるはずだ。

何を考えている。静は己を叱責する。

以前の同僚が殺されたとしても、所詮静は民間人に過ぎない。唯一、法曹界との繋がりであった司法研修所の教官職も辞めている。自分が犯人憎さに捜査情報を求めたら、公私の別を考慮して美紗子夫婦の事件に首を突っ込まなかった己への裏切り行為になる。加えて円に対しても示しがつかない。職業倫理が私情に優先する潔癖さは、ここでも静を縛る。自縄自縛の見本のようなものだ。

自身の倫理に潔癖でいようとすればするほど、牧瀬の事件を追及したくなる。数カ月前に見たばかりの牧瀬の顔が脳裏に去来する。

我ながら情けないと思う。八十過ぎになっても、まだ己の気持ちに踏ん切りがつかない。今まで必要に迫られて、あるいは乞われるままに箴言めいた言葉を口にしてきたことが恥ずかしく思えてきた。

しばらく思案に暮れているとインターフォンが来客を告げた。

来訪者は見知らぬ中年男だった。

「どちら様ですか」

『群馬県警本部の末次と申します』

一瞬で群馬県警と前橋地裁が結びつく。

『高遠寺判事はご在宅でしょうか』

「もう判事ではありませんが、わたしが本人ですよ」

『前橋地裁の牧瀬判事の件でお伺いしました』

こちらから乗り込む前に向こうからやってきたか。静の方に否やはない。早速、末次を応接間に招き入れた。

「牧瀬さんが殺害されたのは朝刊で知りました」

静が切り出すと、末次はほっとした様子で来訪目的を話し始めた。

「牧瀬判事の携帯電話を調べたところ、通話履歴に高遠寺判事のお名前がありました」

「おいでになった目的は鑑取りなのですね」

「話が早くて助かります。履歴では七月にお話をされているようなので直近の被害者をご存じかと考えまして」

通話履歴にあった人物というだけで群馬県警の捜査官が成城くんだりまで出張しているのは、捜査本部が初動捜査に多くの人員を割いている証左だった。

「牧瀬さんが判事に昇任したばかりの頃からの付き合いです。彼の人となりや法解釈の仕方なら話せますよ。それに、彼を恨んだり憎んだりした人間がいたかどうかも」

「やっぱり話が早い」

「でも、あなた方が欲している情報を提供するには、捜査の進捗(しんちょく)状況を教えていただく必要があります。そうでなければ捜査本部がどんな情報を求めているかが把握できませんから」

「捜査情報を教えろ、という意味ですか」

　たちまち末次の表情に警戒の色が浮かぶ。静が司法研修所の教官を辞めたことはおそらく調べられている。一介の民間人にどこまで情報を開示すべきか迷っているのが歴然だった。

「まだ初動捜査の段階なら、判明した事実もマスコミ発表できる程度でしょう」

「……高遠寺判事は前橋地裁に知己(ちき)の方はいらっしゃいますか」

「宍戸(ししど)所長とは高裁時代に同じ刑事部でした」

　束の間、末次は値踏みをするようにこちらの顔色を窺(うかが)う。おそらく地裁内部の事情聴取をするにあたって静の知遇を利用するくらいのことは考えている。その上で情報の収集と開示の両方を天秤(てんびん)にかけているのだ。

「控えめで才気走ったところはなかったけど、万事に慎重なタイプでしたね。何度か同じ案件を担当したこともあります」

「捜査本部が要請した場合、捜査協力をお願いできますか」

「市民として捜査に協力するのは吝(やぶさ)かではありません」

　双方の利害が一致したとでも判断したのか、末次は安堵(あんど)するように頷(うなず)いた。

「新聞記事では、前橋市岩神町の路上で死体発見とありました。地裁宿舎が近くにあったように記憶していますが」

「さすがの土地鑑ですね。ええ、確かに宿舎のある場所ですが、発見されたのは地裁と宿舎の中途に位置する公園横の道路です」

静は脳裏で地裁近辺のロケーションを再生してみる。地裁から宿舎まで直線距離にして約一キロ。宿舎は迷路のような街中にあり、南北に用水が流れていたと記憶している。

「もしよければ、わたしに現場を見せてくれませんか」

「お望みでしたら」

幸い円は学校だ。下校時間には戻ってこられるだろうと見当をつけて、静は末次とともに我が家を出た。


末次の運転する覆面パトカーに同乗し、静は現場に向かう。前橋地裁周辺は以前に訪れた時に比べ、周辺の建物の多くが建て替えられている。ただし宿舎に至る町並みの印象に大きな変化はない。迷路のような道路が災いして再開発が困難なのかもしれない。きっと玄太郎あたりに見せれば滔々（とうとう）と説明してくれるだろう。

静は件の公園横に降り立つ。道路横は用水路になっており、泥色の水が轟々（ごうごう）となりを上げて流れている。昨夜、群馬県内にはまとまった雨が降ったため用水路も増水しているのだ。

鑑識作業が終了したらしく立入禁止のテープは外されているものの、作業の痕跡から死体の転がっていた地点はおおよそ見当がつく。末次に確認してみると、果たして静の目の前に牧瀬の死体が横たわっていたという。

「死体は二十四日の午後十一時、帰宅途中のサラリーマンが発見しました。アスファルトには大量の血が流れていたので、その場で一一〇番通報した次第です」

「発見時も雨が降っていたのですか」

「ええ。降り止んだのは本日の未明でしたから」

では殺害されてから発見されるまで、牧瀬はずっと雨に打たれ続けていたのか。

「本人のものらしき傘は公園内にありました」

「死因は」

「脇腹に刺傷が一カ所。検視ではその一撃が多量の出血と臓器損傷をもたらしたと。司法解剖に回していますが、検視官の見立てはほぼ間違いないでしょう」

静はその場で合掌（がっしょう）する。

さぞ痛かっただろう。

さぞ寒かっただろう。

どこまでできるか分からないけど、わたしは全力を尽くしてみる。

静は周囲を見渡す。公園といっても申し訳程度の広さしかなく、防犯カメラの類（たぐい）は見当たらない。店舗もないので現場を撮影できたカメラはなさそうだった。

「ご推察の通り、犯行現場を撮影した防犯カメラは存在しません。また昨夜の豪雨のために目撃者は今のところ皆無です」

「凶器は見つかったのですか」

「いいえ。凶器は創口から有尖片刃器と思われますが、現場周辺を探し回ってみてもそれらしき刃物は見つかりませんでした」

末次の視線が用水路に向けられる。

「凶器は用水路に捨てられたと考えているのですか」

「凶器をそのまま所持し続けるリスクは説明するまでもないでしょう。指紋はもちろん特殊な形状の刃物であればメーカーからエンドユーザーを辿れますからね」

増水した用水路は大型建機さえ押し流すような勢いだ。ナイフの一本や二本はあっという間に運び去られてしまうだろう。犯人の立場で考えれば、用水路に投げ込むのが一番手っ取り早く、しかも後腐れがない。

「この水量です。川を浚える前に捜査員が流されちまう。川浚いする予定ではいますが、増水が収まってからになるでしょうね」

末次は言葉尻に口惜しさを滲ませる。増水が収まる頃には、凶器は河口どころか海まで流されていることだろう。

「牧瀬さんの所持品について何か盗まれたものは」

「物盗りの線は我々も考えました。しかし牧瀬判事の上着を調べましたが、現金入りの札入れもケータイも手付かずで残っていました」

「ケータイの通話履歴に不審なものはありませんでしたか」

「最後は午後九時三十五分、奥さんとの通話記録。不審な内容は見当たりません」

「いつ殺害されたのでしょう」

「検視官の見立てでは二十四日の午後十時から発見される十一時までの間だそうです」

判事の業務が多忙を極めているのは、静も身をもって知っている。午後十時の帰宅ならまだ早い部類だ。

「午後十時なら、それほど遅い時間ではありませんね」

「仰る通りです。しかし昨夜の豪雨では用水路に面した道を通ろうとする者は、どうしても少なくなります。目撃者が現れないのも無理のない話なんです」

「雨の降り止んだのが今日の未明なら、下足痕や残留物の多くは流されてしまったのでしょうね」

「残念ながら。鑑識の連中もずいぶん粘っていましたが、あまり収穫はないようでした」

これ以上、現場に立っていても得られる情報は僅少だろう。

「牧瀬さんの家族構成を教えてください」

多嶋の事件で行動を共にしたが、牧瀬のプライベートに関しては既婚者ということしか聞いていない。本人から話し出せば詳しくも知れたのだろうが、元々牧瀬は自分語りをしたがるタイプではなかったのだ。

「宿舎では夫人との二人暮らし。お子さんはいらっしゃいませんでした」

牧瀬は五十過ぎだった。結婚が遅かったのか、それとも子どもを作らなかったのか。いずれにしても残された妻の気持ちを慮ると、ますます気分が塞いだ。

「奥さんは今どうしていますか」

「自宅と死体発見現場が近いのは考えものですね。死体が本人であるのを確認してからは宿舎に閉じ籠もっています。遺体の返却を待って葬儀の準備をすると言ってました」

「司法解剖はいつ終わる予定ですか」

「法医学教室に搬送したのが本日早朝でしたからね。早ければそろそろでしょう」

返却された夫の死体と対面すれば、遺族が平静を保つことは難しくなるだろう。

「末次さん。今から奥さんと会うことはできますか」

「彼女からの事情聴取は、わたしもしたかったんです」

末次は我が意を得たりとばかり頷いてみせる。

「遺体を牧瀬判事と確認した際の奥さんはひどく取り乱していて、質問どころではありませんでしたから」

地裁宿舎は建て替えもされておらず、以前に見たままの佇まいだった。牧瀬が住んでいたのは412号室。昨今の傾向で一階集合ポストには住民の名前が何も表示されていない。

「奥さんは久爾子という名前です」

　思いついたように末次が教えてくれたが、つまりは名前以外の目ぼしい情報は入手していないことをそれとなく告白しているのだ。

「牧瀬の家内です」

　玄関ドアから顔を覗かせた久爾子は、牧瀬よりずいぶんと若く、予想していた通り悄然とした面持ちだった。玄関脇の下駄箱に視線を移すと、布製の可愛い置物が邪魔そうに追いやられている。

　静が自己紹介すると、牧瀬から聞いていたらしく久爾子は八十過ぎの老女を丁重に迎え入れてくれた。その素振りで、牧瀬が静にどれだけ畏敬の念を抱いていたのかが窺い知れる。

「七月だったでしょうか。主人が以前の上司と久しぶりに同じ仕事ができたと喜んでいました」

　二人を居間に迎えてからも久爾子は心痛を抑えたように気丈に振る舞う。だが隠しきれないために余計に痛々しく見える。

「牧瀬判事からは帰宅時間を告げられていたんですか」

　末次の質問にも辛そうだった。

「十時過ぎには帰宅するからと連絡がありました」

それが携帯電話に残っていた最後の通話記録に違いない。

「十時過ぎの帰宅予定。しかし実際には牧瀬判事は殺害され、我々が奥さんの許に報告したのが十一時半でした。帰宅が一時間以上も遅れたことに疑念は抱かなかったのですか」

「帰宅予定が大きくずれて午前様になってしまうのもしょっちゅうでしたから。主人は裁判所の業務は激務だと口癖のようにこぼしていたので、それほど気にしませんでした」

「家の中で仕事の話をよくされましたか。たとえば裁判の当事者から脅迫されたとか」

末次の質問の意図は明らかだ。牧瀬の殺人が物盗り目的でないとすれば、動機は怨恨の可能性が高くなる。

だが久爾子の回答はこれも予想通りだった。

「仕事の愚痴はこぼしても内容に関しては一切触れませんでした。徹底していました」

「ではプライベートで牧瀬判事を憎んだり恨んだりした者に心当たりはありませんか」

「万事に控えめで、決して人の前に出ようとする人ではありませんでした。だから主人を憎んだり恨んだりした人も全然思いつきません」

これで久爾子から聴取することはほぼなくなった。末次は残念そうに唇を嚙む。

では、自分が質問しても構わないだろう。

「お二人ともご両親は健在ですか」

事件と無関係なことを訊かれ、一瞬久爾子は怪訝そうな顔をする。

「わたしの方はずいぶん前に母親を亡くしましたが、主人の両親は今も元気です」

「牧瀬さん、確か岐阜の高山の出身でしたね」

「ええ。だから事件を知らせると、すぐこちらに向かうと言ってました。わたしの父は福岡なので少し遅れますが」

「お子さんはいらっしゃらないのですね」

この質問も意外だったらしく、久爾子は痛みを堪えるように顔を顰める。

「十年も頑張ったんですけど、なかなか恵まれなくて」

「気にしない方がいいですよ。夫婦仲が良過ぎると子どもができないと言いますから」

「お気遣いありがとうございます」

「よろしければ葬儀にはわたしも参列したいのですが」

「是非お願いします。主人もきっと喜びます」

牧瀬宅を辞去すると、案の定末次が訊いてきた。

「高遠寺判事。さっきの実家云々の質問はどういう意図だったんですか」

「牧瀬さんの実家が高山であるのを確認したかったのです」

「まさか、今までご存じではなかったのですか」

「いくら同僚でもお互いのプライバシーにはなるべく立ち入らないようにしてきましたから。末次さん、下駄箱の上に布製の置物があったのを見ましたか」

「頭巾を被った子どもの人形でしたね」

「あれは〈さるぼぼ〉といって高山の民芸品です。普通、自分の出身地の民芸品を玄関に飾ろうとはしないでしょう。あれはおそらく旦那方の両親が無理やり送り付けたものですよ。だから義理の両親がやってくるからと仕方なく出しているんです」

「どうして旦那の実家からと断定できるんです」

「自分の実家からだったら、そんなものはすぐゴミ箱行きですよ」

二人が次に向かったのは前橋地裁だった。牧瀬についていた書記官は相楽みゆきという女性で、静の目にはずいぶん化粧が派手に見えた。

裁判所の書記官は裁判手続・記録の公証事務とともに裁判官の補助者という役割を併せ持っている、言わば秘書のような存在だ。元より裁判所は男所帯という印象がある。昨今は新任判事補採用者数の増加に伴い女性比率が高くなっていると聞いたが、この化粧の濃さは職場に違和感を振り撒きかねないのではないかと要らぬ老婆心を抱いてしまう。

「前橋署からの連絡で判事の死を知りました」

みゆきは静たちが話を切り出す前から冷静さを失っているようだった。

「いったい誰が牧瀬判事を。犯人が分かったら、わたしがこの手で裁いてやるのに」

いくら感情的になっているとはいえ、裁判所の職員が捜査関係者に吐いていい言葉とは思えない。

　末次が目配せを寄越す。彼女への尋問は任せるという意思表示だ。

「自己紹介が遅れましたけど、わたしは以前、牧瀬さんと同じ裁判所に勤めていました」

「高遠寺判事のお名前は伺っています。牧瀬判事がよく尊敬すべき先輩とお名前を挙げていましたから」

　早速、静は赤面する羽目になる。

「では言わずもがなを。法廷での証言は求められたことだけ答えるのを良しとしますが、こうした事情聴取ではざっくばらんに話してください。話が脱線しても全く構いません。最初の質問ですが、最近の牧瀬さんの仕事ぶりはいかがでしたか」

「すごくメンタルが強い人でした。どんなに大きな案件でも、どんなにプレッシャーのかかる案件でも淡々と処理していました。他の裁判官なら変に気負ったり怯(ひる)んだりするのに」

　ああ、そうかと静は納得する。牧瀬と一緒に仕事をしていた頃、多嶋や自分が黙して語らなかった職業倫理を二人の背中からわずかでも読み取ってくれたのかもしれない。

「前橋地裁ではまだ公判担当でしたけど、いずれ部総括に推挙されるべき判事でした」

　不意に静は気づく。みゆきの言葉には上司への尊敬以外の思慕も見え隠れしている。

「牧瀬さんの仕事ぶりは今の証言と年間の処理件数でおよそは把握できます。最近、特に心を砕いていた案件はありましたか」

みゆきは少し考えてから首を横に振る。

「いいえ。牧瀬判事が案件に困惑している顔は見たことがありません」

「では案件以外で困惑しているのを見たことはありますか」

ああそれならと、みゆきは思い出したように口を開く。

「ご家庭のことで悩んでいたようです。はっきりとは仰いませんでしたけど、奥さんとの間があまりうまくいってないみたいでした」

「具体的なエピソードを見聞きした訳ではないのですね」

「ええ。でもそういうのって口に出さなくても分かるじゃないですか。女の勘で」

この瞬間、静は確信した。万事に控えめな牧瀬は確かに優秀な判事だった。上司の覚えもめでたかったに相違ない。しかし人の上に立ち、後進を育てるには不向きだったようだ。一番身近にいる書記官が、事もあろうに女の勘とやらを重視している。これでは軽佻浮薄の誹りを免れない。

無論、静も女性の勘を全否定するものではないが、少なくとも犯罪捜査の鑑取りにやってきた捜査員の前で吐いていい言葉ではない。直近の関係者がこの体では少し気を引き締める必要がある。静の目配せで考えが伝わったのか、末次も渋い顔で頷く。

「最後に、二十四日の午後十時から十一時までの間はどこで何をしていましたか」

「自宅で寛いでいました。残念ながら一人暮らしなので証言してくれる人はいませんけど」

ところが部総括の後藤田判事に同じ内容の質問を浴びせたところ、全く違う回答が返ってきたので二人とも驚いた。

「家庭のことで悩んでいた。いや、そんな気配は一切感じられませんでしたね」

「でも牧瀬さんつきの書記官は、そうは言っていませんでした」

「ああ、相楽みゆき書記官でしょう。彼女ならそう証言するでしょう。いや、そう証言せざるを得ない」

含みのある言い方になるのは、もちろんみゆきに対して思うところがあるからだ。

「釈迦に説法なのですが、裁判官はその独立性が憲法で保障されているので実際の裁判の進め方、判断の示し方というのは裁判官の数と同じだけ存在します。そのため裁判所書記官はマニュアル通りに職務を行えばそれでよいという訳ではなく、裁判官の方針を踏まえながら状況に応じて具体的な行動を常に考えていく必要があります」

「書記官心得の一つでしたね」

「ところがその心得を真面目に実践するあまり、担当する裁判官と共感し過ぎる書記官がたまにいます」

「相楽書記官がその一人ということですか」

「彼女の場合は妙齢の女性であり、且つ結婚願望が強いことが災いしています。主任書記官からも報告を受けていますが、牧瀬判事に対する態度が裁判官と書記官の間柄を超えていたようです。無論、所内業務に支障が出るような不祥事には至っていませんが」

「一方的な横恋慕だったのですね」

「牧瀬判事は細君思いでしたからね。普通、ちゃんとした妻帯者に対して秋波を送るなど不倫の誘いでしかないのですが、書記官という職業の特殊性と本人の気質が化学反応を起こすと錯覚を起こさせるのかもしれません」

「どういう錯覚でしょうか」

「古い言葉で表現すれば〈恋は盲目〉というヤツですよ」

後藤田は溜息交じりに話し続ける。

「牧瀬判事が案件以外で困惑していたのは事実ですが、それはもっぱら相楽書記官の接し方に起因するものでした。彼はああいう性格だから本人にも周囲にも大っぴらにしませんでしたが、実際は辟易していたと思いますよ」

静と末次は顔を見合わせる。

何にしろ強引な態度は煩がられはするが誤解はされない。一方、控え目なそれは周囲に馴染みやすいが誤解されやすい。牧瀬とみゆきの場合はいくつかの要素が間違った方向に作用した結果と言えた。

「後藤田さん。では一番答え辛いことをお訊きします。所内で牧瀬さんの仕事ぶりを疎ましく思っていた人物に心当たりはありませんか」

「ありませんね。優秀でありながら決して出過ぎない。平時のまとめ役として、これほど理想的な資質はありませんからね。次期部総括に彼の名前が挙がっても、それで不平不満をこぼすような判事は見当たりません。もっともわたしの目が節穴(ふしあな)だという可能性を抜きにした話ですがね」

後藤田は鬱々(うつうつ)とした口調で更に続ける。

「牧瀬判事の殺害が物盗り目的でなかったとすれば、彼の交友関係から推して容疑者は少数に絞られるでしょう。それが裁判所関係者でないのを祈るばかりです」

それは静も同感だった。

3

法医学教室から牧瀬の遺体が戻されてくると、その日のうちに市内の斎場で葬儀が執(と)り行われることになった。

一方、解剖報告書は遺体到着に先んじて捜査本部にもたらされた。静はその内容を末次から聞かされた。

「やはり検視官の見立てに大きな間違いはありませんでした。直接の死因は失血死ですよ」

同じ失血による死亡であっても、極めて短時間の出血による死は失血死とするに相応しい。一方、出血量やスピードがそれほどではない場合は血圧低下を伴う末梢循環不全即ち出血性ショック死と報告される。つまり牧瀬は前者のパターンということになる。

「ただし刺されたのは脇腹であり、所見は襲撃を受けてから絶命まではいささかの間隙があった可能性を示唆しています」

「牧瀬さんの傘は公園内で見つかっているんですよね」

「高遠寺判事が何をお考えなのかは見当がつきます」

末次は次に鑑識の報告書を手にする。

「牧瀬判事の靴底からは公園の土が採取されています」

「地裁から宿舎に向かう途中、公園内に足を踏み入れる必要があるでしょうか」

「ありませんね。公園内で何者かと対面し、用水路横の道路に移動したとみるのが妥当でしょう」

静は肯定のつもりで頷く。住宅街を走る道路は四メートル、片や用水路横の道は道路とも呼べず幅は二メートルほどしかない。土砂降りの雨の中、帰宅途中なら四メートル道路を使おうとするのが普通だろう。では何故、牧瀬はわざわざ公園内を通って狭い方の道路に移動したのか。

不自然な行動には当然、相応の理由がある。

「犯人の靴にも公園の土が付着していれば話は早いのですが、本人の同意を得なくては公判で闘える物的証拠にはなり得ません」

「土だけでは補充的証拠にしかならないでしょうね」

こと裁判の話になれば、静は忌憚のない意見を言わざるを得ない。末次もそれを承知の上で本音を曝け出しているのだ。

いずれにしても犯人の自白が必要な案件であるのは明白だった。


二人が斎場に到着すると、既に記帳台には長蛇の列ができていた。末次の視線を追うと、どうやら捜査本部の人間が多分に混じっているらしい。

久爾子は記帳台の後ろに立ち、参列者に頭を下げている。隣で沈鬱な表情をしている二人は牧瀬の両親に違いない。静が記帳する際に久爾子が紹介すると、二人ともひどく恐縮していた。

葬儀は仏式で執り行われた。読経の流れる中、静は参列者の顔ぶれをそれとなく眺める。相楽みゆきをはじめとした前橋地裁関係者はもちろん、それ以外の裁判所からもちらほらと知った顔が集まっている。

派手な振る舞いをせずとも、真面目な人間の周りには人が集まるという好例だった。家の中でしか牧瀬を知らなかったであろう久爾子は集まった参列者の数に今更ながら驚いている様子だ。

みゆきはずっと嗚咽を洩らし続けている。故人に別れを告げる場だから泣くのは一向に構わないが、もし自分が現役の判事ならああいう書記官を側に置きたいとは思わない。感情表現の豊かさを誇るつもりはないが、のべつまくなしで発揮されることにいささかの危惧を覚えるからだ。少なくとも様々なタイプの犯罪者が招集される法廷に相応しい資質とはいえない。

一方、久爾子はと見れば唇を真一文字にして平静を保とうとしているようだった。化粧で誤魔化(ごまか)しているものの、目の下には隈(くま)ができている。彼女の右隣には牧瀬の両親が座り、左隣には七十代と思しき老人が寄り添っている。彼がおそらく久爾子の実父なのだろう。

式はつつがなく進行していく。自分より若い者の葬儀はやはり落ち着かない。順番を間違ったまま物事が進行していくような居心地悪さがある。

静がしばらく座っていると、横から末次が耳打ちしてきた。

「参列者の大半が法曹関係者のようです」

「裁判所関係者以外の人間は洩れなくチェックしているのですね」

「首都圏在住の同級生たちですよ。大学・高校と卒業名簿を入手しているので、参列している者は全員照会が取れています」

明日以降は葬儀に間に合わなかった知人の弔問もあるだろう。しかし今日の時点で集ったのは何人かの親族と同級生、そして大勢の法曹関係者。現世との別れに馳せ参じたのはそうした顔ぶれで、圧倒的に法曹関係者が多いのは牧瀬がそういう生き方を選択した結果に相違なかった。

私よりは公、世間よりは法曹界を優先させる生き方が判事として果たして正しいのかどうか。

それはきっと誰にも分からない。いや分かる必要もない。当の本人が笑って死ねるかどうかだけの問題だろう。

不謹慎かもしれないが静は淡い憧憬を抱く。棺を蓋いて事定まるではないが、生きているうちの他人の評価などどうでもいい。自分が納得できる生き方を全うできれば、それで充分ではないか。

静は己の人生を顧みる。

自分で納得できる人生だったのか。最期の一瞬、腹の底から笑って死を迎えることができるのか。

他人の葬儀に参列して己の末期を考えるのもどうかと思うが、牧瀬なら不作法を許してくれそうな気がする。

故人との最後の別れが始まる。参列者が並び、棺桶の窓から覗く牧瀬の顔を一瞥していく。

やがて静の順番がやってきた。牧瀬は穏やかな顔で眠っている。せめて最期の一瞬は安らかでいてくれたらと祈らずにはいられない。

けじめはつけてあげますからね。

静は合掌して棺から離れる。

参列者全員が別れを済ませると、最後は喪主である久爾子の挨拶になる。

マイクを前にして久爾子はまだ俯いている。静はずっと遺族席の彼女を観察していたが、ここまで感情を面に出してこなかった。果たして最後まで毅然としていられるのか不安になる。

「葬儀に参列いただきました皆様。喪主の牧瀬久爾子でございます」

言葉に湿り気があるものの、久爾子は顔を上げて参列者たちを見回す。

「本日はお忙しい中、牧瀬のためにわざわざご足労いただきありがとうございました。きっと牧瀬も喜んでいることと思います。でも、折角足を運んでいただきながらわたしがお顔を存じ上げないために多くの失礼があったと思います。皆さんのほとんどをわたしは今日、初めて拝見しました。そのくらい、牧瀬は仕事熱心で生活の全てを裁判官の仕事に注ぎ込んでいたのです。生前、よく牧瀬は裁判官の仕事が大変だと愚痴をこぼしていました。しかし一度としてつまらないとか辞めたいとかは口にしませんでした」

言葉には力がなく、普段から大勢の前で喋り慣れている者の弁舌ではない。それでも詰まることなく久爾子は読み上げる。

「長い人生ではありませんでしたが一生懸命の人生で、きっと本人は幸せだったと思います。本人に代わりましてお礼を申し上げます。本当にありがとうございました」

盛大という訳にもいかないが、会場からは未亡人に対する慰めと労いの拍手が起きた。

いよいよ牧瀬の遺体が霊柩車の中に収められる。久爾子をはじめとした親族たちが乗り込むと、長い長いクラクションを鳴らしながら、霊柩車はゆっくりと滑り出す。

声を上げる者は誰もいなかった。みゆきでさえが無言で霊柩車の背を見送る。

横にいた末次が話し掛けてきた。

「そろそろ我々もいきましょう」

静と末次は火葬場まで牧瀬の最期を見届けるつもりだった。


最近では斎場に火葬場が隣接しているところが増えたが、牧瀬の遺体を処理する火葬場はクルマで十五分の場所にあった。遺族には不便だが、余人を交えずという点で静たちには都合がよかった。

静たちが遅れて到着すると既に他の遺族たちは待合室に姿を消しており、火葬炉の前に立っていたのは久爾子一人きりだった。

「夫婦水入らずのところをごめんなさいね」

「高遠寺さん」

二人の姿を認めた久爾子は少なからず驚いていた。

「どうして」

「こういう場所には近しい人しか招かれないのは重々承知しています」

静は頭を垂れる。

「でもあつかましく参上しました」

「高遠寺さんに見守ってもらえるのなら牧瀬も喜びます」

静は一歩前に出て久爾子と並ぶ。火葬炉の正面に来ると、遺体を燃やす音が迫ってくる。遠からず自分もあの音を棺の中で聞くことになると思うと、少し腰が引けた。

「葬儀の喪主、お疲れ様でした」

「ありがとうございます。でも、正直まだ実感が湧いてこないんです」

久爾子は戸惑っている様子だった。

「遺体が戻ってくると、すぐに葬儀会社の人があれこれ手助けしてくれたんです。斎場の手配から案内状の発送も。わたしは何もすることがなくて。今日の葬儀だって、式次第を説明されて参列者のお一人お一人に挨拶しているうちにどんどん時間が過ぎていって。最後の喪主の挨拶にしても寸前で内容を考えたので、もう何ていうか悲しんでいる暇もなかったです」

「遺族に悲しむ暇を与えないために、葬儀会社がわざと忙しくさせると聞いたことがあります」

つまり遺族がゆっくりと哀しみに浸るのは葬儀を終えてからという意味でもある。意図が伝わったらしく、久爾子は寂しそうに頭を振る。

「双方の親も明日には帰るみたいですから、そうなれば色々思い出すことが多くなりそうです」

牧瀬が死亡してしまった以上、遺族がいつまでも宿舎に居続けられるはずもない。この先の身の振り方はどうするつもりなのだろうか。

「迷惑を顧みずお邪魔したのは、捜査の進展を報告したかったからです」

「牧瀬の身体を司法解剖して、何か新しい事実でも出たんですか」

「いいえ。解剖結果は検視官の見立てとあまり違わなかったようです」

「現場から新しい証拠が発見されたとか」

「それもありません。犯行時は土砂降りでしたから、警察や検察が悦びそうな物的証拠は大方流された後です」

「そんな状況で捜査が進展するんですか」

「消去法というのは便利でしてね。初歩的ですけど、可能性を一つずつ潰していくのにとても有効なんです」

　久爾子は俄に興味を覚えたようだった。

「今回の犯行態様は大きく分けて、通り魔か物盗りか怨恨かのいずれかと考えられます。このうち、まず通り魔の可能性について検討しましたが、通り魔が標的にするのは大抵が女子どもといった自分よりも体力の劣る相手です。当時は土砂降りの上、牧瀬さんは傘を差していたので体格も分かりづらい。通り魔の標的としては相応しくありません」

「そうですね。牧瀬は上背もありましたから」

「二つ目の物盗り。これは早々に除外されました。牧瀬さんの上着には現金入りの札入れとケータイが残ったままでしたからね」

「それじゃあ残る可能性は怨恨ですね。でも、それも当て嵌まりませんよ。前にも言いましたけど、主人を憎んだり恨んだりした人も全然思いつきませんから」

「たとえ本人が聖人君子であっても憎まれる時には憎まれます。誤解が生じていることもありますしね」

「主人は誤解されるような性格じゃありませんでした」

「ええ、それはわたしも知っています。だから今回は誤解した側の問題だと考えています」

久爾子は小首を傾げて訳が分からないという顔をする。

「そもそも牧瀬さんは自ら犯人を指摘していたんです」

殊更劇的な効果を狙ったつもりはなかったが、静のひと言は久爾子の顔色を変えさせるには充分だった。

「そんな。現場の物的証拠は大方流されたんじゃないんですか」

「残されたケータイで、牧瀬さんは犯人の名前を告げていました」

「嘘。聞いていません。午後九時三十五分にわたしと連絡したのが最後じゃなかったんですか」

「そうです。ケータイの履歴では、あなたとの通話が最後の記録でした。だから却って変なのですよ。司法解剖の報告では、牧瀬さんは刺された後もしばらくは息があったようです。何者かに刺された。神経の集中している脇だから痛みもあるし刃物を抜いた途端に出血するのも分かっている。今まで裁判記録で刺傷や失血死については散々見聞きしている牧瀬さんが知らないはずはありません。幸いケータイは胸元にある。それなら誰かに連絡をするのが普通です。襲撃された事実。犯人を知っているのならその名前。しかも襲われる直前には久爾子さんと通話をしているので、リダイヤルすればすぐにあなたと話せたはずです。でも実際には牧瀬さんは誰にも連絡しようとしなかった。それはどうしてでしょうか。答えは簡単です。連絡しても無駄だと知っていたのです。何故なら自分を刺した犯人があなただったから」

指摘されると、久爾子は一瞬身を固くしたようだった。

「強引な理屈です」

「多少強引なのは認めます。でも、あなたが犯人でない限り、牧瀬さんがケータイに触れようともしなかった理由を説明できません。久爾子さん、あなたは死体発見現場で牧瀬さんの死体と対面させられましたね。死体を見て一番驚いたのは、おそらくあなただったでしょう。何しろ公園内で刺したと思っていた牧瀬さんが、いつの間にか用水路横の道路まで移動しているのだから」

牧瀬の靴から公園内の土が採取された事実を告げられると、久爾子はむっと顔を強張らせる。

「きっと主人は犯人から逃れようと」

「深手を負っている人間が、わざわざ人通りの少ない道を選ぶでしょうか。逃げるのなら公園を出て用水路とは逆の方角を目指すはずです」

「じゃあどうして」

「牧瀬さんは間違いなく用水路に向かっています。用水路に向かった理由は一つしか思いつきません。凶器の刃物を放り込むためですよ」

「そんな」

「刃物は脇腹に刺さったまま。このまま自分が絶命すれば刃物から犯人が特定されるかもしれない。あなたが注意深く指紋を付着させなかったとしても、鑑識がそれ以外の残留物を見つけるかもしれない。特殊な刃物ならメーカーからエンドユーザーを辿るかもしれない。いずれにしても刃物を現場に残しておくのは危険です。ところが幸いなことに目の前の用水路は増水している。刃物を処分するにはうってつけ。それで牧瀬さんは最後の力を振り絞って公園内から出て、脇腹から抜いた刃物を用水路に投げ込み、ようやく息絶えたんです」

久爾子は火葬炉に向き直る。牧瀬に真意を質したいのか、静から顔を逸らしたいだけなのかは判然としない。

「そこまで考えますとね、牧瀬さんがそうまでして庇いたい人間はあなたくらいしかいないんです。これもあなたが犯人であることの傍証の一つです」

静に背を向けていた久爾子が肩を震わせ始めた。

「牧瀬さんがあなたを庇おうとした理由は言うまでもありません。たとえ殺されても、あなたを最後の最後まで護り抜きたかったのです」

そのひと言で久爾子は自制心を決壊させたらしい。

すとんとその場に腰を落とし、久爾子は両手で顔を覆う。

「ごめんなさい」

後は決壊した堤から貯め込んでいた水が迸るだけだった。

「ごめんなさい、ごめんなさい、ごめんなさい」


牧瀬の火葬が終わった後、久爾子は末次に伴われて県警本部に出頭した。以下は久爾子の供述内容だ。

牧瀬との結婚は申し分ないものだったが、ただ一つだけ久爾子を苦しめるものがあった。牧瀬の両親が一刻も早く孫を欲しがったのだ。久爾子も子どもが嫌いではない。しかし、なかなか子宝に恵まれない。牧瀬の両親は事ある毎に子どもを作るようにと催促するが、次第にこれが久爾子にとってプレッシャーになっていく。静も指摘した通り〈さるぼぼ〉を送りつけたのは牧瀬の両親だったが、これは子宝祈願の民芸品でもある。

「言葉でちくちく催促されるのも嫌でしたけど、わざわざ嫌味ったらしくあんな人形を送りつけられたのが本当に堪りませんでした」

電話で何回かやり取りするうち、義母は冗談交じりに『石女』なる蔑称まで口にするようになる。久爾子は、このまま子どもが産めなければ離縁させられるのではないかと疑心暗鬼に駆られる。

「宿舎では住人全員が裁判所関係者の家族なので、不用意に相談することもできません。主人は裁判所の仕事に忙殺され、いつも疲れ果てて帰ってくるのでやっぱり相談できません」

誰に悪意がある訳でもない。強いて言えば「人並み」を当然の如く求める周囲の圧力が久爾子を追い詰めていった。

「そんな時、ポストに差出人不明の封書が入っていました。中身は写真だったんですが、それは牧瀬と相楽みゆきさんのツーショットでした」

尋問していた末次は待ってくれというように片手を挙げた。

「相楽みゆきさんは裁判官つきの書記官ですよ。大抵は影のようにつき従っているものでしょう。ツーショットなんて別に珍しくないと思いますが」

「相楽さんがぴったり身を寄せているんです。仕事中の写真とも見えませんでした」

相楽みゆきは半ば露骨に、牧瀬を誘惑していた。ならば彼女が日常茶飯事に馴れ馴れしくしていたというのも頷けない話ではない。

「写真の裏にはメールアドレスがありました。写真が本物なら事情を訊かない訳にはいきません。そのアドレスにメールをすると、古江藍子(ふるえあいこ)という女性で、違う宿舎に住む、やはり裁判所職員の奥さんでした」

久爾子によれば、古江藍子は買い物途中で牧瀬と相楽みゆきの二人連れを見かけ、思わず持っていた携帯電話で盗撮してしまったのだという。

「わたしは古江さんと直接会って話を聞きました。そのうち、別の宿舎で勤め先も違う気安さから打ち解けるようになりました。牧瀬には言えない不平不満も古江さんには言えたんです」

古江藍子の住む宿舎には相楽みゆきも居住しているらしく、牧瀬との密会はその後も続いたらしい。

「古江さんは会う度にケータイで撮った二人の写真を見せてくれました。やっぱり子どもを産めない女房よりは、若い女の方がいいのかなって」

「それで牧瀬さんを刺したっていうんですか。そこまで思い詰めているんなら離婚する手だってあっただろうに」

「離婚すると遺族年金がもらえなくなると古江さんに教わりました」

久爾子は悔しそうに言う。

「結婚してからはずっとわたしと暮らしていたのに、牧瀬が相楽みゆきさんと再婚したら遺族年金はあの女が受け取ることになるんですよ。そんなの絶対に許せません。わたしは牧瀬をひどく憎みました」

尋問していると、久爾子が日に日に正気を削られてきたのが分かる。古江藍子の要らぬお節介も手伝い、久爾子は牧瀬への殺意を固めていく。

「当日の午後九時三十五分に牧瀬から電話が掛かってくると、わたしは買い忘れたものがあるので、途中の公園で待っていてくれとお願いしました」

そこから先は静の推理した通り、久爾子は予てホームセンターで購入していたナイフを携えて雨の中に駆け出していった。犯行後、警察から連絡をもらい公園に行くと、いつの間にか死体が移動しナイフも消失していたので、ひどく困惑したのだという。

供述を終えると、久爾子は殺人容疑で逮捕された。早速家宅捜索を行うと、案の定久爾子の靴からは公園の土が採取された。またホームセンターの伝票から久爾子がナイフを購入した事実も証明できた。牧瀬が用水路に放り捨てたと思しきナイフは未だ発見されていないが、末次は送検するには充分だと胸を叩く。

ただし一つだけ疑問が残った。

疑心暗鬼に囚われた久爾子に接近し、佳き話し相手になり、様々なアドバイスを伝授した古江藍子の存在だ。捜査本部が裏付け捜査のために各宿舎に問い合わせたところ、該当する人物は全く見当たらなかったのだ。念のため久爾子の携帯電話に登録されていた古江藍子の番号に掛けてみたが、既に解約された番号だった。

その後捜査本部が追跡しても、牧瀬久爾子の懐疑と嫉妬に燃料を投下した古江藍子の行方は杳として知れなかった。

久爾子の身柄が前橋地検に送検されて一週間後、静は成城の自宅で寛いでいた。

久爾子が送検されるのは牧瀬にとって本意ではなかっただろう。だが静の性格上、隠された悪意を見逃す訳にはいかない。今頃は牧瀬も渋い顔をしながら自分を許してくれていると思いたい。

両親の死後は心を閉ざしていた円も転校先に通ううち、少しずつ本来の明るさを取り戻していた。不幸続きだった静の周囲もやっと平穏になったと天井を仰ぎ見る。

電話が鳴ったのは、ちょうどそんな時だった。

学校から帰っていた円が電話に出てしばらく対応していたようだが、やがて気味が悪そうな顔をして静の許にやってきた。

「変な電話」

イタズラ電話かそれとも怪しげな商品の勧誘か。静は円とともに電話台へと向かう。

「はい、高遠寺です」

すると電話の向こう側から性別も老若も判別できない声が響いた。

『裁かれる気分はどうだ』

ボイスチェンジャーを使い、個性を隠した電子音声だが禍々しさは肉声に引けを取らない。

誰何しようとした瞬間、電話は一方的に切れた。

受話器を置き、静はその場に立ち尽くす。

脳裏で二つの事件が唐突につながった。

多嶋と牧瀬が自分と同じ事件を担当したことは決して少なくなかった。そして裁判では勝者と敗者が生まれる。勝った方はともかく負けた側が裁きを下した者に恨みを持つことである。

裁判で辛酸を舐めた誰かが静たちに復讐しようとしているのではないか。現に今、静たちを裁かれる立場に追いやってほくそ笑んでいる者の存在が明らかになった。

息子夫婦に謀殺された多嶋、妻に誤解されて刺された牧瀬。いずれも彼らの功績を踏みにじるような末路だ。二人の死に直面した時には不条理とさえ感じたが、ある人物の意思が働いていると考えれば辻褄も合う。

次は自分の番か。

腹を据えると不思議に怖気が薄らいだ。復讐者がどこの誰かは知らないが、どうせ老い先短い命だ。来るなら来てみろ。返り討ちにはできずとも、相討ちくらいには持ち込んでやる。年寄りの冷や水と嗤いたければ嗤えばいい。多嶋と牧瀬への弔い合戦と思えば、多少の無茶は覚悟の上だ。

年甲斐もなく熱くなったが、気がつくと円が腰にしがみついていた。

「どうしたの、おばあちゃん」

不安げな声で静は我に返る。

しまった。

敵の標的は静だけとは限らない。この孫娘を巻き込まないという保証がどこにある。現に多嶋と牧瀬を手に掛けたのは、それぞれの身内ではなかったか。言い換えれば、復讐者はまず標的の身内に接触する。

護るべきは自分ではなく円なのかもしれない。そう考えた途端、静は急に心細くなった。

4

我が身はともかく円まで危険に晒すことはできない。美紗子夫婦から預かった大事な命だ。何としてでも護り抜かなければ合わせる顔がない。

思い立った静は所轄である成城署に連絡する。脅迫紛いの電話を受けたのだから保護を求めるのは正当な行為のはずだ。

代表番号に掛けたところ、生活安全課に回された。氏名と状況を告げたものの、応対する署員の反応は鈍かった。

『それだけでは充分ではありません。明確に危害を加えるという意思表示ではありませんし、ただのイタズラ電話かもしれません』

「でも、実際にわたしの元同僚たちが」

言いかけて、やめた。

何者かが多嶋や牧瀬の家族を操っていたというのはあくまでも静の仮説であり、しかも現実的ではない。老人の世迷い言と片付けられても文句は言えない。

『被害届を提出してくれれば有難いのですが』

警護を考えるにしても様式を整えろという趣旨だ。確かにイタズラ電話ごときでいちいち出動していては、警察官がいくらいても足りないだろう。

孫の安全を護るためなら被害届など何百枚でも書いてやる。

「分かりました。警察署まで伺います」

電話を切ってダイニング・キッチンに戻ると、椅子に座っていた円がこちらに振り向いた。

「おばあちゃん、警察にいくの」

どうやら電話の内容を聞いていたらしい。

「盗み聞きは感心しないわね」

「どうしておばあちゃんが狙われるの」

円の目は射貫くようにこちらを見ている。普段は屈託のない目をしているのに、ふとした弾みに相対する者の真意を測るように深みを増す。美紗子によればこの目はおばあちゃん似だそうだが、十四歳の視線は殊更鋭く突き刺さる。

「自分の仕事に忠実であろうとすれば、必ず不利益をこうむる人が出てくるのよ」

裁判官として粛々と職務を遂行した仲間たちが二人も殺された。実行犯は逮捕されたものの、背後でこの様子を見て悦に入っている者が存在する。

静の説明を聞いていた円は自分なりに分析し、自分なりの言葉で懸命に言語化しようとしているようだった。

「おばあちゃんたちは正しい判決を下したんでしょ」

「ええ。あれは正しい判決だった」

「どうして正しいことをしたのに恨まれなきゃいけないの」

「世の中は正しいか間違っているかだけで割り切れるほど単純なものではないからよ」

静は椅子を持ってきて円の正面に座る。もう、ただの婆あと孫ではない。これから円は静の言葉を親の教えとして吸収する。疎かに喋るべきことではなかった。

既に十四歳は子どもではない。己の経験値と資質で世知とのせめぎ合いを覚える頃であり、静は自らのありったけの知恵と倫理を円に叩き込むと決めていた。

「いくら道理が正しくても、それを受け容れられない人は沢山いる。出自や育った環境で、正しいと分かっていても従えないのよ。それに人間は感情の動物だからね。世間から認知されるような正しい判決を出しても、必ず不平不満を持つ人が出てくる。おばあちゃんたちを狙っているのは、きっとそういう人なの」

じっと静の話を聞いていた円は、やがて納得したという顔で頷いた。

「わたし、分かる」

だが、円の瞳は聡明さとは異なる光で輝いていた。

「お父さんとお母さんを轢いたお巡りさんは執行猶予つきの懲役二年五カ月だった。裁判官は正しい判決を下したつもりかもしれないけれど、わたしは決してそう思わない」

静は背筋にひやりとしたものを感じる。

藪蛇だった。

道理を無視して感情に走る輩の存在を知り、十四歳の少女はシンパシーを感じ始めている。まずい。このままでは円は理性よりも昏い感情に囚われかねない。

感情に流されるのは、とても楽だ。原初の欲求に身を任せればそれでいい。静はそれを厳に拒むつもりはない。感情の赴くままに行動しても魅力的な人間は大勢いる。しかし彼らが魅力的なのは感情に任せた行動を取って尚、責任が取れるからだ。感情的に動いた結果、自他に迷惑をかけて知らん顔をするのはただの無法者に過ぎない。だからこそ大抵の者は感情を抑え、己に責任が取れるかどうかを理性的に判断してから行動する。円には感情に流されるだけの人間になってほしくない。さてどうしたものかと、静は懊悩する。

成城署に出向くべく身支度をしていると、インターフォンを鳴らす者がいた。時刻は既に午後六時を過ぎている。こんな時間に訪問とは少し非常識ではないかと対応すると、相手は意外な人物だった。

急いで玄関ドアを開ける。そこに立っていたのは練馬署の久留米と愛宕署の砺波だった。

「ご無沙汰しております」

「夜分に失礼いたします」

久留米と砺波は丁寧(ていねい)に頭を下げた。

「あなたたち、どうして」

「成城署に警護を求められたようですね」

久留米は申し訳なさそうに言う。

「生活安全課を通じて我々にも報せが届きました。成城署の方では被害届云々と言っていたようですが、高遠寺判事はどれだけ我々の捜査にご協力されたかを仰らなかったのですか」

「判事はそういう功労を利用するのがお嫌いなタイプと存じますが、多少は我々を頼ってほしいものです」

砺波は砺波でどこか恨めしげだったが、二人が厚意で訪ねてくれたのは有難かった。とにかく詳しい事情を訊きたいというので、応接間に通す。牧瀬が殺害された事件は両名とも聞き知っていたので話は早かった。

事情を訊き終えた久留米は横に座る砺波と顔を見合わせる。

「『裁かれる気分はどうだ』というのは確かに気になる言葉ですね。法曹関係者以外でお三方が同じ事件を裁いたのを知るのは、事件関係者だけでしょうから。多嶋判事の事件と牧瀬判事の事件が時期的に近接しているのも気になります」

砺波も同意の印に頷いて言う。

「事件が連続している場合、三人の裁判官に対する逆恨みという線は有りですね。しかし判事、そうなると電話で脅してきた犯人は三人が担当された事件の関係者である可能性が高いのですが、お三方で裁いた事件というのは、いったい何件あったのですか」

「裁判官というのは傍から見ると優雅な職業に見えるかもしれませんが、わたしが配属された裁判所では単独法廷で一日数件、合議の場合は二件。多い時は一日十件以上法廷に臨んでいました。三人が東京高裁の刑事部に所属していたのは三年程度ですから、ざっと計算して千五百件といったところですね」

「千五百件」

砺波は呻く。おそらく三人の裁判官が担当した事件を全て洗い出そうと考えていたに違いない。

「もし調べていただくのなら、千五百件全てでなくてもいいと思うのですよ」

「どういうことでしょうか」

「現役だった牧瀬さんはともかく、わたしや多嶋さんのように既に退官した者の住まいや連絡先を、どうやって調べたのか」

二人の警察官は再び顔を見合わせる。

「言い方を換えれば、わたしたち三人の連絡先を入手できる機会があった人物は多くないはずなのです。そこから辿っていけば該当者はずいぶん絞れるのではないでしょうか」

静は脅迫電話を受けた時から密かに考えていた可能性を二人に伝える。最初に反応したのは砺波だった。

「杉並署の刑事課に知り合いがいます。ちょっと探ってみましょう」

「事件が特定できれば関係者の洗い出しもできます。わたしはそっちの方向で調べますよ」

方針さえ定まれば警察官の動きは早い。二人は言うが早いか腰を上げた。

「今更ですが」

静は釘を刺すのを忘れない。

「お二人のご厚意は有難いのですけど、何事にも優先順位がありますからね」

まずは自分の抱えている案件を優先してほしいと言ったつもりだったが、久留米は当然だと言わんばかりに胸を反らせた。

「そのくらい承知しています」

「ごめんなさいね」

「もちろん最優先に決まってる」

「え」

「高遠寺判事の尽力がなければ我々の抱えていた事件は解決がずいぶん遅れたでしょう。改めて申し上げますが感謝しています。一方で、既にリタイアされたご高齢者の助力を仰がなければ事件を解決できなかった己が不甲斐なくてなりません」

「そうそう。そして、やっと名誉挽回する機会に恵まれたという訳です。二人とも宮仕えの身ですがね、たまには宮以外のものに仕えてみたいと思う時があるんですよ」

予想外の言葉に静が切り返せないでいると、久留米と砺波はそそくさと応接間から玄関へと向かう。

「では判事、おやすみなさい」

辞去する際、二人は示し合わせたかのようにぴしりと息の合った敬礼をしてみせた。あまりに見事だったので、静は頭を下げるばかりで言葉を失う。

玄関で半ば呆気(あっけ)に取られていると、またもやインターフォンが鳴った。さては何か忘れ物でもしたのかとそのままドアを開ける。

だが、そこにいたのは例の暴走老人だった。

「遅うにすまんな、静さん」

この爺さまは言葉と表情が別の命令系統で動いているらしく、少しもすまなそうな顔をしていない。後ろに控えるみち子が玄太郎の分まで申し訳なさそうに頭を垂れている。

「こっちでの商談が大方終わったんでな。明日、名古屋に帰る。最後に、どうしてもあんたに挨拶がしたくてな」

他人の家の玄関先というのに一ブロック先まで届きそうな声だ。近所迷惑なので、素早く二人を家の中に引き入れる。

「玄太郎さん。挨拶に来てくれるのは構いませんけどね。あなたはこの辺一帯の住民全員にお別れを言いに来たんですか」

「東京よ、さらばっ」

退院した上、名古屋に帰れるのがよほど嬉しいのか、玄太郎は子どものように燥ぐ。

「あの、たるい江戸甘味噌とも汁が塩っ辛いだけのうどんともおさらばや。明日からは八丁味噌ときしめんがわしを待っとる」

「病み上がりの爺さまが何を言っとるかね」

静への申し訳なさからか、みち子の叱責はいつもより辛辣に聞こえる。

「当分は病院食がご馳走に思えるくらい、塩気もカロリーもとことん控えたメニューですからね。覚悟しときんさい」

放っておいたら、この二人はどこでも夫婦漫才をおっ始める。

「おばあちゃん」

ほら、言わんこっちゃない。騒ぎを聞きつけて円がダイニング・キッチンから顔を覗かせた。

「おおお、円さん。こんな夜分にごめんよ。実はさよならを言いに来た」

「もう帰っちゃうの」

先に話をしてからというもの何故か円は玄太郎に懐いてしまったらしく、物怖じ一つせずに玄太郎に駆け寄る。

「ああ、円さんとさよならするのはちと辛いが、わしを名古屋で待っとる者が仰山おるしな」

「元気でね」

「お前さんもな、と言いたいところやが」

玄太郎は静に視線を移す。

「今しがた二人連れのお巡りとすれ違った。ありゃ確か練馬と愛宕の事件を担当した刑事やろう。いったい何があったんかね」

静は何とか誤魔化そうとしたが、ひと足早く円が口を滑らせた。

「おばあちゃん、狙われているの」

瞬間、玄太郎の顔色が一変した。

「誰にかね」

「昔、おばあちゃんに判決を下された人か、その関係者」

そうかと呟き、玄太郎は再び静を見つめる。

「そうやなあ。正しい判断をしても逆恨みするヤツはいつでもどこでもおるからな。静さんよ、詳しく話してくれんかね」

「これはわたしの問題です」

「うんうん、それは分かっとる。しかし静さんが話してくれんなら円さんに訊くまでなんやがね」

もう話を訊くまでは梃子でも動かぬという顔をしている。迷惑だと思ったが、これも玄太郎なりの騎士道精神なのだろう。

「仕方ありません」

静は溜息交じりに言う。

「事情は説明します。でも今回は首を突っ込まないでください」

「何故かね」

「もう仲間を二人も殺されました。これ以上、誰かを巻き添えにできません」

静は玄太郎とみち子を上げて、一部始終を説明するしかなかった。


「大体の話は分かった」

説明を聞き終えた玄太郎は不穏な顔で頷く。

「それであの二人の刑事が警護にやってきたという訳か」

「ところが二人とも再捜査すると言い出しましてね」

「被害届を出したところで実害がなきゃ、なかなか警察は動かん。まだ再捜査の方が名目が立つんやろ。第一、静さんが狙われるにしても今までのやり口を考えたら、いきなり爆弾抱えてこの家に突っ込んでくるとも思えん」

玄太郎はちらりと円を一瞥する。静同様、犯人が円に接触する可能性が大きいことに勘づいているのだ。

「しかし静さんよ。警察に任しとくだけでいいのか」

「どういう意味ですか」

「警察も無能揃いやない。その気になりゃ犯人と思しきヤツを特定もできるやろう。しかし、捕まえたところでどんな罪に問える」

相変わらず先を考える爺さまだ。実は静の懸念もそこにあった。

「教唆。つまり犯罪を実行するように唆すのも罪にはなりますが、成立要件があります。手段は特に限定されませんけど、指示・指揮・命令・嘱託・誘導・強く勧める（最高裁判例昭和二十六年十二月六日）といった働きかけがあったかどうかが問われるでしょうね」

「そんなもん、いくらでも拡大解釈ができるな」

「ええ。拡大解釈が可能だからこそ明確な行為があったかどうかが争点になります」

「言い方を換えりゃ、実行した本人すら唆されているのに気づかんようでは成立も困難という解釈か」

「その通りです」

「罪に問えんようでは、捕まってもまた同じことを繰り返すぞ」

「返り討ちにしてやればいいのよ」

幼い声が物騒なことを呟いた。

静と玄太郎がぎょっとして円を見る。十四歳の少女は歳に似合わぬ昏い目をしていた。

「犯人はおばあちゃんかわたしに接触しようとするんでしょ。だったら近づいた瞬間に正当防衛か何かの名目で返り討ちにしたらいい。自分の身を護るためだもの。許されるよね」

「円」

「おばあちゃんもわたしも力がないから、罠を仕掛けないとやられちゃうよ」

円は言外に暴力行為を肯定している。自身の両親を奪った犯人に、罪に見合った罰を与えられなかった司法に絶望しての発想だった。

このままでは円の倫理観が歪(ゆが)んでしまう。忠告すべきだと判断した時、玄太郎が自ら車椅子を押して円に近づいた。

「円さんよ。以前わしが言ったことを憶(おぼ)えておるかね」

「理不尽と闘うには二つの方法がある。真っ当でい続けるか、自分が世の中よりも理不尽な人間になるか」

「ほうほう、よく憶えておいてくれた。しかし理不尽には理不尽で闘えとは言うたが、それはわしのようなごんたくれのするこっちゃ。あんたはわしみたいになったらいかん。真っ当でい続けんさい。ちょうど静さんのようにな」

玄太郎は噛んで含めるように教え諭(さと)す。玄太郎の悪賢さと横暴ぶりを嫌というほど見せつけられていた静の目には、まるで別人のように映る。

「静さんが静さんでいられるのは潔癖やからや。世間がどんだけ汚れようとも歪もうとも、この人は絶対に自分の尺度を曲げようとせん。愚劣なもんにも卑怯な行いにも清く正しい態度で接しとる。だから、たかが一度世話になっただけのお巡りが手前の仕事をほっぽり出して駆けつけてくる。あんたも静さんのそういうところを尊敬するだろう」

「うん」

「自分で決めた自分の掟に従う。簡単なようで、これがなかなか難しい。難しいから、それを実行している人間は他人から信頼される」

「分かる、気がする」

「人を呪わば穴二つちゅうてな。人に悪さをすりゃ悪さで返される。そんなことを繰り返しとるうちに元に戻れなくなる。あんたや静さんには似合わん」

「でも、法律で犯人を罰するのには限界があるんでしょ」

「人を罰するのは何も法律だけやないんさ」

玄太郎は悪戯っぽく笑ってみせる。くそ爺いでいけ好かない癖に、笑い顔が腹の立つほど人懐っこい。

「静さんは法律の人やから、あくまで法律の枠内で円さんを護る。片やわしはわしのやり方であんたを護ってやる」

「……おじいちゃんは暴力を使うの」

「このなりじゃ無理だわさ」

玄太郎は嬉しそうに己の下半身を指差す。

「その代わりわしにはこれがある。頭と、口や。二本の脚よりもずうっと役に立つ」

「おじいちゃんが頭良さそうなのは分かるけど」

「良さそうではなく、実際に賢い。そやから円さんは何の心配もせんと、部屋で宿題でもしとりんさい」

玄太郎は円の頭に手を乗せて、わしわしと撫でた。不思議に円は不快な顔一つ見せなかった。

円が自室に引っ込むのを確かめて、静は玄太郎に話し掛ける。

「孫娘にはぼんやりとしか明かさなかったけれど、わたしには言ってくれるでしょう。玄太郎さんのやり方というのは具体的にどういう方法なんですか。いくら玄太郎さんが得意な手法であっても違法であれば見過ごせません」

「その前に静さんよ、犯人を特定しようやないか。実はあんたの同僚だった多嶋某の件で、ちょいと引っ掛かっとったんや」

玄太郎はある名前を口にする。またもや腹が立つが、静が気に留めていた人物と同一だった。

二日後、玄太郎と静は台東区入谷にある古いマンションの前に立っていた。

「さ、行こまいか」

玄太郎は静に車椅子を押させて〈錦織デイサービス〉の玄関を潜る。前回に訪れた時は夫婦という触れ込みだったが、今回もその設定を踏襲してみち子には遠慮してもらった。既に代表の錦織妃呂子とは面会約束がついている。

「ようこそいらっしゃいませ、高遠寺さま」

妃呂子は揉み手をせんばかりの物腰で二人を迎えた。

「本日はご主人の会員登録の件でしたね」

「悪いがそれは口実でな。あんたと腹を割って話がしたいから嘘を吐いた」

「ご冗談が過ぎます」

「冗談もクソもあるか。あんただってわしらが夫婦でないことくらい、気づいておるだろう」

いきなり玄太郎は一枚目のカードを開く。妃呂子は機先を制された体で眉を顰めた。

「では本当の相談内容は何なのでしょうか」

「店舗の立ち退きについてや」

玄太郎は〈香月地所　代表取締役〉と肩書のついた名刺を机の上に置く。

「おや、デベロッパーの社長さんでしたか」

「名古屋に拠点を置いとるが、関東圏への進出も計画しとる。まずはここを東京事務所にしようと思ってな」

「事情は分かりますが、藪から棒に言われましても」

「もちろんタダとは言わんさ。見積もりを立てさせた」

玄太郎は見積書を差し出すが、文書に視線を落とした妃呂子はさっと顔色を変えた。

「よほどご冗談がお好きなようですね。何ですか、この諸経費込みで五万円というのは。

ゼロが二つ違っていませんか」

「テナントを明け渡すだけや。目ぼしい什器や設備がある訳でなし、五万円というのは至極妥当な金額やないかな」

「冗談でなければ失礼ですよ」

「立ち退き要求がなくても、どのみちあんたはこの事務所にいられなくなる。もう小芝居は必要なかろう。あんたには殺人教唆の容疑がかかっておる。取り調べを受けて容疑が現実のものとなったら、呑気に店を構えておる余裕はなくなるぞ」

「次から次へと突拍子もないことを。わたしがだれに殺人を教唆したというんですか」

ここからは自分の出番だ。静は玄太郎の言葉を引き継ぐ。

「錦織妃呂子さん。あなたの過去を少し調べさせてもらいました。養子縁組して姓が変わったけれど、旧姓は雪代。わたしたちが死刑を宣告した元死刑囚雪代佳純の娘さんですよね」

妃呂子の目つきが一変する。介護サービスの代表者から容疑者に変貌した瞬間だった。

「あなたのお母さんの死刑が確定した時期に遠い親戚に養子縁組したのね。あなたがどんな半生を送ってきたのかは分かりません。介護士の資格を取得してから、介護サービス社を興すまでどんな苦労をしてきたのかも分かりません。きっと人には言えない思いもしてきたのでしょうね。そういう努力をした人をわたしは尊敬します。だから、そこで変な思いは抱いてほしくなかった。あなたは多嶋さんと息子夫婦から訪問を受けた瞬間、彼が自分の母親に死刑を宣告した裁判官の一人であることに気づいたのです」

〈錦織デイサービス〉に多嶋を連れてきたのは幸助夫婦だったから、二人の再会はそれこそ偶然だったのだろう。だが、偶然を偶然のまま済まさなかった点に妃呂子の悪意がある。

「それまでにも要介護者と介護者の相談を多く受け付け、また嫌というほど実例を見てきたあなたなら、多嶋さんと息子夫婦の間を紛糾させるのは造作もなかったでしょう。あなたが多嶋さんたちに与えたアドバイスはこうでした。『家族だから本音を言い合っても許される部分がある。だから本格的な介護が始まる前に徹底的に本音を吐き出した方が後々揉め事にならずに済む』。一つの解決案であるのは確かですが、当時多嶋さんは盗癖がひどくなり、同居している息子夫婦もストレスが溜まる一方という状況でした。そんな状況下で互いが徹底的に本音を吐き出したらどうなるか。信頼関係が構築されているのならまだしも、そうでなければ火に油を注ぐようなものです」

「横で説明を聞いていたわしも同じことを考えたよ。だから、死んでもあんたの介護サービス社の世話になるかと思うた」

老人二人から指摘され、妃呂子は唇を歪める。

「杉並署の担当者が多嶋幸助から新たな供述を得ています。あなたは多嶋さんの認知症の進行を調べる名目で、彼宛てに届いた年賀状を借り受けたそうですね。牧瀬さんもわたしも年賀状のやり取りは続いていたので、あなたは難なく他の二人の住所と連絡先を知り得ました」

　多嶋が死亡した記事を見て、妃呂子は己の目論見が功を奏したと小躍りしたに違いない。そして牧瀬を次の標的に選んだ。

「牧瀬さんを殺害したのは妻の久爾子さんですが、彼女に凶器を握らせた動機は不安でした。夫の実家から執拗に子作りを急かされ、しかしなかなか妊娠しない。義母からは石女とまで罵られ、離縁に怯え、精神が不安定になっていた時期に現れたのが古江藍子という女性でした。古江藍子は牧瀬さんの浮気現場を撮影したと久爾子さんに接触します。同じ裁判所関係者の家族として打ち解け、疑心暗鬼に囚われた久爾子さんの佳き話し相手になり、様々なアドバイスを伝授しました。しかし、それは徒に久爾子さんの不安を増幅させるものでしかなかった。古江藍子は度々牧瀬さんの密会現場の写真を見せつけました。しかし、久爾子さんが持っていたそのうちの一枚を解析したところ、単純な合成写真であることが判明しました。古江藍子のケータイの番号に掛けてみましたが、既に解約された番号でした。その後捜査本部が追跡しても、牧瀬久爾子の懐疑と嫉妬に燃料を投下した古江藍子の行方は杳として知れません。当然です。古江藍子というのは錦織妃呂子さん、あなたのことですからね。多嶋さんの時と同じです。長年、介護の仕事を通じて培ったカウンセリングの手法を逆手に取るだけでよかった。精神が不安定だった久爾子さんを意のままに操るのは、そんなに困難な作業ではなかったでしょう。念のために付け加えると、久爾子さんにあなたの写真を見せたところ、この人が古江藍子さんだと証言してくれました」

既に話の途中から妃呂子は薄笑いを浮かべていた。

「そうですか。彼女はわたしに殺人を教唆されたと供述しましたか」

「聞いていません」

「変名を使ったのはあまり褒められたことじゃないけど、わたしは久爾子さんの相談相手になっただけです。合成写真ですか。ほんの悪戯ですよ。合成写真を久爾子さんに見せたのが、どれほどの罪になるというんですか」

妃呂子は先刻まで被っていた仮面をかなぐり捨て、完全に開き直っていた。

「わたしは久爾子さんの相談相手になり、時折相槌を打ったり自分の意見を交えたりしただけです。多嶋さんの時も同じです。わたしは介護士として自分の得た知見の一部を提供しただけです。それを殺人教唆と呼ぶのは、いくら何でもこじつけじゃないんですか」

「決して自分の手を汚さず、彼らの身内に殺させる。思いつく限り最も卑劣で残酷な手口です。あなたはそんなにもわたしたちを恨んでいたのですね」

「死刑囚の娘という肩書がどれだけ人生を生きづらくさせるか想像したことありますか。優秀な裁判官さん。あなたたちは気楽よね。法律の下に気に食わない人間を殺せるんだから。わたしたち下々の者は復讐一つするにも知恵を絞らなきゃならない」

自白しているように聞こえるが、妃呂子は肝心なことを一切口にしていない。録音されている可能性に対処しているのか、それとも静に言質(げんち)を取られまいとしているのか。

悔しいが妃呂子の弁明には理がある。妃呂子が多嶋親子に、そして久爾子に何をどう吹き込んだのかは一切記録に残っていない。全ては逮捕された容疑者の供述のみだ。よしんば殺人教唆で妃呂子を送検したとしても、有罪率百パーセントを旨とする検察庁は証拠不十分として不起訴にする公算が大きい。かりに起訴したところで、静が裁判を担当したらやはり有罪判決は出しづらい案件だ。

静の顔色から勝利を確信したのか、妃呂子はこちらを侮蔑するように笑いかける。この上、嫌みの一つでも放つつもりらしい。

だが、二人の間に玄太郎が割って入った。

「わしの話がまだ済んでおらん」

「取り調べを受けたら、呑気に店を構えている余裕はなくなるんでしたっけ。訴えたければ訴えればいい。名誉棄損で反訴してやるから」

「いや、その前にやっぱりあんたは店を畳む羽目になる。このマンションは向かって右側がドラッグストア、左側が携帯ショップやが、最近店の人間と話したか」

「……別に」

「両店舗とも今月中に撤退する」

「へえ。初耳です。次に開店するお店はもう決まっているんですか」

「〈香月介護サービス〉」

玄太郎は意地悪く笑ってみせる。

「最新の設備と一流スタッフを揃え、このビルを挟んで二店舗でスタートさせる。会員登録とかしち面倒な手続きはすっ飛ばし、デイサービスも、つきっきりの看病も可能。料金設定は〈錦織デイサービス〉の半額とする」

「そんな馬鹿な」

妃呂子の顔色が変わる。

「料金設定がウチの半額なんて。採算が取れるはずがない」

「どんな商売でも最初は初期投資さ。それで口コミが広がれば広告宣伝費が浮く。赤字になったところで経費として計上すりゃグループ全体の節税にもなる。こっちは痛くも痒くもない。だが二つの店舗に挟まれたあんたの店は苦戦するやろうな。代表者は警察から余計な疑いを掛けられ、客は激減してもテナント料は毎月きっちり徴収される。まあ、保って三月といったところか。言っとくが、あんたがどこに店を構えようが、わしはその先々で必ず同じことを繰り返してやる。介護サービスというのは将来性が見込めるんでな、どこに展開してもそうそう大外れはせん。事業展開するにはうってつけの業種さ」

「……カネにあかせて兵糧攻めにする気なのね。何て卑劣な」

「卑劣なのはどっちや。あんたも自分の商売を個人的な復讐に利用したやろ。わしは根っからの商売人でな。商売人には商売人のやり方がある」

　妃呂子は、かかかと大笑する玄太郎を睨みつける。相手に殺意を抱かせる物言いをさせたら、この爺さまは日本一かもしれない。

「しかし警察の取り調べも甘く見ん方がいいぞ。実行犯を裏で操る人間なぞ、お巡りや検察官が一番嫌うヤツや。ひと晩やそこらで解放されると思うな。それに、取り調べの後には最大の苦難が待ち構えとるがね」

「何だってのよ」

「最前、死刑囚の娘という肩書は人生を生きづらくさせると言うたな。今回の件が世間やマスコミに知られたらどうなると思う。母親の死刑判決の逆恨みで担当した裁判官たちを妻や子に殺させせた女ちゅうて、お前さんの悪名はより高まる。住まいをどこに移しても石持て追われる。介護サービスの代表どころか一介の介護士としてあんたを雇いたがる者は誰もおらん。最後は生活保護の世話になるか、ホームレスになって野垂れ死に。あんたの最大の敵は判決を下した裁判官やあらせん。世間さ」

　妃呂子の顔にみるみる絶望が広がっていく。

「あんたは判決を不服に思っただろうが、わしは裁判というのは一等公平で、しかも罪びとに優しい気がする。少なくとも、あのよう訳の分からん社会的制裁というヤツよりはよっぽどマシじゃないのかね」

「どうして、わたしばっかり」

「他人を亡き者にしようとしたんや。人を撃っていいヤツは自分も撃たれる覚悟があるヤツだけだ」

「じゃあ、あんただっていい死に方はしないね」

「当たり前や」

玄太郎は何を今更というように言葉を返す。

「商売で何人もの人間を苦境に立たせたからな。よもや畳の上で大往生できるとは最初から思っとらん。思っとらんから、せめて生きているうちは好き勝手させてもらうさ」

妃呂子はゆっくりとその場にしゃがみ込む。

やがて遠くからパトカーのサイレンが近づいてきた。

エピローグ

　次の新幹線がホームに滑り込んできた。

「いよいよ本当のお別れやな」

　みち子に車椅子を押させた玄太郎は大袈裟(おおげさ)に天を仰いでみせた。

「名残惜しい」

「それでも東京はお嫌いなんでしょ」

「生憎(あいにく)と性に合わん」

「わたしとも合わなかったじゃないですか」

「性に合わなくてもウマが合った」

「どうだか」

　否定してみせたが、実は静も満更ではない。玄太郎と協力しなければ解決できそうにない事件もあったではないか。

「あまり晴々とした顔やないな、静さんよ」

「顔つきだけでこちらの気持ちを決めつけないでください」

「そりゃそうやな。しかし欲やら恨みやらが絡む話はどうしたって愉快な話やのうなる。あんたの場合は特にそうやろ」

「裁判官なんて因果な商売ですよ」

「因果でない商売なんぞあるもんかね。誰かを満足させりゃ、他の誰かを不満にさせるようにできとる。世渡り上手が世間からやっかみを食らうのもそのためさ」

「玄太郎さんが言うと説得力ありますね」

「静さんが言や、もっと説得力が増す」

「何故でしょうかね」

「自分が正しいと信じたことを貫こうとする人やからさ。まあ、そういう性格でなきゃ裁判官なぞやっとれんだろ」

自分の正義を貫く。何と自己陶酔に塗(まみ)れた世間知らずの言葉だろう。しかし右顧左眄(うこさべん)が許されず、社会秩序の安寧を旨とする職業には必要なお題目だ。自身の判事生活を振り返って思う。反省すべき点は多々あるが後悔はしない。世間や他人から嫌われ疎まれても、己の信条と心中できるのなら他に何を望むというのか。

「おじいちゃん、元気でね」

静の横に立っていた円が玄太郎の手を握ってきた。錦織妃呂子が殺人教唆の容疑で逮捕されてからというもの、円に取り憑いていた昏い情念はかなり後退したように見える。後は静が時間をかけて払拭(ふっしょく)させなければならない。

「今度、名古屋に行く機会があったら遥(はるか)ちゃんとルシアちゃんに会いたいな」

「おお、来い来い。あの子んたちも友だちが増えて喜ぶやろ」

構内に乗車を促すアナウンスが流れ、玄太郎の顔がぱっと輝く。一刻も早く名古屋に帰りたいのは本音なのだろう。

「それじゃあ静さん、達者でな」

「玄太郎さんも」

グリーン車に乗り込んだ玄太郎はホームに立つ静たちに向かって大きく手を振る。まるで子どもだ。もっとも、あんなに小憎たらしい子どもも最近は絶滅危惧種だが。

やがてするすると新幹線が滑り出し、玄太郎とみち子の顔が遠ざかっていく。それでも玄太郎は懸命に手を振り続けており、円もそれに付き合ってずっと背伸びをしている。

ふと、これが玄太郎との今生の別れのような気がした。

解説

香山二三郎

フランスの作家モーリス・ルブランの作品集に『ルパン対ホームズ』がある。ルブランはもちろん怪盗アルセーヌ・ルパンの生みの親で『ルパン対ホームズ』はそのルパンが英国の名探偵シャーロック・ホームズと一戦まじえる話を収めている。ただホームズの生みの親コナン・ドイルにはことわりなしだったようで、話の出来もルパン贔屓(びいき)に傾いているのは残念至極。

アナタならルパンとホームズ、どちらに花を持たせるか。

ミステリー通でも難題であるが、その主因は作者の違いにあるかも。早い話、ホームズもルブラン作だったら、何の問題もなかったのではないか。

中山七里「静おばあちゃんと要介護探偵」シリーズのことを考えるとき、いつもそのことを思い浮かべずにはいられない。このコンビが誕生したのは、著者いわく「〝暴走老人〟の玄太郎が主人公のミステリ『要介護探偵の事件簿』の続編として、『静おばあちゃんにおまかせ』で、安楽椅子探偵として登場させた静さんと組ませたら、さらに面白くできるのではと思ったのがきっかけでした」（「オール讀物」二〇一九年一月号）とのことだが、ルパンとホームズのような水と油の関係ではなく、対照的なキャラではあれ、両者とも名探偵という造形が功を奏したというべきか。

考えてみれば、中山七里の作品世界は地続きになっているのだ。『静おばあちゃんと要介護探偵』はデビュー作『さよならドビュッシー』や『静おばあちゃんにおまかせ』とつながっていたが、それと同様、他のシリーズもの、ノンシリーズものともつながっているということで、それらが同じような化学反応を起こす可能性を秘めているとしたらトンデモないことだ。改めて著者の深慮遠謀家ぶりがうかがえよう。

さて、本書『銀齢探偵社　静おばあちゃんと要介護探偵2』はその『静おばあちゃんと要介護探偵』の続篇に当たる五篇を収めた連作集だ。日本で二〇人目の女性裁判官で東京高裁の元判事・高遠寺静は法科大学に招かれ名古屋に滞在するが、そこでトンデモない地元の有名人と知り合う。それが不動産会社の社長にして商工会議所の会頭、町内会の会長などの要職を兼任する経済界の重鎮、〝要介護探偵〟の異名を持つ香月玄太郎だった。頑固でワンマンな暴走機関車のような玄太郎に振り回される日々が続いたが、一ヶ月後、和光市にある司法研修所の教官に招へいされ、東京に戻ることに。そうしてまずは健康診断を受けに練馬の病院を訪れるが、そこへいるはずのない人の声が。

香月玄太郎は何と病気の疑いが出て、東京の名医を頼ってこの病院にきたという。しかもそこには何故か警察も大挙して押し寄せてくる。

かくて第一話は、静おばあちゃんと要介護探偵がはからずも大腸がんの名医をめぐる医療過誤疑惑に巻き込まれる羽目に。縁が切れたと思われた二人だったが、思いも寄らない再会劇は腐れ縁ぶりの証といえようか。名古屋では警察をも顎で使った玄太郎だったが、さすがに東京では思い通りにはいかない……と思いきや、「この、くそだわけえっ」といつもの怒号を浴びせつつも案外柔軟な対応で、入院患者の点滴バッグがすり替えられた謎に迫っていく。

第二話では、手術を無事に乗り切った玄太郎のもとに、中央経済界の要人たちが挨拶に訪れる。そのうちのひとり、日建連（日本建設業連合会）会長の汀和克洋が相談事を打ち明ける。巷を賑わせている構造計算書偽造問題では、鳴川秀実一級建築士かカイザ建設の介座峯治社長のどちらかが嘘をついていることで報道も紛糾、国会の証人喚問を待つ事態になっていた。両者と関わりのある汀和は懊悩の極みにあったが、そんな矢先、鳴川が歩道橋から転落死する。玄太郎と介護士の綴喜みち子と代わりばんこで付き添うことになった静も捜査に対応することになるが……。

第三話は高齢者の自動車暴走事故シーンから幕が開く。玄太郎はまだ入院中だが、ベッドの上で怪気炎を上げている。そんなとき第二話で顔見知りになった愛宕署の砺波刑事が現れ、相談をもちかける。三日前、浜松町で七〇歳の老人が暴走事故を起こし亡くなったが、老人は彼の元上司で車には日頃から乗り馴れていたし、そんな事故を起こす人柄でもないという。というわけで、玄太郎は静ともどもリハビリ代わりに現場検証に訪れる。久々に遠出した玄太郎が事故現場で本領発揮するところにご注目。そのワンマンぶりにおいても、慧眼な名探偵ぶりにおいても！

第四話と第五話は連作仕立ての中でも対になっており、判事が死刑判決という重い裁断をくだす職であることを改めて痛感させられる話になっている。七月、静は新聞でかつての同僚判事・多嶋俊作の訃報を見、葬儀に参列する。その日、やはりかつての同僚で、今は前橋地裁の刑事部に勤める牧瀬寿々男と再会するが、喜びもつかの間、祖父の死を嘆く少女の訴えに疑問を抱く。静は玄太郎の力を借りて火葬を中断、遺体を調べ直そうとするが……。

そして第五話は、ショッキングな知らせから始まる。静は司法研修所を退職し、孫の円と暮らすことに。その痛手も癒えぬ一〇月某日、第四話に出てきたばかりのある人物が自宅の宿舎近くで殺される。静は群馬県警の依頼もあって、捜査に協力することになる。いつもは玄太郎がメインの探偵役を引き受けるのだが、第四話に引き続き、静が主役に回ったシリアスなタッチの社会派ミステリーに仕上げられている。

各話のタイトルは、例によってアガサ・クリスティー作品のパスティーシュになっているが、それはもともと静のモデルがミス・マープルであろうことによろう。ミス・マープルのファンには静の名探偵ぶりが堪能できるラストの第四話、第五話、お奨めです。

シリアスといえば、第五話の締めの一文もシリアス極まりないが、これはあくまで静の視点で語られていることにご留意いただきたい。玄太郎視点に転じてみればトンデモない、憶測、くそだわけな勘繰りに過ぎないのではあるまいか。そしてこの著者なら、次の瞬間にはそれを逆手に取るヒネリ技を繰り出しても何ら不思議ではない。何しろ〝どんでん返しの帝王〟の異名を取る作家なんだから。

（ミステリー評論家）

初出「オール讀物」
もの言えぬ証人　二〇一九年五月号
像は忘れない　二〇一九年八月号
鉄の柩　二〇一九年十二月号
葬儀を終えて　二〇二〇年二月号、三・四月号
復讐の女神　二〇二〇年八月号

単行本　二〇二〇年十月　文藝春秋刊

イラスト　柴田純与
DTP制作　エヴリ・シンク

この作品はフィクションです。
実在の個人・団体とは一切関係ありません。

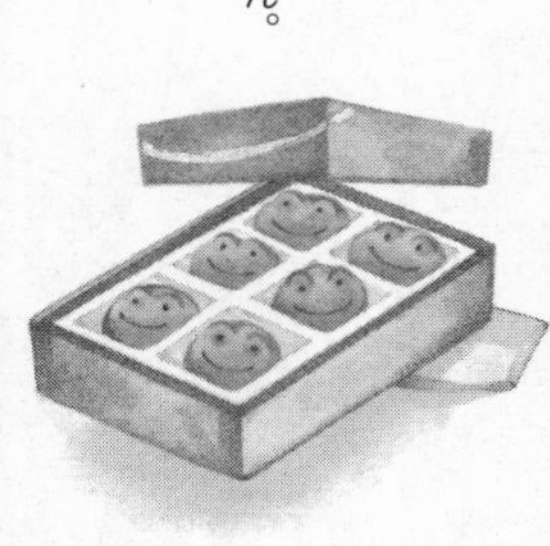

文春文庫

銀齢探偵社
静おばあちゃんと要介護探偵2

定価はカバーに
表示してあります

2023年10月10日　第1刷

著　者　中山七里
発行者　大沼貴之
発行所　株式会社　文藝春秋

東京都千代田区紀尾井町 3-23　〒102-8008
TEL　03・3265・1211(代)
文藝春秋ホームページ　http://www.bunshun.co.jp
落丁、乱丁本は、お手数ですが小社製作部宛お送り下さい。送料小社負担でお取替致します。

印刷製本・TOPPAN株式会社
Printed in Japan
ISBN978-4-16-792109-5